Diogenes Taschenbuch 23748

de
te
be

„Laß doch die Bücher und spiel ein wenig mit deiner Mutter."

Früher waren mehr Tore

Hinterhältige Fußballgeschichten sowie zwei Dialoge und zwei Gedichte

Ausgewählt von Daniel Kampa und Winfried Stephan

Diogenes

Nachweis am Schluss des Bandes
Umschlagzeichnung von Loriot
Frontispiz von F. K. Waechter

www.diogenes.ch
250/08/44/1
ISBN 978 3 257 23748 1

Inhalt

Anstelle eines Vorworts
Javier Marías *Die wiedergewonnene Kindheit* 7

Loriot *Fußball – ein Spiel für Intellektuelle* 12
Nick Hornby *Sieben Tore und eine Schlägerei* 14
Maxim Biller *Auf Wiedersehen in Hasorea* 21
Jesús Moncada *Fußball am Fluss* 65
Manuel Vázquez Montalbán *Cojones!* 76
Erich Hackl *Der Zipfel der Fußballwurst* 89
Joachim Ringelnatz *Fußball (nebst Abart und Ausartung)* 96
Dagmar Leupold *Die Fußball-Mutti* 99
Sibylle Berg *Halbzeit* 104
Herbert Eisenreich *Der Weg hinaus* 114
Vladimir Nabokov *Im Tor* 128
Dan Kavanagh *Den Kasten sauber halten* 131

Dave Eggers *Fußball in den* USA 143
Urs Widmer *Gebet* 153
Peter Handke *Die Angst des Tormanns beim Elfmeter* 154
Friedrich Torberg *Meisterspiel* 159
Ödön von Horváth *Legende vom Fußballplatz* 163
Jaroslav Hašek *Fußball in Bayern* 169
Luciano De Crescenzo *Zwei Tribünenplätze* 185
Martin Suter *Feusi motiviert mit Fußball* 201
Fatou Diome *Maldini* 204
Friedrich Dürrenmatt *Das gemästete Kreuz* 224
Urs Widmer *Dialog über den Sport* 236
Ryszard Kapuściński *Der Fußballkrieg* 239
Loriot *Fußball – 100 Jahre* FC *Bayern München* 258
Clemens Meyer *Schüsse* 268
Eduardo Galeano *Tod auf dem Fußballplatz* 291
Albert Camus *Der König des Hofs* 293

Nachweis 297

Javier Marías

Die wiedergewonnene Kindheit

Der Schriftsteller Guillermo Cabrera Infante verabscheut Fußball. Die fehlende kubanische Tradition in diesem Sport könnte das rechtfertigen, doch die Tatsache, dass er seit über fünfundzwanzig Jahren in England lebt, dem Mutterland des Fußballs, lässt diese Erklärung nicht zu. Ich erinnere mich noch an seine zornigen Verwünschungen nach der Tragödie im Heysel-Stadion. Ausnahmsweise stimmte er einmal nicht mit Nabokov überein (der im Exil in Cambridge Torwart gewesen war und sich bis an sein Lebensende gern Fußballspiele im Fernsehen ansah) und gab nicht den Liverpool-Fans die Schuld, sondern der Sportart an sich: »Dieses unselige Spiel stiftet zur Gewalt an, denn es ist in sich gewalttätig: Es wird mit den Füßen gespielt, und kaum eine Bewegung verlangt so viel Derbheit wie ein Fußtritt.« Merkwürdig jedoch, dass sich der Fußball in den Vereinigten Staaten nicht durchsetzen konnte, weil er dort als zu langsam und zu weich gilt, eine Sache für junge Damen. Und tatsächlich, während meines Aufenthaltes am Wellesley College, einer Universität, die ausschließlich Mädchen besuchen, erfuhr ich zu meiner Verblüffung, dass der Lieblingssport der Studentinnen kein anderer war als die Kunst des Di Stéfano. Das mag freilich am Einfluss Nabokovs gelegen haben, der in den Vierzigerjahren dort lehrte und die Tradition möglicherweise begründet hat.

Mit Gewissheit kann ich allerdings sagen, dass kein anderer Sport einen so sehr in Angst versetzen kann, sofern man ein ängstlicher Mensch ist. In meinem Fall muss ich sogar gestehen, dass der Fußball zu den wenigen Dingen gehört, die heute dieselben Reaktionen – exakt dieselben – in mir hervorrufen wie damals, als ich ein zehnjähriger Lausejunge war: Woche für Woche eine wahre Rückgewinnung der Kindheit. Letzten Monat erschrak ich regelrecht: Da mein Fernseher keinen Decoder besaß, war ich gezwungen, den letzten Spieltag der spanischen Liga im Radio zu verfolgen, wie man es in der frühen Nachkriegszeit und auch danach noch tat. Vielleicht versetzte mich dieser Umstand mit übertriebener Heftigkeit in die wildesten Jahre meiner Kindheit zurück. Nach Spielende jedenfalls, als mein Freund und Verleger, ein begeisterter *culé*, mich anrief, im Hintergrund die Barça-Hymne, und wieder die Witze reißen wollte, die wir uns sonst, lachend und ohne jede Bösartigkeit, zweihundertmal im Monat erzählen können, da sagte ich ihm im vollen Ernst, dass ich nie mehr bei ihm würde veröffentlichen können. Und nicht nur das: Ich stellte sogar die Frage, ob ich je wieder Barcelona betreten könnte (eine Stadt, die ich liebe und in der ich gelebt habe). Der Hooligan, der in jedem von uns Fans schlummert, war zum Vorschein gekommen.

Glücklicherweise war ein paar Stunden später – aber auch nicht früher – alles vorbei, denn der Fußball steht unter einem Fluch, der zugleich die Rettung aller tief betrübten Spieler, Trainer und Fans angesichts der Niederlage darstellt. Es handelt sich nämlich um eine Tätigkeit, bei der ein Sieg nicht ausreicht und nur der wiederholte Sieg zählt, in jeder Saison, bei jedem Turnier, in jedem Spiel. Ein Schriftsteller, ein Architekt, ein Musiker kann sich eine Pause gönnen, nachdem er einen großen Roman, ein wundervolles Gebäude oder eine unvergessliche Aufnahme vollendet hat. Er kann lange Zeit nichts oder weniger Bedeutendes tun. Unter Ersteren, unter denen ich mich am besten auskenne, sind einige, die quasi per Verfügung und bis an ihr Lebensende einen hohen Ruf wegen eines einzigen bemerkenswerten, vor fünfzig Jahren verfassten Werkes genießen. Im Gegensatz dazu gibt es im Fußball keinen Platz für Pausen oder Divertimenti, es bringt nicht viel, eine außergewöhnliche Siegesgeschichte vorweisen zu können oder im vergangenen Jahr einen Titel gewonnen zu haben. Niemals ist alles erreicht, immer wird verlangt (und auch die Spieler selbst verlangen es von sich), auch beim nächsten Mal wieder zu gewinnen, als würde man, entsprechend der Anzeigetafel zu Beginn jeder Partie, immer wieder bei null beginnen. Im Gegensatz zu anderen Tätigkeiten im Leben sammelt man im Sport (doch besonders beim Fußball) rein gar nichts an, man gewinnt nichts hinzu, trotz der mit Pokalen vollgestopften Säle und den immer wichtigeren Statistiken. Gestern der Beste gewesen zu sein, ist heute schon bedeutungslos, von morgen ganz zu schweigen. Die einmal dagewesene Freude kann den gegenwärtigen Angstzustand nicht verhindern; beim Fußball spielt die Erinnerung an Vergangenes keine Rolle, ebenso wenig wie die Befriedigung über das bereits Erreichte, und auch die vor zwei Wochen empfundene Dankbarkeit hat das Publikum schnell wieder vergessen. Aber ebenso wenig sind Schmerz und Entrüstung von Dauer, die von einem Tag auf den anderen durch Euphorie und Anbetung ersetzt werden können. Vielleicht ist das ein Grund dafür, dass der Fußball zur Gewalt aufhetzt, wie Cabrera sagte: aber nicht wegen der Fußtritte, sondern wegen der Angst. Dagegen sollte man anerkennen, dass er auch einen unschätzbaren Wert besitzt, der in anderen Lebensbereichen gewöhnlich nicht vorkommt: Er lädt zum Vergessen ein, also niemals zur Vergeltung – das lernt man erst als Erwachsener.

Loriot

Fußball – ein Spiel für Intellektuelle

WUM Ich habe einige wichtige Fragen...

WIM Na dann schieß los... neinnein... ich meine: Nun frag schon!

WUM Wim, wie viele Männer gehören eigentlich zu einer Fußballmannschaft?

WIM Elf.

WUM Und wie viel Bälle haben die?

WIM Einen.

WUM Einen? Das ist ja wahnsinnig unergiebig!

WIM Du, die haben aber 'ne Menge zu tun! Die müssen den Ball doch ins Tor kriegen!

WUM Na und?

WIM Na, da stehen doch die anderen davor...

WUM Welche anderen?

WIM Die andern elf.

WUM Haben die auch 'n Ball?

WIM Nein!

WUM Aber womit spielen die denn? Das ist doch alles völlig sinnlos!

WIM Nein-nein, die müssen den Ball ja *auch* ins Tor schießen.

WUM Wieso? Ich denke, die haben keinen Ball!?

WIM Das ist doch derselbe, Mensch!!

WUM Derselbe Mensch?

WIM Derselbe Ball!

WUM Na, 22 erwachsene Männer werden doch wohl den einen lumpigen Ball in dieses blöde Tor schießen können!

WIM In zwei, Wum, in zwei Tore!

WUM Aber man kann doch nicht einen Ball gleichzeitig in zwei Tore schießen!

WIM Nein-nein, die einen wollen ja auch nur, dass der Ball in das andere Tor geht!

WUM Und wissen die einen, dass die anderen den Ball in das eine Tor schießen wollen, während die anderen vermuten, dass die einen den Ball im anderen Tor benötigen?

WIM So ist es!

WUM Siehst du, das ist wieder so ein kompliziertes Spiel für Intellektuelle!

Nick Hornby

Sieben Tore und eine Schlägerei

Damit eine Partie wirklich und wahrhaftig denkwürdig ist, die Art von Spiel, die dich innerlich vollkommen erfüllt nach Hause summen lässt, bedarf es so vieler der folgenden Merkmale wie möglich:

1. Tore: So viele, wie irgend geht. Es wird manchmal behauptet, dass Tore ihren Wert bei besonders einfachen Siegen verlieren, aber ich habe das nie als ein Problem empfunden. (Ich genoss das letzte Tor bei Arsenals 7:1-Sieg über Sheffield Wednesday genauso wie das erste.) Wenn die Tore aufgeteilt werden müssen, dann ist es am besten, wenn das andere Team seine zuerst macht: Ich habe eine besondere Vorliebe für den 3:2-Heimsieg durch einen späten Siegtreffer, nachdem man bei Halbzeit mit 0:2 zurücklag.

2. Empörend schlechte Schiedsrichterentscheidungen: Ich ziehe es vor, dass Arsenal das Opfer ist und nicht das bevorteilte Team, jedenfalls solange uns das nicht den Sieg kostet. Empörung ist ein entscheidender Bestandteil des vollendeten Fußballerlebnisses; ich kann deshalb Spielkommentatoren nicht zustimmen, die sagen, dass ein Schiedsrichter eine gute Leistung gezeigt hat, wenn man ihn nicht bemerkt (obwohl ich es, wie jeder andere, nicht mag, wenn das Spiel alle paar Sekunden unterbrochen wird). Ich ziehe es vor, sie zu bemerken, sie anzubrüllen und mich von ihnen betrogen zu fühlen.

3. Eine lautstarke Zuschauermenge: Nach meiner Erfahrung sind Zuschauermengen in Bestform, wenn ihr Team verliert, aber gut spielt, was einer der Gründe ist, warum eine Aufholjagd, die mit einem 3:2-Sieg endet, mein Lieblingsergebnis ist.

4. Regen, ein glitschiger Boden etc.: Fußball im August auf tadellosem, saftigem grünem Rasen ist ästhetisch ansprechender, aber ich mag ein bisschen rutschiges Chaos im Torraum. Zu viel Schlamm ist blöd, weil dann gar kein richtiges Spiel möglich ist, aber trotzdem geht nichts über den Anblick eines Spielers, der zehn oder fünfzehn Meter längs schliddert, um zu tackeln oder eine Flanke zu erreichen. Irgendwie wirkt das Ganze auch intensiver, wenn man es bei strömendem Regen sieht.

5. Der Gegner vergibt einen Elfmeter: Arsenals Torhüter John Lukic war der Elfmeterkönig, deshalb habe ich das ziemlich häufig miterlebt; Brian McClairs Katastrophenelfer in der letzten Minute der Fünftrundenpartie im FA Cup 1988 – er war so stürmisch und unkontrolliert geschossen, dass er fast über das Dach der Nordtribüne flog – bleibt mein Favorit. Aber ich werde auch immer ein Plätzchen für Nigel Cloughs Versuche in meinem Herzen behalten, der während eines Ligaspiels 1990, auch in der letzten Minute, einen Elfmeter verschoss; der Schiedsrichter entschied, dass der Strafstoß zu wiederholen sei, und er verschoss erneut.

6. *Ein Spieler des gegnerischen Teams sieht die rote Karte:* »Es ist enttäuschend, die Reaktion des Publikums zu hören«, bemerkte Barry Davies im Verlauf des FA-Cup-Viertelfinales zwischen Portsmouth und Forest 1992, als Forests Brian Laws vom Platz gestellt wurde und die Anhänger von Portsmouth durchdrehten; aber was erwartet er? Für Fans ist ein Platzverweis immer ein magischer Moment, obwohl es ganz entscheidend ist, dass er nicht zu früh erfolgt. Herunterstellungen in der ersten Hälfte haben entweder langweilige einfache Siege für die Mannschaft mit elf Mann zur Folge (Forest gegen West Ham, FA-Cup-Halbfinale, 1991) oder eine Umstellung im dezimierten Team, die dessen Abwehr undurchdringlich macht und das Spiel tötet; Platzverweise in der zweiten Hälfte eines engen Spiels sind unglaublich befriedigend. Wenn ich mich, ohne zu überlegen, für eine einzige Herun-

terstellung entscheiden müsste, um sie mit auf eine einsame Insel zu nehmen, dann fiele die Wahl auf Bob Hazell von Wolverhampton, der in der letzten Minute einer Viertrundenpokalpartie in Highbury 1978 vom Platz gestellt wurde, als es 1:1 stand. So wie ich es in Erinnerung habe, schlug er nach Rix, der versuchte, ihm den Ball abzunehmen, damit wir eine Ecke schnell ausführen konnten; im Anschluss an besagte Ecke köpfte uns Macdonald, zum ersten Mal im Spiel von seinem in Ungnade gefallenen Bewacher befreit und deshalb völlig ungedeckt, siegbringend in Führung. Ich genoss auch Tony Cotons langen, einsamen Marsch 1986 in Highbury enorm – es hat etwas Besonderes an sich, Torhüter gehen zu sehen – und Massings mörderischen Anschlag auf Caniggia während des Eröffnungsspiels der Weltmeisterschaft 1990, gefolgt von seinem Winken in die Menge zum Abschied.

7. Irgendeinen »unangenehmen Zwischenfall« (auch »Albernheit«, »Dummheit« oder »Schande« genannt): Wir betreten hiermit ein moralisch fragwürdiges Gebiet – es ist klar, dass Spieler dafür Sorge tragen sollten, eine leicht reizbare Menge nicht zu provozieren. Eine kleine Schlägerei zwischen Coventry und Wimbledon an einem nassen Novembernachmittag vor den Augen einer abgestumpften Menge von zehntausend ist eine Sache, eine Rauferei zwischen Celtic- und Rangers-Spielern angesichts der kaum zu kontrollierenden Konfessions-Verbitterung auf den Rängen eine ganz andere. Und doch muss man – natürlich voller Bedauern und in angemessener Trauer – feststellen, dass nichts über eine Schlägerei geht, um ein ansonsten langweiliges Spiel zu beleben; die Nebenwirkungen sind immer von wohltätiger Art: Die Spieler und die Zuschauermenge engagieren sich mehr, die Handlung verdichtet sich, der Puls geht schneller. Und solange das Spiel nicht in einen bitteren Kleinkrieg ausartet, erscheinen mir Raufereien eine ziemlich wünschenswerte Besonderheit zu sein, so wie eine Dachterrasse oder ein offener Kamin. Wenn ich ein Sportjournalist oder ein Fußballfunktionär wäre, würde ich zweifellos meine Lippen schürzen, missbilligende Töne von mir geben und darauf bestehen, dass die Missetäter der Gerechtigkeit zugeführt werden – Raufereien wären genauso wie weiche Drogen kein Vergnügen, wenn sie offiziell gebilligt würden. Aber zum Glück habe ich keine derartige Verantwortung: Ich bin ein Fan, der nicht verpflichtet ist, einer wie auch immer gearteten moralischen Linie treu zu sein.

Im Spiel zwischen Arsenal und Norwich Ende 1989 fielen sieben Tore, und Arsenal holte einen 0:2- und später einen 2:3-Rückstand auf, um 4:3 zu gewinnen. Es gab zwei Elfmeter, einen in der letzten Minute beim Stande von 3:3 (die, nebenbei bemerkt, beide auf katastrophalen Fehlentscheidungen des Schiedsrichters beruhten)... und Norwichs Gunn parierte ihn, der Ball kam zurück zu Dixon, und dessen etwas verunglückter Nachschuss trudelte ganz sachte ins Netz. Und dann brach das totale Chaos aus, und mehr oder weniger jeder, abgesehen von Arsenals Torwart, war in ein handgreifliches Gemenge verwickelt, das ewig zu dauern schien, aber vermutlich nach ein paar Sekunden vorbei war. Es gab zwar keinen Platzverweis, aber was soll's: Wie war es möglich, ein Spiel wie dieses nicht zu genießen?

Den zwei Mannschaften wurden empfindliche Strafen auferlegt, was natürlich nur richtig war. Schließlich konnte man in solchen Situationen vom Fußballverband kaum erwarten, dass er den Spielern einen Brief schrieb und sich dafür bedankte, dass sie den Fans boten, was diese wollten. Und angesichts von Arsenals späteren Problemen, von denen noch an anderer Stelle die Rede sein wird, hat der Kampf rückblickend auch etwas von seinem Glanz verloren. Aber es ist wieder diese Im-Mittelpunkt-der-Welt-sein-Geschichte: Nach dem Spiel gingen wir in dem Wissen heim, dass das, was wir gesehen hatten, live, der bedeutsamste sportliche

Augenblick des Nachmittags war, ein Augenblick, über den man wochenlang, monatelang sprechen würde, der in den Nachrichten kommen würde, über den dich bei der Arbeit am Montagmorgen jeder befragen würde. Also muss man letztlich feststellen, dass es ein Privileg war, dort zu sein, um zu sehen, wie all diese erwachsenen Männer sich vor den Augen von fünfunddreißigtausend Menschen lächerlich machten; ich möchte es nicht um alles in der Welt versäumt haben.

Maxim Biller

Auf Wiedersehen in Hasorea

I

Im Winter vor zwanzig Jahren bekamen wir Besuch von meinem Onkel Schimschon aus Hasorea. Er schlief im Zimmer von Benny, obwohl Mama dagegen war, aber Vater hatte sie wie immer nur kurz anschreien müssen, und sie gab nach. »Ich will kein Grab in meinem Haus«, sagte er danach leise, »kcin Grab, keine Erinnerungen, keine Tränen.« Während Onkel Schimschon Mama mit seiner dunklen Hand ungeschickt über den Rücken fuhr, kniff sie die Augen zusammen und presste fest die Oberlippe auf die Unterlippe, als könne sie auf diese Weise die Tränen zurückdrängen. Aber da entglitten ihr die angespannten Gesichtszüge auch schon. »Keine Tränen, Martha, habe ich gesagt«, wiederholte Vater. »Hör auf, so zu tun, als könnten wir daran noch etwas ändern! Schimschon kommt zu Benny. Schluss!«

Nachdem meine Eltern und Schimschon in ihren Zimmern verschwunden waren, wartete ich, bis alle schliefen. Dann öffnete ich langsam die Tür meines Zimmers und ging vorsichtig durch den unbeleuchteten Flur, immer dicht an der Wand entlang, wo die Dielen nicht knarrten. Bevor ich im Wohnzimmer, ohne das Licht anzumachen, den Fernseher einschaltete, drehte ich am Gerät den Ton aus. Ich setzte mich aufs Sofa, barfuß, im Pyjama, auf den Platz meines Vaters, ich legte beide Beine über die Seitenlehne und richtete den Blick auf den in der Dunkelheit heller werdenden Bildschirm.

Der Film, auf den ich mich die ganze Woche gefreut hatte, lief schon. Ich sah das dünne Vogelgesicht des jungen Hauptdarstellers, dessen Foto ich aus der Programmzeitung kannte; ich sah, wie er verwundert lächelte; ich sah die erwachsene rothaarige Frau, die plötzlich vor ihm stand, in Badesandalen und dem gleichen weißen Kittel wie er. Dann sagte sie etwas, und obwohl ich nicht hören konnte, was es war, begriff ich sofort, dass sie ihn beleidigt hatte. Denn noch bevor sie zu Ende sprechen konnte, stürmte er weinend davon.

Der Vogeljunge war etwas älter als ich, sechzehn, höchstens siebzehn Jahre alt. Er arbeitete in einer altmodischen, heruntergekommenen Londoner Badeanstalt, wo er die Badekabinen sauber halten und die Gäste mit frischen Handtüchern versorgen musste. In der Zeitung hatte ich gelesen, dass er sich in die

Frau, mit der er sich den Dienst teilte, unglücklich verlieben würde. Dass ich den Film unbedingt sehen wollte, lag an dem zweiten Foto, das ich beim Durchblättern des Fernsehprogramms entdeckt hatte: Darauf waren zwei nackte Körper zu sehen, die durch ein Schwimmbecken trieben, ein männlicher Körper und ein weiblicher, und während der Mann mit seinen Armen die Frau fest umklammerte, schwebten ihre Arme ohne Kraft durch das dunkle, grüne Wasser.

2

Als Onkel Schimschon in der Wohnzimmertür auftauchte, versuchte der Vogeljunge gerade mit Hilfe eines Spiegels in die Umkleidekabine der Rothaarigen hineinzuschauen, wo sie sich mit ihrem Liebhaber eingeschlossen hatte. Ich hob überrascht den Blick und sah Schimschons kleine Gestalt, der man im Dunkeln nicht anmerkte, wie kräftig er trotz seines Alters war. Ich zog die Hand aus der Pyjamahose und ließ die Beine auf den Boden gleiten. Dabei rutschte mir die Fernbedienung vom Bauch, und ich bückte mich so überhastet und ungeschickt nach ihr, dass ich fast vom Sofa kippte. Bis ich schließlich, blind tastend, den richtigen Knopf gefunden und auf einen anderen Kanal umgeschaltet hatte, verging eine kleine Ewigkeit. Ich überlegte, welche Geschichte ich gleich erzählen könnte, damit Schimschon mich in Ruhe ließ und am nächsten Morgen meinen Eltern nichts verriet.

»Warum machst du nicht den Ton an, *chewre*?«, sagte er. Er versuchte leise zu sprechen, aber er schaffte es kaum, die Stimme zu senken, und das klang ziemlich lächerlich. »Dumme Frage«, fuhr er fort, bevor ich etwas erwidern konnte, »es schlafen ja schon alle. Na ja, fast alle.«

Ich nickte.

»Und warum sitzt du hier noch so spät?«, fragte er.

Und wieder nickte ich, ohne etwas zu sagen.

Er blieb in der Tür stehen. Offenbar überlegte er, ob er wieder ins Bett gehen sollte, doch dann zog er entschlossen den Gürtel seines Bademantels zu und kam noch ein paar Schritte näher. Jetzt, dachte ich, sieht er es gleich. Ängstlich verschränkte ich die Hände über dem Schoß, doch als er sich neben mich aufs Sofa setzte und mir mit der Faust einen kameradschaftlichen Stups aufs Kinn gab, erschrak ich so sehr, dass es sowieso nichts mehr zu sehen gab. *»Kol beseder?«*, sagte er auf hebräisch, »alles in Ordnung?« Er berührte erneut – diesmal mit der Handfläche – mein Gesicht, und ich musste mich zusammennehmen, um nicht vor ihm zurückzuweichen.

Ich mochte Onkel Schimschon nicht besonders. Er hatte kleine schwarze Augen wie ein Hund, sein sonnengegerbtes Gesicht war faltig und hart, und seine Kleider rochen nach Mottenpulver. Noch unangenehmer als Schimschons äußere Erscheinung waren mir die Gespräche, die er mit uns führte. Er redete immer nur davon, wie schwer es ihm damals fiel, aus Deutschland wegzugehen, wie anstrengend die ersten Jahre in Hasorea waren und dass Benny genauso ein großartiger Kibbuznik geworden wäre wie er selbst. Am meisten regte mich sein übergenaues Hochdeutsch auf. Es hatte einen fast unhörbaren Münchener Einschlag, und er versetzte es mit hebräischen Worten, die ich meistens nicht verstand.

Ich sagte noch immer nichts. Er senkte den Arm, und nachdem er ihn kurz auf meine Schulter gelegt hatte, zog er ihn wieder weg und deutete auf das Bild, das über dem Fernseher hing. Es zeigte einen jungen jüdischen Gelehrten mit Streimel und Schläfenlocken. Er hatte ein rundes, dickliches Gesicht, und die Haut, die zwischen seinem dünnen blonden Bart durchschimmerte, war rot und fleckig. Heute weiß ich, dass es ein sehr schlechtes Bild war, aber früher mochte ich es ganz gern. Meine Eltern hatten es in Israel gekauft, in Tel-Aviv, in einem

Geschäft auf Schlomo ha-Melech, am Tag nach Bennys Beerdigung. Sie hatten es gekauft, weil Mama fand, dass der junge Mann auf dem Bild meinem Bruder ähnlich sah.

»Ein herrliches Bild«, sagte Schimschon, und er versuchte, auf seine ungeschickte Art zu flüstern. »Ich mag die Farben. Und der Rahmen ist auch sehr schön.«

»Ja, das stimmt«, sagte ich.

»So waren wir früher alle. Immer nur Bücher, nichts als Bücher. In Polen, in Russland. Und in Deutschland natürlich auch. Aber das ist noch länger her. Zum Glück hat sich viel verändert in den letzten hundert Jahren.«

»Ja, klar.«

»Weißt du, was ich meine?«

Ich zögerte überrascht. »Israel – oder was?«

Schimschon lachte leise. »Ja, so ungefähr.«

Ich löste den Blick von dem Bild und sah zum Fernseher. Als ich vorhin so überstürzt aufs andere Programm umgeschaltet hatte, war mir gar nicht aufgefallen, was dort lief – es war ein Rückblick auf die Weltmeisterschaft, und gerade zeigten sie Ausschnitte aus dem Spiel gegen die DDR. Das war in Hamburg, ich wusste es wie heute, und ich konnte mich genau erinnern, wie verwundert und ungläubig ich bei dem Tor von Sparwasser war. Später bin ich natürlich wie alle anderen traurig ins Bett gegangen, aber in dem Moment, als er den Ball durch die Arme von Sepp Maier schoss, dachte ich bloß, das kann nicht sein, das gibt es nicht, das ist völlig unmöglich, dass die Westdeutschen gegen die Ostdeutschen verlieren. Ich hatte mir alle WM-Spiele im Fernsehen angeschaut, und eigentlich hatten wir Karten für das Finale gehabt, aber wegen Benny gingen wir nicht hin. Ich habe mich während der Fernsehübertragung ans Fenster zur Karl-Theodor-Straße gestellt, denn von dort konnte ich das Olympiastadion sehen und manchmal, bei gutem Wind, auch die Sprechchöre hören.

Für einen Moment hatte ich Onkel Schimschon vergessen. Mir war egal, dass er mitten in der Nacht mit mir im Wohnzimmer saß und mich in seine israelischen Gespräche verwickelte; ich hatte auch keine Angst davor, dass mein Vater aus dem Schlafzimmer stürmen könnte, um mich wütend anzuschreien, ich solle sofort wieder ins Bett verschwinden; und ich dachte nicht daran, dass auf dem anderen Kanal gerade die Dinge passierten, die ich mir in den letzten Tagen so häufig vorgestellt hatte. Stattdessen sah ich Beckenbauer und Müller und Hoelzenbein dabei zu, wie sie sich gegen die DDR abmühten, wie sie vergeblich versuchten, in den wenigen Minuten, die ihnen geblieben waren, den

Ausgleich zu machen, und dabei dachte ich an meinen Bruder, an meinen dummen, dicken Bruder, an diesen schrecklichsten älteren Bruder, den ein Junge wohl jemals gehabt hatte.

»Wie steht es denn?«, sagte Onkel Schimschon.

Ich drehte mich zu ihm und sah in sein Gesicht, das in der Dunkelheit von dem Licht des Fernsehers grell angestrahlt wurde. Ich grinste.

»Was war an der Frage falsch?«, sagte er.

»Nichts. Gar nichts. Es ist nur…« Ich zögerte, und obwohl ich am liebsten geschwiegen hätte, fuhr ich gelangweilt fort: »Es ist ein altes Weltmeisterschaftsspiel, das sieht man doch.«

»Ja, natürlich, ich erinnere mich. *Mezujan!* Es war großartig. Keiner hat mit uns gerechnet.«

»Was?«

»Unentschieden gegen Schweden, unentschieden gegen Italien, den späteren Weltmeister!«

»Bitte, Onkel Schimschon, etwas leiser.«

»Du hast recht«, sagte er wieder laut und presste den Zeigefinger verschwörerisch an die Lippen, »wir dürfen niemanden aufwecken.« Er hob den Finger, krümmte ihn und klopfte sich gegen die Stirn. »Isi Spiegel, das war ein Prachtkerl!«, stieß er plötzlich aus. »Alle haben ihn gekannt. Vor allem die Mädchen und Frauen!«

»Wer ist Isi Spiegel?«

»Lass mich mal überlegen. Ich glaube, er war Stürmer. Ja, was denn sonst, Stürmer!«

»Und bei wem?«

»Was – bei wem?«

»Für wen hat er gespielt?«

Onkel Schimschon schüttelte den Kopf. »Du fragst Sachen, Jossi. Für Israel natürlich!«

Jetzt war ich an der Reihe, den Kopf zu schütteln. »Du meinst die WM in Mexiko«, sagte ich streng. »Das ist schon fünf Jahre her. Und Italien wurde nicht Weltmeister. Die hatten doch überhaupt keine Chance gegen Brasilien.«

»Nein?«

»Nein!«

»Schon gut, schon gut – ich ergebe mich.«

»Kein Problem«, sagte ich. »Das hier ist die WM von 1974. Die war bei uns.« Ich sah zum Fernseher, dann wandte ich mich wieder ihm zu. »Deutschland gegen Jugoslawien. Zwei zu null. Das mussten wir unbedingt gewinnen nach dem schrecklichen Spiel gegen die DDR.«

Wir blickten beide schweigend zum Fernseher, und es vergingen ein paar Minuten. Ich hoffte, dass er langsam genug hatte und ins Bett gehen würde, aber Schimschon rührte sich nicht von der Stelle. Er saß so dicht neben mir auf dem Sofa, dass unsere Knie sich immer wieder kurz berührten, er beugte sich unruhig vor und zurück, und ab und zu streckte er die Arme zur Seite und gähnte leise. Sonst hörte man keinen Ton, nur selten, wenn draußen ein Auto vorbeifuhr, wurde die Stille für einen kurzen Moment unterbrochen. Kaum hatte es sich entfernt, schien die nächtliche Ruhe noch undurchdringlicher als vorher.

3

Irgendwann hörte Onkel Schimschon auf herumzurutschen. Seine Arme lagen ruhig auf seinen Knien, er gähnte ein paar Mal, dann begann er laut und gleichmäßig zu atmen. Von Zeit zu Zeit erklang ein kaum hörbares Röcheln aus seiner Kehle. Ich drehte mich langsam und vorsichtig zu ihm um, weil ich ihn nicht wecken wollte, und als ich ihn ansah, zuckte ich vor Schreck zusammen. Onkel Schimschon schlief gar nicht. Er hatte mich offenbar die ganze Zeit beobachtet. Seine kleinen schwarzen Augen wirkten noch etwas kleiner als sonst, und er hatte einen Ausdruck im Gesicht, den ich nicht kannte.

»Du weißt über Fußball genauso gut Bescheid wie dein Bruder, was?«, sagte er ernst, ohne seine übliche falsche, aufgekratzte Freundlichkeit. Es war das erste Mal in dieser Nacht, dass er es schaffte zu flüstern.

»Kann schon sein«, erwiderte ich schnell, und ich merkte sofort, wie unfreundlich das klang.

»Entschuldige, Junge, es tut mir leid. Ich habe einfach nicht nachgedacht. Ich wollte dich nicht erinnern.«

»Es ist okay.«

»Aber weißt du, ich selbst erinnere mich auch oft an ihn.«

»Klar.«

»Ein Prachtkerl, ein *jeled tov!* Bei uns in Hasorea haben ihn alle gemocht.«

»Wieso denn?«

»Also hör mal!« Schimschon schlug laut die Hände zusammen. Dann hielt er erschrocken inne, und als in der Wohnung alles ruhig blieb, sagte er: »Eigentlich hast du recht. Eine berechtigte Frage. Weißt du«, fuhr er flüsternd fort, »dein Bruder hat sich nie beschwert, er war nicht wie die anderen Volontäre. Immer war er da, wenn man von ihm etwas wollte. Er war morgens als Erster in der Gärtnerei oder auf den Feldern, er hat ohne Pause durchgearbeitet, und wenn am Nachmittag alle zum Schwimmen gingen, saß er in der leeren Kantine und las Zeitung. Jeden Satz und jedes Wort wollte er verstehen – wusste er nicht weiter, musste man ihm helfen. Es gab Tage, da kam er alle fünf Minuten angelaufen. Onkel Schimschon, was heißt das, Onkel Schimschon, was heißt dies. *Nachon*, wir haben ihn alle wirklich gern gehabt. Fast alle jedenfalls. Manche fanden, dass er ein Streber war. Ja, wirklich. Sie sagten, er könnte ruhig etwas weniger eifrig sein und ein bisschen langsamer machen, dann würde ihm nicht ständig etwas danebengehen. Vielleicht stimmte es – recht hatten sie trotzdem nicht. Als ob wir selbst am Anfang nicht genauso vorschnell gewesen wären! Keine Ahnung hatten wir gehabt, aber alles wussten wir besser. Ein paar Monate auf *hachschara* in Deutschland, und schon hielten wir uns für Überlebensexperten.

Aber interessiert dich das überhaupt?«, sagte er plötzlich schnell und sprach, ohne meine Antwort abzuwarten, gleich wieder weiter. »Ich habe damals auf dem Gut in Kaufbeuren mein Praktikum gemacht, bei einem Bauern, der in der Partei war. Wochenlang bin ich um vier Uhr früh zum Spargelstechen aufgestanden, weil ich noch vor der Sonne da sein musste, damit der Spargel nicht blau wurde. Wochenlang stand ich im Morgengrauen auf dem Feld und fühlte mich wie ein Held. Jetzt, dachte ich, kann mir in Palästina nichts passieren. Und drei Monate später kauerte ich zitternd hinter einem Sandsack und hielt mich an einem Gewehr fest, aus dem der letzte Schuss in den Zeiten der Osmanischen Kriege abgegeben wurde. Meine erste Nachtwache! Während die anderen in der Tischlerei schliefen, wo es halbwegs sicher war, starrte ich in die Dunkelheit und versuchte, die Lichtzeichen zu entziffern, die von den andern Kibbuzim zu uns herübergemorst wurden. Im ganzen Jesreeltal lagen junge, verängstigte Leute wie ich hinter ihren Befestigungen und warteten auf die Araber. Was soll ich dir sagen« – Schimschon verzog den Mund zu einem ironischen Lächeln –, »in dieser Nacht kam keine Warnung, nur eine Nachricht über die Geburt eines Babys in Mischmar Ha'emek.«

»Aber später hast du doch gegen die Araber gekämpft – oder nicht?«, sagte ich enttäuscht.

»Ja.«

»Und war das gefährlich?«

»Ja.«

»Erzähl mir doch davon, Onkel Schimschon!«

»Weißt du...« Er atmete tief ein und aus und sagte so leise, dass ich ihn kaum verstehen konnte: »Weißt du, ich hätte ihn nicht gehen lassen sollen. Es war zu früh. Er hätte noch eine Weile in Hasorea bleiben können. Er hätte den Ulpan in Ruhe zu Ende gemacht, dann hätte er eine gute Ausbildung bekommen, oder wir hätten ihn auf die Universität geschickt. Ein nettes Mädchen hätte er bestimmt auch bald kennengelernt, und er hätte sich weiter um unsere Fußballer kümmern können.«

»Was?«, stieß ich überrascht aus. »Benny war Trainer?«

»*Nachon.* Ohne ihn klappte nichts. Er organisierte die Spiele, er besorgte Trikots, und er hat unseren Jungs auch eine Menge beigebracht.«

Ich glaubte Onkel Schimschon kein Wort. So schlecht konnte der Fußball in Israel gar nicht sein, dass mein Bruder Benny es dort zum Trainer brachte. »Bist du wirklich sicher?«, sagte ich.

»Wieso sollte ich nicht sicher sein?«

Ja, wieso eigentlich nicht. Benny hatte genauso viel über Fußball gewusst wie ich, in Wahrheit sogar noch eine Menge mehr. Das Problem war nur, dass er mit seinem Wissen bei einer Quizshow besser aufgehoben gewesen wäre als auf einem Fußballplatz. Benny wusste, welcher Schiedsrichter das Finale um die erste deutsche Meisterschaft gepfiffen hatte, er kannte die Geburtsdaten der meisten Bundesligaspieler, er konnte die Aufstellungen sämtlicher WM-Mannschaften seit 1930 aufsagen, und natürlich besaß er Bücher, in denen man alles über Spielzüge und Taktik, über hängende Spitzen und offensive Verteidiger nachlesen konnte. Es nützte ihm trotzdem nichts – denn er konnte einfach nicht spielen. Jeder zweite Ball sprang ihm vom Fuß, er war so langsam wie ein Mädchen, und wann immer er jemanden decken sollte, trat er bei seinen Verteidigungsversuchen in die Luft. Wurde er von einem Gegner umspielt, blieb er stehen, er stampfte wütend auf, lächelte überrascht, als ob ihm das zum ersten Mal passiert wäre, und dann setzte er diesen nachlässigen, eingebildeten Blick auf, den sich normalerweise nur die Besten erlauben durften.

Ich weiß nicht, ob die anderen Benny genauso beobachteten wie ich. Ich bin mir aber sicher, dass er ihnen längst nicht so wichtig war wie mir – sie lachten ab und zu über ihn, das war es dann auch. Ich dagegen ließ ihn nie aus den Augen. Ich kontrollierte, wenn ich nicht gerade selbst am Ball war, jede seiner Aktionen, und auf dem Weg vom Luitpoldpark nach Hause schwieg ich beleidigt. Dann schrie ich ihn an, er solle mit seinen Freunden spielen, nicht mit meinen, er sei zu alt für uns, und überhaupt sei er ein Idiot. Doch Benny reagierte nicht auf mich, er war nie beleidigt, im Gegenteil, er schien sich über meine Wut sogar zu freuen. Beim nächsten Mal war er natürlich wieder da, auf unserer Wiese beim Schuttberg, und wenn er – einen Kopf größer als wir – als Letzter in eine der beiden Mannschaften gewählt wurde, lachte er kurz laut auf, um uns zu zeigen, wie dumm wir waren, ihn zu unterschätzen.

Wie oft habe ich mich wegen Benny geschämt – und wie sehr habe ich mir gewünscht, er gehöre nicht zu mir. Einmal, während eines Turniers auf unserer Schule, war es besonders schlimm. Die Mannschaft von Bennys Klasse spielte um den dritten Platz, es ging um nichts mehr, aber mein Bruder durfte trotzdem nicht aufs Feld. Er stand in seiner engen schwarzen Turnhose und in Vaters altem Trägerunterhemd zwischen den Zuschauern und sah immer wieder böse zu seinem Sportlehrer herüber, der ihn nicht beachtete. Kurz vor Schluss gab er ihm aber plötzlich ein Zeichen, und als gegen Bennys Mannschaft eine Ecke ausgeführt werden sollte, wechselte er ihn ein. Ohne sich umzusehen, rannte Benny aufs Feld. Er stellte sich in den Strafraum, der Ball kam, zwei Leute sprangen vorbei, der Ball prallte gegen den Rücken eines Dritten, trudelte um einen Vierten herum und blieb vor Bennys Füßen liegen. Diesen Augenblick nutzte mein schrecklicher Bruder. Er holte aus und schoss den Ball unhaltbar an seinem eigenen Torwart vorbei ins Tor. Dann riss er jubelnd die Arme hoch, er schrie: »Tor! Tor! Tor!«, und als er merkte, was er gemacht hatte, zuckte er auf seine selbstgefällige Art mit den Schultern und hob stolz den Kopf. Das Gelächter, das sich über dem Sportplatz erhob, hörte er garantiert nicht.

Aber Benny regte mich nicht nur beim Fußball

auf. Immer wollte er etwas beweisen oder durchsetzen, was unmöglich war, jedenfalls für ihn, und es war ihm egal, was die andern über ihn dachten. Wie sehr hasste ich ihn dafür, wenn er sich im Bus in die Gespräche von alten Leuten einmischte, kaum dass er die Worte »früher« oder »damals« hörte. Er stand vor ihnen, das Kinn hochgezogen, die Hände in den Hosentaschen, und hielt ihnen Vorträge über eine Zeit, die sie tausendmal besser kannten als er, worauf sie oft anfingen, ihn laut zu beschimpfen. Manche wandten sich aber einfach nur von ihm ab – was noch viel demütigender war.

Benny war ein unbelehrbarer Besserwisser, ständig musste er sich einmischen, und heute weiß ich, dass zu seiner Besserwisserei auch seine fixe Idee gehörte, er könne alles, was bei uns zu Hause kaputtging, reparieren. Er schraubte Steckdosen auf, klebte Geschirr zusammen und machte sich an Radios zu schaffen, und das ging nie gut. Als ihm meine Eltern schließlich verboten, noch irgendetwas anzufassen, blieb ich sein einziges Opfer. Obwohl ich gefleht und geschrien hatte, er solle die Finger davon lassen, nahm er sich gleich meinen neuen, meinen allerersten Kassettenrekorder vor. Er wollte den Lautsprecher, dessen dröhnender Klang ihm missfiel, in Ordnung bringen, und nachdem er das Gerät wieder zusammengebaut hatte, ging es nie mehr.

Am meisten und aufrichtigsten hasste ich meinen Bruder dafür, dass er dauernd mit unserem Vater kämpfen musste. Er war aus Prinzip anderer Meinung als er, egal, ob es um Schule ging, um Politik oder etwas anderes. Meistens fing der Streit beim Abendessen an, an Schabbat, und während die Stimme von Vater immer lauter wurde und Benny ihm immer aufgeregter widersprach und ihn zu überschreien versuchte, ließ ich meine Gedanken schweifen. Ich starrte in den Teller, ich wollte nichts hören, nichts wissen, nichts sehen, und ich schaute erst wieder auf, wenn die ersten Schläge in Bennys Gesicht landeten. Benny weinte hemmungslos wie ein Kind, sein volles Gesicht rötete sich, die Tränen liefen ihm in den dünnen, blonden Teenagerbart. Aber auf einmal wurde er vollkommen ruhig, er machte eine kleine, fast unsichtbare Kopfbewegung, das Kinn ging nach oben, und in seinen Augen war dieser fürchterlich gelangweilte, eingebildete Blick.

4

»Ich gehe jetzt ins Bett«, sagte Onkel Schimschon. »Und du solltest hier auch nicht mehr so lange sitzen, Jossi.«

Er stand vorsichtig auf, weil er jedes Geräusch

vermeiden wollte, und bewegte sich fast lautlos zur Tür. Ich sah ihm hinterher, und aus den Augenwinkeln verfolgte ich weiter, was auf dem Bildschirm passierte. Es kam jetzt das Schwedenspiel. Schimschon drehte sich wieder um, machte zwei, drei Schritte zurück, und ausgerechnet, als Bonhof abzog, um den Ball am schwedischen Torwart vorbei gegen den linken Pfosten zu setzen, von wo er gegen den rechten Pfosten prallte, um zum Zwei-zu-Eins für Deutschland ins schwedische Tor zu gehen – ausgerechnet in dem Moment stellte sich mein Onkel vor mich, fuhr mir übers Haar und sagte, ich sollte nicht traurig sein. Gleichzeitig hörten wir das Knarren von Parkett, dann ein Seufzen und ein lautes Gähnen. Schimschon fuhr zur Seite, er erschrak noch mehr als ich, ich sah an ihm vorbei, ins Halbdunkel, zur Tür, und da stand mein Vater im Schlafanzug und schüttelte den Kopf.

Hinter ihm tauchte Mama auf, doch bevor er anfangen konnte zu schreien, nahm sie seinen Arm, hakte sich bei ihm ein und sagte mit einem gespielten Lachen: »Eine Überraschungsparty, Berl. Warum feiern wir nicht mit?«

»Weil man uns nicht eingeladen hat«, antwortete er, ohne sie anzuschauen. Dann lachte er auch, und sein Lachen klang sogar echt. »Wieso schlaft ihr nicht, Jungs?«, sagte er.

»Und ihr? Warum schlaft ihr nicht?«, sagte Schimschon.

»Ich habe zuerst gefragt, Onkel Schimschon.«

»Bin ich dreitausend Kilometer geflogen, um zu schlafen, Berele?«

Vater reagierte nicht.

»Du weißt, warum ich gekommen bin«, sagte Schimschon. »Was fragst du mich aus wie einen Schuljungen? Gerade wollte ich Jossi von früher erzählen, von München.«

»Von München?«

»Warum nicht...«

»Ja, mach das«, sagte Mama. »Das ist eine gute Idee.«

»Bitte«, sagte Vater, »in Ordnung. Aber seid leise, lasst zumindest uns schlafen.« Er schüttelte den Kopf.

»Und wenn es hell wird, könnt ihr für uns alle Frühstück machen«, sagte Mama und zog Vater fort.

Kaum waren sie weg, ließ sich Onkel Schimschon neben mich aufs Sofa fallen. Jetzt erst bemerkte ich den angenehmen Geruch, der ihn umgab – er roch nicht nach diesem schrecklichem Mottenpulver wie sonst, sondern leicht nach Pfirsichshampoo und Pfefferminz. Unsere Knie berührten sich wieder, und Schimschon rutschte unzufrieden auf seinem Platz hin und her, bis er die richtige Position gefunden hatte. Ich hatte langsam genug. Ich hatte keine Lust mehr, zu warten, bis ich endlich allein wäre – der Vogeljunge und die beiden Nackten aus dem Schwimmbad waren mir inzwischen völlig egal, ich wollte so schnell wie möglich ins Bett. Doch plötzlich fiel mir etwas ein, worüber ich bis jetzt überhaupt nicht nachgedacht hatte, und ich drehte mich zu Schimschon um. Der Fernseher lief weiter, und Schimschon konzentrierte sich ganz auf das Spiel, das gerade kam – die verrückte Wasserschlacht gegen Polen in Frankfurt. »Warum bist du gekommen, Onkel Schimschon?«, sagte ich laut. »Du wolltest doch früher nie nach Deutschland.«

»Hat dein Vater hier irgendwo Zigaretten?«, sagte er.

»Ja.«

»Holst du sie mir?«

»Das geht nicht so leicht.«

»Ich verstehe.«

»Wenn du mich nicht verrätst …«

»Natürlich nicht.«

Ich sprang auf, und bevor ich die Schiebetür zu Vaters Arbeitszimmer aufzog, machte ich im Wohnzimmer das große Licht an.

»Gute Idee«, sagte Onkel Schimschon und kniff seine kleinen schwarzen Hundeaugen zusammen.

Ich beugte mich über Vaters Schreibtisch. Mit

beiden Händen hob ich die schwere, nur lose aufliegende Tischplatte an, ich drückte sie zur Seite und griff von oben in die abgeschlossene Schublade, in der Vater die Zigaretten aufbewahrte. Ich holte eine Schachtel heraus, schob die Platte wieder zurück, machte die Tür zu und reichte Onkel Schimschon stolz das Päckchen.

»Du auch?«, fragte er, nachdem er sich eine Zigarette angezündet hatte.

Die Frage war mir unangenehm. »Nein«, sagte ich.

Er nahm ein paar schnelle Züge, dann drückte er die Zigarette im Aschenbecher aus und steckte sich gleich wieder eine an. »Du darfst mich aber auch nicht verraten«, sagte er.

»Was hast du gemacht?«

»Ich habe deinen Bruder angelogen.«

»Was?«

»Ich habe deinen Bruder angelogen.«

»Wann?«

»Das ist schon sehr lange her.« Er blies den Zigarettenrauch langsam aus. »Als ihr das erste Mal bei mir wart. In Hasorea. Daran wirst du dich nicht mehr erinnern.«

»Hast du mich auch angelogen?«

»Nein.«

Ich dachte kurz nach. »Und deshalb bist du nach

Deutschland gekommen, Onkel Schimschon?«, sagte ich erstaunt.

»Deinen Eltern habe ich etwas anderes gesagt.«

»Was?«

»Dass ich München wiedersehen wollte. Nach so langer Zeit.«

»Und das stimmt nicht?«

»Doch, natürlich«, sagte Schimschon, »das stimmt natürlich auch.« Und dann machte er sich eine neue Zigarette an und begann zu erzählen.

5

Heute, Jahre später, kann ich mich nicht mehr an alles erinnern, worüber Onkel Schimschon in dieser Nacht mit mir geredet hatte. Es war viel, sehr viel, und es hatte anfangs überhaupt nichts mit Benny zu tun. Schimschon sprach lange von seiner Kindheit und Jugend. Er erzählte von den ersten fünfundzwanzig Jahren seines Lebens, die er in München verbracht hatte, und im Nachhinein kommt es mir vor, als sei ich der Erste gewesen, mit dem er sich über diese Zeit unterhielt. Er kam kaum dazu, Luft zu holen, so aufgeregt und zerstreut war er. Er redete mal langsamer, mal schneller, aber nie machte er eine Pause, die lang genug gewesen wäre, dass ich ihn hätte unterbrechen können, und ich merkte oft, wie überrascht er von seinen eigenen Erinnerungen war.

So war es, als er anfing, mir bis in die letzte Einzelheit das Glockenspiel vom Neuen Rathaus mit seinen Rittern, Fanfarenbläsern und tanzenden Schäfflern zu beschreiben, obwohl er nur erzählen wollte, wie er jeden Sonntagmittag mit dem Vater ins Hochcafé am Marienplatz ging, wo es die beste Linzer Torte der Stadt gab und Kakao so dick wie Sirup. So war es, als er von den Tagen schwärmte, die er im Englischen Garten verbracht hatte, als Kind beim Spielen auf dem Hirschanger und später als Student mit seinen Freunden am Monopteros, und sich plötzlich erinnerte, wie er abends, auf dem Weg von der Universität nach Hause, oft noch allein auf dem Monopteroshügel stehen blieb und wartete, dass die Glocken der Innenstadtkirchen zu schlagen begannen, die Glocken der Frauenkirche, der Theatinerkirche, die Glocken von Sankt Peter und von Heilig Geist. Und so war es, als er von dem Weihnachtsfest erzählte, das alles in seinem Leben verändert hatte, und zuerst nur erstaunt über den Geruch von Marzipan, Wachs und gebratenen Äpfeln sprach, über den eiskalten, ungeheizten Salon, der zwei Wochen vor dem Fest abgeschlossen wurde, damit keiner die Geschenke sah, über den mit einem dunkelblauen Damasttuch abgedeckten Gabentisch, über die etwas weniger verfänglichen Weihnachtslieder, die in seiner Familie gesungen wurden, von »Es ist ein Ros entsprungen« bis »O Tannenbaum«.

An jenem Weihnachtsabend hatte sich Onkel Schimschon – er war gerade fünfzehn – vor seine Mutter gestellt und ihr erklärt, er mache diesen gojischen Klimbim nicht mehr mit. Wenn er mit der Familie nicht feiern wolle, hatte sie ihm geantwortet, müsse er eben gehen, und das hatte er wörtlich genommen. Er schnappte sich seinen Wintermantel und die Schulmütze und rannte hinaus. Eine Weile stand er ratlos vor dem Haus seiner Eltern. Von der Isar wehte der Wind den immer stärker fallenden Schnee herüber, es war dunkel geworden, man sah niemanden mehr auf der Straße, nur ab und zu fuhr eine leere Tram vorbei. Der Schnee dämpfte die Schritte des Jungen, während er langsam zum Englischen Garten hinunterging. Er wollte einen kurzen Spaziergang machen und später wieder nach Hause gehen, doch auf einmal blieb er stehen, er überlegte kurz, und schließlich machte er sich zu dem einzigen von seinen jüdischen Freunden auf, dessen Familie noch orthodox war.

Dort blieb er in dieser Nacht – und die nächsten zwei Jahre. Die Eltern widersprachen nicht, sie gaben ihm Geld für Kleidung und Bücher, und fürs

Essen kamen seine Gastgeber auf. Mit der Wut eines Betrogenen beschloss er, endlich alles zu lernen, was man als Jude wissen sollte. Er legte Tfillim an und trug Zizit, er ging – statt nur dreimal im Jahr in den liberalen Tempel am Lenbachplatz – fast täglich in die orthodoxe Ohel-Jakob-Synagoge, er aß koscher und weigerte sich, samstags in der Schule zu schreiben. Doch wie das mit der Wut so ist, irgendwann verfliegt sie, und kaum ließ sein religiöser Eifer nach, kaum war diese Revolution erfolgreich zu Ende gebracht, begann er einen zweiten Aufstand – den gegen alle Erwachsenen, egal, ob ihnen die Gebote des Schulchan Aruch noch etwas bedeuteten oder nicht.

Aus Siegfried Berman wurde Schimschon Bar-On. Er trat in die Kadime ein, die jüdische Pfadfinderorganisation, die ihre Mitglieder nicht nur zu guten Zionisten machen wollte, sondern – genauso wie der deutsche Wandervogel – zu besseren Menschen. Die Wut kehrte zurück: diesmal auf die verstockten, verwöhnten Stadtmenschen, die in ihren geheizten Wohnungen saßen, ständig über Geld redeten, den Jungen Vorschriften machten und nicht verstanden, dass die Zukunft der Juden in Palästina lag. Schimschon musste nur das braune Pfadfinderhemd anziehen und das schöne blaue Tuch umbinden – und schon fühlte er die Kraft und den Willen, alles das zu tun, was die Spießbürger verachteten. Eine herrliche Zeit! Wann immer es mit seiner Gruppe auf große Fahrt ging, kam er sich wie Moses vor, der mit den Juden nach Kanaan zieht; dass sie bloß die Wälder und Täler Frankens oder Niederbayerns durchstreiften, spielte keine Rolle. Hier draußen war alles anders als in der Stadt, und es war genauso, wie es später in Palästina sein würde. Sie liebten die Natur, aber sie bekämpften sie – sie lernten, in kalten Nächten draußen zu schlafen, sie ernährten sich tagelang von dem, was sie fanden, sie unternahmen Gewaltmärsche, quälten sich mit Dauerlauf und Zirkeltraining, ignorierten Krankheiten und jede Form von Schwäche, wozu sie auch den Mangel an Mut und Zivilcourage zählten. Nur in der Liebe kämpften sie nicht gegen die Natur. Es war selbstverständlich, dass Mädchen und Jungen in denselben Zelten schliefen, niemand fragte, wer bei wem übernachtete, und so schnell eine Freundschaft zu Ende sein konnte, so schnell konnte eine neue beginnen.

Doch dann waren die Jahre in der Kadima vorbei. Schimschon hatte mit dem Studium angefangen, er ging viel ins Theater und las Tag und Nacht, und statt Ausflüge aufs Land zu unternehmen, saß er lieber in den Münchener Kaffeehäusern und Nachtlokalen oder flanierte herum. Er war ein schöner junger Mann geworden, fast alle mochten ihn und betrachteten ihn neugierig aus der Ferne. Nur wer ihn genauer ansah, bemerkte die haarfeinen Falten, die sein Gesicht überzogen, und den stumpf gewordenen Glanz in seinen kleinen schwarzen Augen.

Schimschons ganze Liebe galt plötzlich München – der Stadt, in der er aufgewachsen war und die er viel zu wenig kannte. Monatelang durchstreifte er die Viertel, die er vorher nie betreten hatte, er markierte jeden Abend auf seinem Stadtplan die neuentdeckten Straßen und Plätze und machte sich Notizen über ungewöhnliche Fassaden und vergessene Parks. Er ließ bei seinen Streifzügen keinen Hinterhof und kein öffentliches Gebäude aus, und so geriet er eines Nachmittags in den Bayerischen Hof, wo gerade Vladimir Jabotinsky, einer der bekanntesten Zionisten der Zeit, einen Vortrag halten sollte. Einen Augenblick zögerte Schimschon, schließlich stellte er sich zu denen, die in dem großen Saal keinen Sitzplatz mehr bekommen hatten, und da brandete schon der Applaus auf, laut und fordernd, und die Veranstaltung begann. Schimschon mochte Jabotinsky nicht, diesen kleingewachsenen, hässlichen Mann, von dem es hieß, er sei ein jüdischer Faschist. Er fand seine Rede viel zu unernst und voller Hass, es war ihm unangenehm, dass die Menge jedes Mal genauso reagierte, wie Jabotinsky es wollte. Und während er ihm zuhörte, überlegte er, wie leicht es wäre, eine Karikatur dieses Mannes zu zeichnen, die jeden Antisemiten mit der allergrößten Befriedigung erfüllen würde.

Noch bevor Jabotinsky zu Ende gesprochen hatte, brach Schimschon wieder auf. Vom Promenadeplatz ging er durch eine der alten Gassen zum Dom, er überquerte die vielbefahrene Neuhauser Straße, im Gehen drehte er sich um und sah nach oben zum Turm der Frauenkirche. Am Altheimer Eck verharrte er kurz vor der Auslage eines Herrenbekleidungsgeschäfts, dann machte er kehrt. Er ging langsam und nachdenklich zur Sendlinger Straße, schließlich änderte er erneut die Richtung und marschierte, am Marienplatz vorbei, zum Tal. So lief er ziellos, ohne seinen üblichen Entdeckerdrang, durch die Innenstadt, und als er eine halbe Stunde später wieder am Marienplatz angelangt war, blieb er vor dem Café stehen, wo er früher mit seinem Vater so oft gewesen war. Sein Entschluss stand fest – er würde aus Deutschland weggehen.

6

Wie viel kann man sich als fünfzehnjähriger Junge merken? Und was versteht man bereits? Als Onkel

Schimschon mir in dieser Nacht von seiner Münchener Zeit erzählt hatte, war ich genauso alt wie er an seinem ersten jüdischen Weihnachtsabend, an dem Abend, als er erwachsen geworden war. Vielleicht hatte ich Schimschon deshalb so aufmerksam zugehört, um ihm zu beweisen, dass auch ich kein kleines Kind mehr war. Und vielleicht kommt es mir im Nachhinein nur so vor, und ich habe später, wann immer ich an diese Nacht zurückdachte, etwas dazugedichtet.

Wirklich genau erinnere ich mich vor allem an die Kleinigkeiten. Ich habe noch Schimschons Stimme im Ohr, hell und viel zu jung, ich höre sein schönes, reines Deutsch, das so klang, als habe er nie woanders gelebt, und ich sehe, wie er beim Reden Zentimeter für Zentimeter zum Rand des Sofas vorrückte. Er beugte sich dauernd vor, um die Asche von seiner Zigarette abzuklopfen oder sich eine neue anzuzünden, er rauchte und redete, redete und rauchte, und die meiste Zeit schien es, als bräuchte er mich überhaupt nicht, als sei er sich selbst genug. Nur ab und zu tätschelte er abwesend meine Wange, um gleich wieder im Strudel seiner Erinnerungen zu versinken.

Schimschon redete lange von sich. Er erzählte, wie er zunächst allein, ohne seine Gruppe, mit dem Schiff nach Palästina gefahren war, wie er die ersten Monate in Hadera als Wäscher gearbeitet hatte und später mit seinen Freunden Land im Yesreeltal kaufen konnte, in Hasorea, wo nichts war, kein Strauch, kein Baum, nur Steine. Irgendwann unterbrach ich ihn mitten im Satz und fragte ungeduldig, wie lange es noch dauern würde. Er hob überrascht den Blick, dann blinzelte er nervös wie jemand, der gerade wach geworden war.

»Onkel Schimschon«, wiederholte ich, »ich bin müde.«

»Sollen wir schlafen gehen?«, sagte er.

»Vielleicht.«

»Vielleicht ja oder vielleicht nein?«

»Ja.«

»Also gut, gehen wir schlafen«, sagte er, und er stützte die Hände auf die Knie, um aufzustehen. Aber dann lehnte er sich wieder zurück. Ohne mich anzusehen, flüsterte er: »Ich war noch gar nicht fertig, Junge.«

Ich stöhnte gequält auf, und im gleichen Moment wusste ich, dass ich einen Fehler gemacht hatte. Doch da war es zu spät. Schimschon drehte sich zu mir und schlug mir mit der Hand ins Gesicht. Ich sah ihn wütend an, ich rieb mir die Wange und wartete auf die Tränen. Aber die Tränen kamen nicht, und statt der schrecklichen Unruhe, die mich befiel, wenn Vater mir eine Ohrfeige gab, fühlte ich mich so froh und befreit, als hätte mich jemand vom Kopf wieder auf die Füße gestellt.

»Willst du ein Pfefferminz, *chewre?*«, sagte Schimschon.

»Ja, bitte«, erwiderte ich ruhig. Ich nahm die Hand von der Wange und streckte sie aus. Während Schimschon in den Taschen seines Bademantels kramte, fiel mir ein, dass ich Pfefferminz gar nicht mochte. Ich roch es gern, aber ich hasste diesen brennenden Geschmack auf der Zunge und am Gaumen. Das war nur etwas für Erwachsene, fand ich, wie Alkohol oder Oliven oder Zigaretten, und man musste viel älter sein als ich, um diese Dinge zu mögen. Ich nahm den Bonbon, er war glatt und glänzte leicht, und in der Mitte hatte er ein kreisrundes Loch. Ich drehte ihn zwischen den Fingern, schaute durch und betrachtete Onkel Schimschons Gesicht. Dann steckte ich den Bonbon in den Mund. Ohne daran zu lutschen, schluckte ich ihn herunter, und endlich begann Schimschon mit seiner Benny-Geschichte.

Anfangs hörte ich sehr gut zu. Ich strengte mich genauso an wie in der Schule, wenn ich dem Vortrag des Lehrers folgen musste, weil ich sonst den Anschluss fürs ganze Halbjahr verlieren würde, ich achtete auf jedes Wort und versuchte, mir alles zu merken, was Schimschon sagte. Aber langsam begann meine Konzentration nachzulassen – vielleicht, weil ich inzwischen wirklich die Augen kaum noch offen halten konnte, vielleicht, weil ich nicht verstand, warum es ihm so wichtig war, mir das alles zu erzählen. Schön, er hatte Benny angelogen. Doch war das wirklich so schlimm?

Während Onkel Schimschon sprach, schaute ich wieder häufiger zum Fernseher herüber. Die Sendung über die Weltmeisterschaft ging zu Ende, sie zeigten gerade die letzten Minuten des Endspiels zwischen Holland und Deutschland. Die Holländer lagen eins zu zwei zurück, und weil ihnen nur noch wenig Zeit blieb, versuchten sie, Druck zu machen. Sie brachten ein paar schöne, überraschende Angriffe, und das fand ich sehr interessant anzusehen, denn ich wusste jetzt, was sie damals nicht gewusst hatten: dass sie den Ausgleich nicht schaffen würden. Als der Schlusspfiff kam und die deutschen Spieler vor Freude in die Luft sprangen und mit ihren Armen wedelten, griff ich lächelnd nach der Fernbedienung. Aber statt den Fernseher auszumachen, schaltete ich aufs andere Programm. Und da sah ich sie dann, den Vogeljungen und die Rothaarige. Sie lagen nackt nebeneinander auf dem Boden eines leeren Schwimmbeckens, der Junge hielt mit Gewalt die Arme der Frau fest, sie wehrte sich und drückte ihre Beine gegen seinen nackten Unterkörper. Als auf einmal mit rasender Geschwindigkeit Wasser ins Becken schoss und eine hohe Welle die beiden Kämpfenden umschlang, drückte ich enttäuscht auf den Ausschaltknopf.

Onkel Schimschon hatte nicht auf mich geachtet. Erst nachdem mir die Fernbedienung aus der Hand auf den kleinen Glastisch vor uns gerutscht war, wo sie mit einem lauten Knall landete, schaute er mich kurz an. Er hielt mir, ohne sich zu unterbrechen, die leere Zigarettenschachtel hin, aber ich rührte mich nicht. Ich stierte weiter auf den schwarzen Bildschirm, und mein Blick verschwamm. Plötzlich sah ich Benny in seinem Zimmer, er hatte schon gepackt, auf dem Bett lag nur noch seine rote Adidastasche, die Koffer waren unten im Wagen. Da stand er, während ich ihn von meinem Zimmer aus beobachtete, und schaute sich zum letzten Mal die Vereinsplakate und Fußballerfotos über seinem Bett an. Dann kam Vater herein, und bevor Benny die Arme hochreißen konnte, schlug er ihm mit den Fäusten auf den Kopf und ins Gesicht. Benny blieb stehen, er bewegte sich nicht von der Stelle und blickte Vater ernst und hochmütig an. »Beeil dich«, sagte Vater. Er ging hinaus, und kurz darauf betrat Mama Bennys Zimmer. Sie umarmte ihn und legte den Kopf auf seine Schulter. Danach verschwand sie wieder, ohne etwas zu sagen, und im nächsten

Moment stand erneut Vater vor ihm, er packte ihn im Nacken und zog ihn zu sich herunter. Er küsste ihn auf die Wangen, auf den Bart, auf die Stirn, und Benny, der mich jetzt erst entdeckt hatte, sah mich grinsend an, und während Vater ihn weiter küsste und drückte, machten Benny und ich uns einen Spaß daraus, Grimassen zu ziehen und wild die Augen zu verdrehen. Und genauso machte ich es jetzt auch, allein, für mich, während Onkel Schimschon weitererzählte. Ich runzelte die Stirn und schob die Augenbrauen hoch, ich verzog den Mund wie ein Frosch – und erst als Schimschon wieder die leere Zigarettenschachtel hochhielt, stand ich auf und holte ihm aus Vaters Schreibtisch eine neue.

7

Onkel Schimschon hat uns seitdem nicht mehr in München besucht. Es hat uns nicht überrascht, dass er nicht wiederkam, die drei Wochen, die er bei uns verbracht hatte, waren für ihn anstrengend gewesen – anstrengender, als er es selbst erwartet hatte. Jeden Morgen stand er als Erster auf, er machte im Wohnzimmer seine Gymnastik und half Mama beim Frühstück, dann verschwand er den ganzen Tag, um wie früher kreuz und quer durch München zu laufen. Ein paar Mal überredete er mich, mit ihm zu kommen, aber ich hielt es nie lange aus. Vor jedem Haus, an das er sich erinnern konnte, blieb er stehen, er lief in jeden Hinterhof und in jede Seitengasse. Ich konnte mit ihm manchmal kaum Schritt halten, so eilig hatte er es – als habe er Angst, es nicht mehr zu schaffen, noch einmal alles wiederzusehen. Natürlich hatte er sich auch einen Stadtplan gekauft, und wenn er am Abend, nach dem Essen, in Bennys Zimmer saß und sein Tagespensum eintrug, erhellte ein kraftloses Lächeln sein altes Gesicht. Hinterher ging er meist gleich ins Bett, deshalb herrschte in der Wohnung während seines Besuchs ab neun Uhr abends nächtliche Ruhe.

Über Benny haben Onkel Schimschon und ich uns in diesen Wochen oft unterhalten, aber nie in Gegenwart meiner Eltern. Wir sprachen von seiner Tollpatschigkeit und seinem Stolz, von seiner Besserwisserei und der Beharrlichkeit, mit der er jede Niederlage und Enttäuschung ignorierte. Und natürlich redeten wir über Bennys Fußballbegeisterung und seine Liebe zu Israel, von der keiner in der Familie etwas gewusst hatte, bis zu dem Tag nach seinem Abitur, als er erklärte, er wolle weggehen, er wolle zu Schimschon nach Hasorea. Wenn ich sagte, wie schade es sei, dass Benny die letzte WM, auf die er sich so lange gefreut hatte, nicht mehr erleben konnte, machte Schimschon kurz ein böses Gesicht. Doch statt mit mir zu schimpfen, holte er tief Luft, und dann erzählte er mir – zum vierten, fünften Mal –, wie sich Benny zwei Monate nach seiner Ankunft im Kibbuz heimlich zur Armee gemeldet hatte. Ein halbes Jahr später brach der Krieg aus, an Jom Kippur, und Benny, der dumme, dicke Benny, gehörte zu den ersten israelischen Soldaten, die auf dem Golan die Syrer zurückzudrängen begannen. Er stürmte ganz allein los, ohne Befehl, ohne Plan und ohne Funkgerät, weshalb seine eigenen Leute nicht wussten, dass jetzt einer von ihnen in der gegenüberliegenden syrischen Stellung saß, und so waren es israelische Granaten, die ihn töteten.

Ich habe Onkel Schimschon nie gefragt, ob er Benny für einen Helden hielt. Ich selbst musste manchmal fast lachen, wenn wir darüber sprachen, wie er gestorben war. Dass Schimschon dabei kein einziges Mal wütend wurde, habe ich ihm nicht vergessen. Er lächelte mich dann stumm an, als wisse er etwas, das ich erst viel später begreifen würde, aber sein Lächeln hatte nichts Eingebildetes oder Überlegenes. Er zog die Mundwinkel fast unsichtbar nach oben, die Augenlider zitterten, und vielleicht dachte ich deshalb, er müsste gleich weinen. Ein merkwürdigeres Lächeln habe ich nie gesehen.

Bevor Schimschon wegfuhr, sind wir alle zusammen in die Reichenbachstraße gegangen. Wir haben in der Synagoge für Benny die Jahrzeitkerze angezündet und Kaddisch gesagt, und weil Mama an diesem Tag nicht kochen wollte, beschlossen meine Eltern, dass wir im Gemeinderestaurant essen. Wir fuhren mit dem Fahrstuhl schweigend in den zweiten Stock und setzten uns an einen Tisch ans Fenster, von wo man den Gärtnerplatz sehen konnte. Wir studierten stumm die Speisekarte, und auch als die Suppe gebracht wurde, fiel kein Wort. Wir hatten gerade zu essen angefangen, als Vater wieder aufstand. Er ging durchs leere Lokal zum Kellner und flüsterte ihm etwas zu, worauf der ihm folgte und beleidigt unsere vollen Teller einsammelte. Mama sah Vater an, sie schüttelte traurig den Kopf, aber er achtete nicht auf sie. Er verschränkte die Arme über der Brust und wandte seinen Blick in Richtung Küche. So saß er da, bis das Hauptgericht kam, und während der Kellner servierte, ließ er ihn nicht aus den Augen. Kaum hatte Vater von dem Fleisch einen Bissen probiert, rief er, diesmal ganz laut, nach dem Kellner, doch der war in der Küche verschwunden. An seiner Stelle tauchte in der Küchentür der Pächter auf, der selbst kochte. Er kam an unseren Tisch und sagte ruhig, wir sollten verschwinden, er hätte auch ohne uns schon Sorgen genug.

Am nächsten Morgen ging Onkel Schimschons

Flugzeug. Wir brachten ihn mit Mamas BMW zum Flughafen, und weil die Sicherheitskontrollen so lange dauerten, mussten wir sehr früh losfahren. Die Autobahn nach Riem war leer, doch in der Nacht hatte es geschneit, der Schnee war getaut und gleich wieder gefroren, deshalb kamen wir nur langsam voran. Ich saß mit Onkel Schimschon hinten. Ich sah zum Fenster hinaus, in die Dunkelheit, und stellte mir vor, wie es wäre, wenn wir vier jetzt zusammen eine lange Reise unternehmen würden. Statt in Riem an der Ausfahrt zum Flughafen abzubiegen, würden wir weiterfahren. Wir würden so lange fahren, bis es Tag werden würde, und dann noch weiter, irgendwohin, wo es warm war und hell und ganz anders als bei uns. So träumte ich vor mich hin, und plötzlich fiel mir ein, dass Onkel Schimschon an einem solchen Ort lebte, und ich dachte an die kleinen, weißen Häuschen von Hasorea, an die Sonne, die sich nachmittags im Kibbuz-Swimmingpool spiegelte, und an den starken Blütengeruch, der einem jeden Morgen entgegenwehte, wenn man vor die Tür trat. Ich drehte mich zu Schimschon um, blickte in sein von der Sonne verbranntes Gesicht, das nach drei Wochen Deutschland nicht mehr leuchtend braun war, sondern aschgrau – und dann nahm ich seine Hand und ließ sie nicht los, bis wir am Flughafen waren.

Danach habe ich Onkel Schimschon nicht wiedergesehen. Er schrieb uns noch ein paar Mal, aber seine Briefe waren kurz und nichtssagend. Es ging in ihnen oft ums Wetter und manchmal um Politik, und natürlich wollte er wissen, ob ich Fortschritte in der Schule machte und wie Vaters Geschäfte gingen. Von sich selbst erzählte er fast nie. Er schrieb bloß, bei ihm sei alles in Ordnung und er hoffe, dass wir uns eines Tages vielleicht doch entschließen würden, nach Israel zu kommen, damit er uns wiedersehen könne. In seinem letzten Brief teilte er uns in zwei, drei knappen Sätzen mit, dass er aus Hasorea weggehe, er habe sich in Hadera, wo er ganz am Anfang gewohnt hatte, eine Wohnung gekauft. Wieso er mit fünfundsiebzig Jahren beschlossen hatte, den Kibbuz zu verlassen, haben wir nicht mehr erfahren. Kurz darauf starb er, noch in Hasorea, und als der Anruf kam, überlegten meine Eltern, ob sie hinfliegen sollten. Doch dann sagte Mama, eine Beerdigung in Israel sei für ihr ganzes Leben genug, worauf Vater sie kurz anbrüllte, aber am Ende gab er ihr trotzdem recht.

8

Wann immer ich heute an Benny denke, an den schrecklichsten älteren Bruder, den ein Junge jemals gehabt hat, fällt mir ein, dass ich inzwischen fast doppelt so alt bin wie er bei seinem Tod und dass ich, der kleine Bruder von früher, nun der Ältere von uns beiden bin. Dann erinnere ich mich an Onkel Schimschon, und ich frage mich jedes Mal, wieso er uns damals überhaupt in Deutschland besucht hatte, und ich weiß keine Antwort. Es kann, denke ich, doch nicht sein, dass er den langen Weg von Israel nach München auf sich genommen hatte, nur um mir zu gestehen, er habe Benny angelogen, viele Jahre davor, in Hasorea, als meine Eltern, Benny und ich das erste Mal in Israel waren.

Benny war zu der Zeit acht oder neun, ein übereifriger, ungeschickter Junge, dessen Neugier Onkel Schimschon bezauberte. Sie waren ständig zusammen, Benny begleitete Schimschon morgens auf die Felder, er half ihm in der Gärtnerei, sie ritten aus und sahen den Mechanikern in der Traktorenwerkstatt zu. Abends saßen sie, während ich schlief und meine Eltern Fernsehen schauten, auf der Veranda von Schimschons Häuschen, und Schimschon erzählte Benny von früher, von den ersten Jahren in Palästina und seiner Zeit in Deutschland. Benny hörte staunend zu, er wollte alles genau wissen und fragte oft nach, und wenn ihn eine von Schimschons Erzählungen besonders beeindruckte, seufzte er laut oder klatschte in die Hände vor Freude.

Am lautesten seufzte und klatschte Benny bei der Geschichte, die im letzten Sommer vor der Machtergreifung spielte, in dem Zeltlager bei Wasserburg, wo Schimschon mit hundert anderen jüdischen Pfadfindern aus Bayern den ganzen August verbrachte. Sie hatten von einem Bauern einen Acker gemietet, dort durften sie ihre Zelte aufstellen und einen Mast, an dem ihre blau-weiße Kadima-Fahne flatterte. Tagsüber machten sie Sport und Geländemärsche, abends saßen sie am Lagerfeuer und sangen hebräische Lieder. Sie hatten eine schöne, aufregende Zeit, aber das richtige Abenteuer begann erst, als sie erfuhren, dass die Hitlerjugend von Wasserburg einen Angriff auf ihr Lager plante. Sie stellten nachts Wachen auf, bastelten Speere, Pfeile und Bogen, und als es eines Morgens so weit war, waren sie kaum zu halten. Die Hitlerjungen hatten sich auch bewaffnet. Sie trugen, wie Schimschons Leute, Uniformen, sie hatten ihre Fahrtenmesser dabei und Keulen, und erst in der allerletzten Sekunde, als sie johlend auf die Zelte der Kadimaner zustürmten, tauchte wie aus dem Nichts der Bauer mit einem Polizisten auf dem Lagerplatz auf.

»Wer sind hier die Anführer?«, rief der Polizist laut. Schimschon und ein großer, schwarzhaariger Hitlerjunge mit einem vor Aufregung geröteten Gesicht traten vor.

»Ihr wollt euch schlagen?«, sagte der Polizist.

Beide nickten.

»Ihr wollt wissen, wer von euch stärker ist?«

Sie nickten wieder.

»Aber nicht bei mir!«, schrie der Polizist sie wütend an. »Ich dulde hier keine Tiere!« Er senkte den Kopf, und dann sagte er ganz leise: »Wenn ihr euch messen wollt, habe ich eine bessere Idee für euch. Sucht die besten Fußballer aus, die ihr habt, und macht gegeneinander ein Spiel.«

So kam es, dass zwei Stunden später eines der merkwürdigsten Fußballspiele angepfiffen wurde, die je stattgefunden haben. Zuerst trauten sie sich nicht, aber schließlich haben die Kadimaner und die Hitlerjungen zusammen hinter der Scheune ein Feld abgesteckt. Sie haben Tore gebaut und aufgestellt, und weil die Deutschen keine Sportschuhe dabeihatten, beschlossen sie, barfuß zu spielen. Sie spielten zweimal dreißig Minuten, sie spielten fair, überlegt und ohne Wut, und als Schimschons Leute mit fünf zu zwei gesiegt hatten, gaben sich die Spieler beider Mannschaften ruhig die Hand. Die Deutschen waren gute Verlierer, sie wirkten traurig und enttäuscht, der Hass schien ihnen aber vergangen zu sein. Bevor sie abzogen, versprachen sie, Schimschons Leute in Ruhe zu lassen, und sie hielten ihr Versprechen.

»Aber was war die Lüge, Onkel Schimschon?«, hatte ich in jener Nacht vor zwanzig Jahren gefragt, als Schimschon nicht Benny, sondern mir seine Fußballgeschichte erzählte. Er sah mich stumm an, und seine Augenlider begannen zu zittern. »Wir hatten das Spiel verloren, Junge«, sagte er mit fester Stimme, und dann steckte er sich an seiner abgebrannten Zigarette eine neue an.

Jesús Moncada

Fußball am Fluss

Eigentlich enthielt die Fotografie keinen Hinweis, kein ungewöhnliches Merkmal, das es erlaubt hätte, das außerordentliche Ereignis vorauszuahnen, das sich begab, kurz nachdem Ladislau Saboga – Hochzeiten und Kommunionen, Qualitätsporträts, exotische Reportagen – an jenem Nachmittag des Jahres 1958, der in die Sportgeschichte unseres Ortes eingehen sollte, den Auslöser seiner abgenutzten Leica betätigt hatte. Der ein wenig vergilbte Abzug, der im »Cafè de la Granota« zwischen dem Saisonkalender der Fußballliga und der verstaubten Reklame eines tropischen Likörs an der Wand hing, zeigte das typische Bild einer Fußballmannschaft, die für die Nachwelt posiert, bevor sie in ein heikles Spiel geht: elf junge Kerle in steifer, leicht überheblicher Haltung und mit starrem Blick, ein Ball, so belanglos wie jeder andere, und ein Mann mit einem Handtuch um den Hals. Ein eher glanzloses, langweiliges, keineswegs ereignisschwangeres Bild.

»Trotzdem, diese Burschen waren die Helden der Geschichte«, erklärte mir der alte Cristòfol zwanzig Jahre danach, während er mit dem Finger über das Glas strich, das die Fotografie schützte, und ihn dann zerstreut auf dem Ohr von Justinià Costera ruhen ließ, dem dritten von rechts und Kapitän jener Mannschaft von Felukenschiffern, Schiffszimmermännern und Bergarbeitern, die seinerzeit die Farben der Ortschaft trugen und noch durch einen Krämer und einen Maurer verstärkt wurden. Es sei hier jedoch darauf hingewiesen, dass diese denkwürdige Begebenheit nirgendwo anders als auf unserem Fußballplatz hätte geschehen können. Der Fußballplatz unseres Ortes war nämlich zweifellos etwas Besonderes.

Einige Jahre vor dem Bürgerkrieg hatte ein Hochwasser des Segre den Gemüsegarten von Ramon de Tamariu verwüstet, der an dem Zipfel unseres Ortes lag, wo Ebre und Segre zusammenfließen. Damals beschloss man, das Schlammfeld, in das sich das überschwemmte Gartenland verwandelt hatte, zur Anlage eines Sportplatzes zu nutzen. Bis dahin hatten die Fußballspiele auf der am rechten Flussufer des Ebre gelegenen Tenne nahe dem Uferstreifen stattgefunden, wo die Schiffszimmermänner bei Teergestank und Rauch Feluken und Lastkähne instand setzten. Die Anhängerschaft jedoch, eine aufopferungsvolle, treue und lautstarke Anhängerschaft, forderte seit langem einen passenderen Ort, sodass der Vorschlag, den neuen Platz im Garten von Ramon anzulegen, von den Fans, die sich zur Abstimmung in der »Bar Esport« versammelt hatten, mit Begeisterungsrufen aufgenommen wurde. Die Baumaßnahmen gingen schnell voran, und der Sportplatz wurde prächtig. Der einzige Schwachpunkt war die Größe des Grundstücks; der Platz war so knapp bemessen, dass der Segre beinahe am östlichen Tor schleckte und eine der Längsseiten direkt am Ebre verlief, sodass die Bälle, die hier ins Aus flogen, in einem der beiden Flüsse oder ihrem Zusammenfluss landeten. Um zu vermeiden, dass das magere Budget des Klubs in Form verlorengegangener Bälle den Bach beziehungsweise den Fluss hinunterging, ernannte man einen Verantwortlichen, der mit einem besonders langstieligen Kescher und einem Boot ausgerüstet wurde. Die Bälle, die nahe dem Ufer ins Wasser fielen, fischte er mit dem Kescher heraus; diejenigen jedoch, die weiter flusseinwärts landeten, hatte er per Ruderschlag einzuholen, und man erinnerte sich an harte Spiele, bei denen der arme Kerl vor lauter Hin und Her mit dem Boot am Ende fix und fertig war. Ungeachtet aller Vorsichtsmaßnahmen trieb dennoch gelegentlich ein Ball den Fluss hinunter. Im Jahre

1960 wurde einmal einer von der Gemeinverwaltung eines flussabwärts gelegenen Dorfes zurückgegeben: Die Sendung war mit dem Amtssiegel versehen, mit dem der mit der Post betraute Beamte jenes Bürgermeisteramts bestätigte, dass die Sendung ausschließlich amtliche Briefpost enthielt.

Die außergewöhnliche Lage des Fußballplatzes gab auch Anlass zu einem hartnäckigen und weitverbreiteten Gerücht, demzufolge wir die Schiedsrichter in den Fluss würfen, wenn ihre Entscheidungen unser Missfallen hervorriefen. Der Chronist will hier nicht abstreiten, dass bei der einen oder anderen Gelegenheit ein oder mehrere unbeherrschte Fans, wenn nicht sogar alle Zuschauer den Schiedsrichter mit einem unfreiwilligen Bad bedroht haben; auch muss ich einräumen, dass hin und wieder in Gegenwart des Meisters dieser Zunft wie zufällig Bemerkungen gemacht wurden über die Schwierigkeiten, die es mit sich brachte, die Leichen der Bedauernswerten zu bergen, die das Pech gehabt hätten, in den Zusammenfluss von Segre und Ebre zu fallen. Tatsache ist jedoch, dass zu keiner Zeit ein Schiedsrichter im Wasser gelandet ist und unsere Anspielungen niemals etwas anderes waren als eine gewitzte psychologische Kriegslist.

Wie dem auch sei, die besonderen Eigenheiten des Platzes sind nie so offen hervorgetreten wie an jenem Sonntag des Jahres 1958. Dem alten Cristòfol zufolge, der jeden Dorfhund in Erinnerung behielt, war es ein klarer Tag Ende März gewesen; ein steifer Nordwestwind hatte die Wolken aus dem Flusstal getrieben, und um vier Uhr nachmittags war der Himmel blank, und die Sonne schien warm vom Himmel herab. Es war Fußballzeit. Die örtlichen Kneipen begannen sich zu leeren, und ein ungeduldiger Zug von Menschen in steifer Sonntagskleidung, die sich niemals richtig weiten würde, machte sich auf den Weg zum Platz und hinterließ in den Straßen Tabakgeruch und Gesprächsfetzen. Sogar der »Scheitel«, der Friseur, der keinerlei Hang zu diesem Sport verspürte, obgleich seine Stammkundschaft die ganze Woche beinahe über nichts anderes redete, ging hin, allein deshalb, um nicht mutterseelenallein im »Cafè de la Granota« sitzen zu bleiben. Die Gastmannschaft aus einer Gemeinde in den Monegres-Bergen war bereits auf einem Lastwagen eingetroffen, und alle Spieler warteten in der Umkleidekabine auf den Anpfiff. Der Segre war angeschwollen. Das dumpfe Rauschen des trüben, aber flink dahinfließenden Wassers mischte sich mit den Kommentaren der Zuschauer, die in Scharen lärmend auf den Platz strömten.

Pünktlich und nur wenige Minuten, nachdem Ladislau Saboga die Fotografie gemacht hatte, die Praxedes, der Besitzer des »Cafè de la Granota«, einrahmen und in seinem Lokal als Erinnerung an das Geschehen aufhängen würde, pfiff der Schiedsrichter das Spiel an. Vom ersten Augenblick an war sonnenklar, dass die Auswärtigen, robuste Kerle aus dem Bergland, eine sehr eigenwillige Vorstellung von Fußball vertraten: Offenbar hatte man sie darauf trainiert, die Beine ihrer Gegner zu Kleinholz zu machen, wie es unsere Spieler umgehend zu spüren bekamen, die aus jedem Zusammenstoß lädierter hervorgingen. Obendrein stellte sich der Schiedsrichter schamlos auf die Seite der Auswärtigen, sodass die Gemüter der Zuschauer in Wallung gerieten. Nach einer halben Stunde erhitzten Kampfes setzten uns die anderen aus einem klaren Abseits einen Ball ins Netz, und es erhob sich ein furchtbarer Tumult.

»Gleich schluckst du deine Pfeife!«, brüllte die vollzählig anwesende Besatzung der Feluke »Soledat«.

»Hornochse!«

»In den Fluss mit ihm, hängt ihn auf, hackt ihn in Stücke!«, schrie das feiste Weibsstück und leidenschaftliche Anhängerin der Mannschaft, Teresa Planas, die in der nachfolgenden Saison in der Umkleidekabine des Platzes ein prächtiges Balg zur Welt bringen sollte, eine Woche zu früh infolge einer

Heimniederlage, die ihr einen ordentlichen Tiefschlag versetzt hatte.

»Halunke! Rindvieh!«

»Schlappschwanz!«

»Du Blödian! Trottel! Hohlkopf!«, begehrte Tomàs Valldabó, besser bekannt als *Tomasa la Torera,* mit seiner Fistelstimme auf.

»Was dieser Schiedsrichter treibt, sollte mit einer gerichtlichen Strafe belegt werden«, sagte der Gerichtsschreiber ernsthaft und selbstzufrieden zum Gemeindepfarrer.

»Mit der ewigen Verdammnis, Herr Gerichtsschreiber!«

Zehn Minuten später, als unsere Mannschaft mit einem offensichtlich ungerechtfertigten Elfmeter bestraft wurde, erreichte das Gebrüll seinen Höhepunkt – um plötzlich einer bleiernen und gespannten Stille zu weichen, in der nichts als das immer heftigere Rauschen des Segre zu hören war. Die Männer der Guardia Civil wurden unruhig: Die Erfahrung hatte sie gelehrt, in diesem Verstummen die Ruhe vor dem Sturm zu wittern, weshalb ihre Dreispitze bald wie skurrile Vögel aus schwarzem Leder zwischen den Köpfen der Leute zu sehen waren in dem vergeblichen Versuch, den Aufruhr einzudämmen, der losbrach, nachdem der sich verzweifelt am Zaun festkrallende Oliveri Castells mit der ganzen Macht seiner Stimmbänder gebrüllt hatte:

»Tod der Wiederaufforstung!«

Während sich die auswärtige Mannschaft für den Elfmeter aufstellt, will der Chronist die Zeit nutzen, um klarzustellen, dass Oliveri Castells keinen Rechtsstreit mit dem Landwirtschaftsministerium ausfocht und seine Vorstellung davon, was es mit der Wiederaufforstung auf sich hatte, eher ungenau und nebulös war. Sei's drum, aus Gründen, die an den örtlichen Stammtischen nie geklärt werden konnten, hielt Oliveri seinen Schlachtruf für überaus gewagt und subversiv, und zwar in solchem Maße, dass er, sobald sich das Gezeter über das Spiel und sein Zorn gelegt hatten, dem alten Cristòfol im »Cafè de la Granota« gestand:

»Ich weiß, dass ich mich bremsen müsste und mich von der Wut nicht so hinreißen lassen sollte, aber ich kann es nicht. Ich habe nun mal ein stürmisches Temperament und bin waghalsig! Ich kann den Mund nicht halten, auch wenn es mir schadet. Denk nicht, mir wäre nicht klar, was ich dabei alles aufs Spiel setze: Eines schönen Tages kommen sie mich holen und schmeißen mich ins Kittchen, und dann heißt es: Leb wohl, Oliveri Castells!«

Subversiv oder nicht, Oliveris Schlachtruf wurde jedenfalls mit der Zeit – und aus Gründen, die sich niemals klären ließen – zur Losung, die der Politisierung der Spiele vorausging, wenn die Dinge übel liefen. Kaum war die Ablehnung der Wiederaufforstung verhallt und hatte den Platz unter Spannung gesetzt, ging das Publikum von Beleidigungen des Schiedsrichters und der Spieler zu einer nahezu lückenlosen, kritischen Durchforstung des Staats und seiner Institutionen über.

So war es auch an jenem Tag: Die jähe Wut entlud sich in tausend Schreien, deren Urheber die Guardia Civil inmitten dieses Hagels von Schmähungen vergebens ausfindig zu machen versuchte.

»Tod der Regierung!«

»Nieder mit der Diktatur!«

»Hoch lebe Lenin!«

»Faschisten in den Fluss!«

Nichts konnte das Unglück verhindern: Der Schiedsrichter pfiff, der Mittelstürmer – ein blonder, abstoßender, angeberischer Lümmel – lief an, schoss und traf, während von der Seitenlinie, wo sich die Umkleidekabinen befanden, versteckt zwischen den Ersatzspielern, der Schrei des Masseurs, seit eh und je Republikaner, erscholl:

»Es lebe der vierzehnte April!«

»Wir haben damals gewonnen«, sagte der alte Cristòfol, nachdem er einen Schluck Rum genommen hatte, ohne die Fotografie aus den Augen zu lassen. »Wir haben sechs zu zwei gewonnen, als wir schon glaubten, sie hätten uns in die Pfanne gehauen. So geht es oft im Leben, und im Fußball auch: Wenn du am wenigsten damit rechnest, wendet sich das Blatt. Denn wer hätte gedacht, dass der Segre nach diesem Elfmeter auf einmal ruckzuck anschwellen und das Wasser aus dem Ebre mit der Kraft seiner Strömung zurückdrängen würde? Genau so war's, mein Junge: Aufgestaut von der gewaltigen Wucht des Segre, hat sich der Ebre darangemacht, das Fußballfeld nach und nach mit ruhigem Wellenschlag so weit zu überfluten, dass der größte Teil des Platzes einen halben Spann hoch mit Wasser bedeckt war. Es war nicht das erste Mal, dass das passierte, aber es war noch nie während eines Spiels vorgekommen.

Die Auswärtigen, dürre, zähe Burschen aus dem Trockenland, die noch nie so viel Wasser gesehen hatten, waren entsetzt: Sie sahen sich schon flussabwärts, von diesem läppischen Hochwasser ins Meer gespült. Die meisten von ihnen sind wie der Schiedsrichter aus Angst dort geblieben, wo auf dem abschüssigen Spielfeld das Wasser nicht hinkam. Das war unsere Chance: Wer hätte eine Mannschaft aufhalten können, die den Fluss im Blut hat und auf so einem Platz ganz in ihrem Element ist? So was hatte die Welt noch nicht gesehen: Angefeuert von einem Publikum, das sich, das Wasser auf Knöchelhöhe, in vielstimmigem Gebrüll verausgabte, waren unsere Jungs, ja sogar der Krämer, so wendig wie die Karpfen: Beinahe jeder Angriff war ein sicheres Tor. Beim sechsten hörten wir auf, es ging ja nicht darum, sie zu verhöhnen, wir wollten sic bloß besiegen. Sie hatten es schwer genug, die Armen, weil sie nicht wussten, wozu ein Fluss imstande ist.«

Manuel Vázquez Montalbán

Cojones!

Der Masseur schimpfte, weil ihm jemand die Flasche mit dem Massageöl weggenommen hatte.

»Welcher blöde Hund hat mir das Massageöl weggenommen?«

»Ich hab's, mach doch nicht so ein Theater!«

»Abreibungen verpasse immer noch ich hier, dafür bin ich schließlich da!«

Die Flasche wanderte durch die Hände diverser halbbekleideter oder halbbeschuhter Spieler, und als der Masseur sie bekam, hielt er sie prüfend gegen das Licht der einzelnen Glühbirne in der Blechlampe an der Decke. Ein erleuchteter Chinese.

»Also wirklich, drei Viertel habt ihr verbraucht. Da kann euch nächsten Sonntag euer Vater zu Hause eine Abreibung verpassen!«

»Gib mir ordentlich *Reflex* aufs Knie!«, bat ihn Palacín.

»So will ich dich hören. Wenn schon was drauf muss, dann mach ich das. Dafür bin ich ja da. Aber willst du voll mit *Reflex* aufs Spielfeld? Du mit deinem blöden Knie. Du verhätschelst es mehr als deine Freundin!«

Der Masseur war, genau wie der Trainer, ein Angestellter von Sánchez Zapíco, und sie hatten etwas gemeinsam, dieselbe nervöse Schlankheit, denselben Blick großer Tiere innerhalb des Vereins, aber nie außerhalb. Der Trainer gab letzte Anweisungen.

»Toté, du machst die Notbremse in der Verteidigung, aber Vorsicht mit den Pässen von Patricio, Nummer elf, der nimmt es mit Ibáñez auf. Ich will dich ja nicht entmutigen, aber Ibáñez, der hat in jedem Bein einen halben Meter Vorsprung vor dir. Wo deine Beine nicht ausreichen, da brauchst du *cojones*! Wenn ihr Patricio ausschaltet, dann schaltet ihr den FC Gramenet aus, denn Gramenet, das ist Patricio! Und du, Palacín, wenn ich dir einen technischen Rat geben darf: viel *cojones*, darauf kommt's an! Ein Mittelstürmer ohne *cojones* ist wie ein Omelett ohne Eier!«

»Also sprach Konfuzius«, sagte die Stimme von Mariscal, Mittelfeldspieler und Informatikstudent im zweiten Semester.

»Du, Intellektueller, bring ein, was du kannst! Viel Konfuzius und wenig *cojones*. Mit Köpfchen spielen, und den Schwanz als Blickfang! Wenn du siehst, dass Palacín vorprescht, dann mit dem Ball nach vorn gestürmt, und pass auf mit der Abseitsfalle! Unheimlich aufpassen, heute kommen ein paar Linienrichter, bei denen die Fahne genauso schnell hochgeht wie der Schwanz bei denen in der Kaserne, wenn ein paar Mädchen vorbeigehen. Denkt an die Schlüsselkombination mit festem Ball: die ABD. Auf geht's, wer ist A?«

»Ich!«, rief Mariscal.

»B?«

»Hier!«

»Und D?«

Palacín hob den Arm.

»Und du, Monforte, auf die feindliche Abwehr und Ellbogeneinsatz, aber mit Feingefühl! *Cojones*, eine Menge *cojones*, denn wenn wir heute verlieren, gibt es keine Regionalliga mehr, in die wir noch absteigen können. Dann spielen wir nicht mehr in der Regionalliga, sondern gegen die Mannschaft vom Waisenhaus. Heute hat Palacín seinen ersten Auftritt. Ich möchte nicht, dass ihr für ihn spielt, kapiert? Aber ich will, dass ihr ihn auf der Rechnung habt, denn die paar Idioten, die kommen und zuschauen wollen, die kommen wegen ihm. Und du, Palacín, denk nicht immer an dein Knie, verdammt noch mal!«

»Ich schmier es mit *cojones* ein.«

»Genau das wollte ich hören. Los jetzt, die Hände!«

Der Centellas-Trainer hatte in der Kabine ein paar psychologische Techniken eingeführt, und die Technik, die mit dem größten Eifer gepflegt wurde, war der Moment der Kommunion vor dem Spiel, wenn sich alle Spieler an den Händen fassten und im Chor brüllten: »Centellas, Centellas, alle wie ein Mann!« Dann bildeten sie einen Tausendfüßler in Fußballstiefeln, die arg ramponiert waren von den Stoppeläckern, auf denen sie normalerweise spielten und wo das Gras, wenn überhaupt vorhanden, nur ein Schatten seiner selbst war. Dann stiegen sie die Holztreppe zum Spielfeld hinauf und gaben wie immer bei der vierten Stufe Acht, die seit der Spielzeit 1979/80 nicht mehr vorhanden war.

Die Ränge waren halb voll oder halb leer, je nachdem, wie man es ansah. Spärlicher Applaus und Pfiffe, denn man erinnerte sich an die drei aufeinanderfolgenden Niederlagen der Mannschaft in fünf Ligaspielen. Aber als Palacín allein vortrat, damit ihn ein Neffe des Präsidenten fotografieren konnte, wurde er mit hoffnungsvollem Applaus begrüßt, und er konnte es sich nicht verkneifen, beide Arme zu heben, was den Beifall anschwellen und auf ihn niederprasseln ließ, als bildeten seine beiden Arme einen großen Korb.

Seit acht Monaten hatte er an keinem Tabellenspiel mehr teilgenommen, seit dem Abschied von Oaxaca, wo er schon auf der Ersatzbank gesessen hatte, und die Luft des bevorstehenden Spiels dehnte seine Lungen in einer schmerzhaften Euphorie. Es war seine Aufgabe, den Anstoß zu machen, im Schatten eines dicken Schiedsrichters, der schon vor Anstrengung schwitzte, als er nur die Münze geworfen hatte.

Die stadionartigen Aufbauten des von unbrauchbaren Leichtathletikbahnen umgebenen Platzes hielten das Publikum auf Distanz, und das war Palacín recht, denn er musste sich manchmal auf dem Spielfeld unsichtbar machen, um seine Erschöpfung zu verbergen. Sein Blick suchte den ihm zugeteilten Bewacher bei Gramenet: ein junger LKW-Fahrer mit Beinen wie gedrungene Säulen und einem Ellbogen, der in der oberen Regionalliga berüchtigt war. Pedrosa hatte ihn auch entdeckt und musterte ihn aus der Entfernung, kritisch, mit dem feuchten Blick des Jägers und zunehmender Selbstsicherheit angesichts der augenscheinlichen Zerbrechlichkeit Palacíns. Er hatte von seinem Trainer alarmierende Instruktionen erhalten.

»Du bist nicht der Schnellste, Pedrosa.«

»Ja, ich weiß, ich bin nicht der Schnellste.«

»Aber beim Zweikampf ist dir keiner gewachsen.

Denk dran, Palacín ist ein alter Fuchs und spielt mehr ohne den Ball als mit dem Ball vor den Füßen. Denk dran, sein Knie ist aus Glas, aber seine Kopfbälle sind nicht zu halten. Wenn du ihn hochspringen lässt, macht er uns nass. Du hängst dich an ihn wie ein Bleiklotz und lässt nicht zu, dass er sich mit dem Ball mehr als einen halben Meter von dir entfernt! Sonst hängt er dich ab, Pedrosa, du bist nicht der Schnellste!«

»Nein, das bin ich nicht.«

Nach dem Anpfiff gab Palacín den Ball nach hinten ab und lief dann nach vorn, direkt auf seinen Gegenspieler zu. Er stellte sich vor ihn, mit dem Rücken zum gegnerischen Tor, und verwehrte ihm so die Sicht auf Mariscals Kombination, der den Ball zur Platzmitte vorantrieb. Hinter sich fühlte er die machtvolle Gegenwart Pedrosas, verschwitzt, keuchend, und der Kontakt mit seinem Körper war wie der mit einer Mauer aus Fleisch, an die er sich anlehnte, als der Ball auf ihn zukam. Er nutzte den Rückhalt, um sich um die eigene Achse zu drehen, den Ball mit einem lähmenden Tritt zu stoppen und etwa einen Meter vor sich zu legen. Als er sich von seinem Bewacher löste, um aufs Tor zu stürmen, rammte ein Knie seinen Oberschenkel, und er stolperte, ohne im Lauf innezuhalten, aber der Ball prallte stumpf von seinem Fuß ab und wurde von einem andern geschnappt. Erst zehn Minuten später bekam er wieder einen Ball in einer vergleichbaren Situation. Diesmal löste er sich von seinem Bewacher, stoppte den Ball, lief mit ihm in einer Parallelen zu seinem Gegenspieler und begann dann steil aufs Tor zu stürmen. Er trieb ihn vor in den freien Raum vor dem rechten Verteidiger, direkt vors Tor, in einem dauernden Gerangel mit Pedrosa. Der Ball flog hoch und wartete auf seinen Kopfstoß, aber er konnte ihn nur streifen, denn als er hochstieg, bekam sein krankes Knie die erste Warnung von einem der stämmigen Beine seines Gegners.

»Noch ein Tritt ans Knie, und du hast meinen Stiefelabdruck im Gesicht, wenn sie dich vom Platz tragen!«

Pedrosa spuckte kopfschüttelnd aus und rannte, um seinen Torhüter zu beschützen, der den Ball in den Armen hielt und sich nach allen Seiten umsah, ob jemand versuchen wollte, ihn ihm wegzunehmen.

»Gute Ansätze, aber zu wenige Spiele.«

»Und zu viele Jährchen auf dem Buckel.«

Dieser Kommentar breitete sich nach seinen vier ersten Spielzügen allmählich im Publikum aus.

»Einem Mittelstürmer muss man Zeit lassen.«

»Wenn man Palacín zu viel Zeit lässt, geht er in

Rente. Der hat ja schon zwanzig Jahre auf jedem Bein.«

Am Ende der ersten Halbzeit war Palacín eher psychisch als physisch erschöpft. Der Trainer gestikulierte wie immer wild und versuchte, irgendetwas zu erklären. Schon nach dem Anpfiff hatte er damit begonnen. Er hüpfte auf seiner Trainerbank wie ein Tier, das dauernd elektrische Schläge erhielt, oder befand sich in permanenter, elektrisierender dialektischer Spannung mit ihr. Jetzt hüpfte er zwischen den Spielern umher, verteilte Rügen und insistierte auf der mangelhaften Konsistenz ihrer *cojones*. Ein besonderes Kapitel war Palacín gewidmet, mit leiserer Stimme und etwas geordneterer Syntax: »Kleb nicht an Pedrosa! Spiel dich frei! Verdammt noch mal, Palacín, du weißt doch, worauf es ankommt! Dem Kerl läufst sogar du mit dem Ball davon!«

Die Mannschaft betrachtete niedergeschlagen ihre Stiefelspitzen, und einige wechselten ihr schmutziges, verschwitztes Trikot.

»He, Konfuzius, du sollst nicht zwischen den Halbzeiten duschen, das kühlt die Muskeln zu sehr ab! Ich hab's dir schon tausendmal gesagt, verdammt! Wasch dich doch nicht dauernd, du gehst nicht zum Ficken und auch nicht in die Oper!«

Als sie wieder aufs Spielfeld hinausgingen, hatte der einbrechende Abend die Physiognomie der

Ränge und der kleinen Tribüne, auf der Sánchez Zapíco im Kreis der Vorstandsmitglieder und ihrer Angehörigen präsidierte, beschmutzt, sodass sie noch älter und kaputter aussahen. Der Präsident verfolgte mit einem Auge das Spiel, mit dem andern beobachtete er Dosrius, der sich unter das Tribünenpublikum gemischt hatte. Ein philosophischer Zuschauer, offensichtlich desinteressiert an den Ereignissen. Ab und zu trafen sich ihre Blicke, und dann rollte der Präsident die Augen, um ihre stillschweigende Abmachung zu bekräftigen.

»Haarscharf! Beinahe!«

Palacín hatte den Ball bekommen und Pedrosa mit einem Ausweichmanöver an den Platzrand gesetzt, seinen mächtigen Arsch sozusagen in die Erde versenkt. Dann schoss der Mittelstürmer, vorbei an dem herauslaufenden Torwart. Mit grausamer Langsamkeit verweigerte sich der Ball seiner Bestimmung und ging haarscharf am Pfosten vorbei ins Aus. Die Zurufe und der Applaus des Publikums beflügelten Palacín, als er zu seiner Ausgangsposition zurückkehrte und dabei mit Skepsis einen Blick von Pedrosa auffing, der ihm galt und eine Mischung aus Hass und Selbsthass enthielt.

Während des folgenden Spielzuges ging Pedrosa auf Kollisionskurs, aber Palacín war schon darauf gefasst und rammte ihm unter dem Vorwand, über sein kurzes Bein springen zu müssen, das wie eine Axt seinen Weg versperrte, den Stiefelabsatz in den Oberschenkel. Der Schiedsrichter griff nach der gelben Karte, beließ es aber bei einem wütenden Kopfschütteln und schnappte vergebens nach Luft. Dann bewegte sich der Ball zehn Minuten lang im Mittelfeld, und weder mit klugen noch mit dummen Kombinationen gelang es, ihn aus diesem Niemandsland herauszubringen. Und dann geschah es, in der 22. Minute, wie die Sportreporter gesagt hätten, wenn sie dagewesen wären. In der 22. Spielminute tauchte Konfuzius aus seiner gewollten oder ungewollten Abwesenheit auf, umspielte drei Spieler von Gramenet, stand plötzlich allein am rechten Pfosten des gegnerischen Tores und gab Palacín die tödliche Vorlage. Der Mittelstürmer sah, dass das ganze Tor ihm gehörte, und der Torwart war eine lächerliche Schießbudenfigur, die er mit einem Spitzenschuss treffen musste, um sie niederzuschlagen oder zu töten. Schwerverletzt schoss der Ball nach vorn, und als er das feindliche Tornetz traf, bauschte er es auf wie einen Rock, wie es die besten Windstöße mit den Röcken junger Mädchen machen. Das Zauberwort wurde zum kollektiven Schrei: »Tooor!«

Vom Boden aus schaute Palacín zum Linien- und zum Schiedsrichter. Das Tor war gültig, obwohl die

Gramenet-Spieler den Schiedsrichter umringten und ihn zu der Erklärung nötigen wollten, Konfuzius habe im Abseits gestanden.

»Was soll das, das war kein Abseits, zum Donner! Ich hab's genau gesehen.«

»Das kannst du gar nicht gesehen haben, so blind, wie du bist!«

»Du siehst doch bloß die Kohle, die sie dir bezahlt haben!«

Der Schiedsrichter zückte gleich zweimal dieselbe gelbe Karte, wie junge Mädchen das Kreuz aus dem Ausschnitt ziehen, wenn Dracula sie bedrängt, und die Spieler von Gramenet entspannten sich, gingen auseinander und nahmen den Ball mit neuem Eifer in Besitz, um weiterzuspielen. Die Centellas-Mannschaft umringte Palacín und brüllte ihre Freude heraus, unterstützt von dem Gebrüll auf den halb vollen oder halb leeren Rängen, die für sie trotzdem die Stufen des ruhmreichsten und überfülltesten Kolosseums der Welt waren.

»Nicht zurückbleiben! Nicht zurückbleiben! Vorwärts ins Rampenlicht! *Cojones! Cojones!*«, schrie Trainer Precioso, um seine Mannschaft anzufeuern, aber auch das Tribünenpublikum hinter ihm.

Sánchez Zapíco erntete für seinen Beifall inklusive eines begeisterten Luftsprungs einen ironischen Blick von Dosrius. Der Druck von Gramenet brachte sogar Palacín dazu, nach hinten in die Verteidigung zu gehen, und eine Gruppe von Zuschauern rief jedes Mal einmütig Olé, wenn er einen Ball aus dem Strafraum köpfte, mit seinem Kopf, den ein langer Hals wie einen Rammbock vorschnellen ließ.

Palacín hatte seinen Bewacher aus dem Konzept gebracht und die Rollen vertauscht. Jetzt war er es, der ihn daran hinderte, zum Schuss zu kommen, indem er seine Plumpheit eines mächtigen, aber blinden Tieres ausnutzte.

Der Schiedsrichter schaffte es mit dem letzten Keuchen, dessen er noch fähig war, das Spiel abzupfeifen. Einige Centellas-Fans sprangen übers Geländer, um den Helden anzufassen. Zwei Jungen gaben Palacín ihre Hefte und einen Kugelschreiber, damit er ihnen ein Autogramm gab, und beim Unterschreiben fühlte er von den Füßen her die Erschöpfung hochsteigen, während auf seinen Rücken die Hände seiner Mannschaftskameraden niederprasselten und er den Händedruck von Leuten erwiderte, die noch vor wenigen Minuten versucht hatten, ihn umzubringen.

»Gratuliere, Maestro!«

»Bis nächstes Mal, Killer!«

Als sie in der Kabine waren, machte der Trainer den Sieg zu dem seinen und schrieb ihn nur seinem taktischen Kalkül zu, obwohl er anerkannte, dass sie in der 2. Halbzeit mit mehr *cojones* gespielt hatten.

»Konfuzius, immerhin eine gute Vorlage…«

»In jeder Mannschaft muss es einen intelligenten Spieler geben. Und wenn es nur ein einziger ist…«

Erich Hackl

Der Zipfel der Fußballwurst

Immer wieder werde ich – in eher mitleidigem Ton, wie ich gestehen muss – nach dem Beginn meiner literarischen Laufbahn gefragt. Wahrheitsgemäß erzähle ich dann von den Sommerferien des Jahres 1962, als ich in Alleinverantwortung die erste und einzige Ausgabe einer Sportzeitung vorbereitete. Sachkundig berichtete ich darin vom New Yorker Fußballturnier, bei dem sich meine liebsten Spieler, Hamerl, Hörmayer und Horak vom Wiener Sportclub, hervorragend schlugen. Der Geist war noch rege, das Leben – und der größte Teil der Ferien – lag vor mir, kein Schatten fiel über meine achtjährige Existenz, im Gegenteil: Schon frühmorgens loderte die Sonne hinter den Rollos des Wohnzimmers, das mir als Redaktionsstube diente. Als meine Mutter das Ergebnis meiner Arbeit sah, sprach sie, besorgt, jenen schicksalsschweren Satz: Du wirst uns doch kein Schriftsteller werden. Und als ich, unkundig, wie ich war, fragte, was denn das sei, ein Schriftsteller, skizzierte sie mir dessen Berufsbild folgendermaßen: Das ist einer, der schläft am Tag und schreibt in der Nacht.

Die heruntergelassenen Rollos vor Augen, die den Raum in dämmriges Gelb tauchten, vom Ergebnis meiner journalistischen Tätigkeit zugleich erregt und befriedigt, zutiefst beeindruckt von der unerhörten, fast frevlerischen Umkehr von Tag und Nacht, schwor ich mir im selben Moment, das anzupeilen, was meiner Mutter nicht geheuer erschien.

Daran habe ich mich seither gehalten, auch wenn es immer wieder Augenblicke gab, in denen ich versucht war, meiner zweiten großen Leidenschaft, dem runden Leder, nachzugeben. Heute, wo mein Tagesablauf dem eines Buchhalters oder Kanzleirats verdammt ähnlich ist, verwünsche ich meine vorschnelle Entscheidung, denn ich bin der Überzeugung, es mit jedem Spitzenspieler aufnehmen zu können – ja, ich glaube sogar, dass mein Spielverständnis und meine Schnelligkeit im Lauf der Jahre zugenommen haben. Und war ich früher ein kluger Einfädler, so bin ich jetzt überdies eiskalt im Abschluss. Tag für Tag sitze ich schlaff und träge an meinem Schreibtisch und warte vergeblich auf einen zündenden Einfall, doch jeden Dienstagabend wachse ich über mich hinaus, laufe wie ein Fohlen meinen Gegenspielern – Finanzbeamten, Versicherungsagenten, dem Miteigentümer einer

Pizza-Abfütterungsanlage – davon und schlenze zu guter Letzt die Kugel gelassen ins Netz.

Die Symbiose von Spiel und Arbeit, Fußball und Literatur ist mir leider nicht gelungen. Dabei war ich ihr als Leser in den Jahren meiner Kindheit und Jugend so nahe. Vorausschicken muss ich, dass ich zu allem zu spät kam. Aufgewachsen in einer doppelten Provinz, geografisch wie kulturell von Neuigkeiten abgeschnitten, bin ich der Gegenwart immer hinterhergelaufen, ohne dass sich der Abstand maßgeblich verringert hätte. Ich war der Dackel, der die Wurst der Aktualität vor sich hängen sieht und nach ihr schnappt, ohne je auch nur den Zipfel zu erreichen, da sie sich im gleichen Tempo wie er voranbewegt.

Die Wurzel allen Übels lag im Keller meines Elternhauses. Dort stapelten sich alte Zeitungen, auf die mein Vater wohl abonniert gewesen war. Doch als ich mein Herz für Periodika entdeckte, flatterten nur mehr die *Oberösterreichische Landwirtschaftszeitung* und die *Neue Illustrierte Wochenschau* ins Haus. In Ersterer konnte man Anzeigen für neue Melkmaschinen, in der anderen Reiseberichte wie »Mit dem Steyr-Traktor durch Australien« finden. Nichts, keine Spur von Fußball. Also hielt ich mich an den Schatz im Keller, der freilich nur mehr historisches Interesse verdiente.

Ich studierte Matchberichte, die längst schon dem Vergessen anheimgefallen waren, schwärmte für Mittelstürmer, die seit Jahren einen neuen Beruf als Wirtshauspächter oder Sportartikelhändler nachgingen, erwärmte mich für Legionäre, die zum Zeitpunkt meiner Lektüre unbedankt in ihre Heimat zurückgekehrt waren oder eine traurige Karriere als Invalidenrentner gestartet hatten. Als ich noch das Pensum der Mittelläufer bestaunte, hatte sich bereits das 4-2-4-System durchgesetzt, und während mich die technischen Einlagen von Dipl.-Ing. Hanappi, dem rechten Läufer von Rapid, begeisterten, werkte der längst in seinem Architekturbüro.

Als Leser von Büchern hätte ich meinen Rückstand natürlich aufholen können. Ich weiß bis heute nicht, weshalb ich auch da immer ein paar Jahre zu spät kam. Mit glühenden Ohren verschlang ich Karl Bruckners Roman »Die Spatzenelf«, der in karger Sozialromantik das Schicksal Wiener Gassenbuben der Nachkriegszeit schildert. Eine tolle Mannschaft, diese Elf um den stämmigen Mittelläufer (na eben!) Schurl und den zarten Mittelstürmer Franz. Da sie, aus Not, mit einem Fetzenball ihr Auslangen finden mussten, legte ich meine Lederwuchtel beiseite und drang in meine Mutter, mir aus alten Strümpfen doch auch so einen Fetzenball zusammenzudrehen.

Dann wurde ich auf eine Buchreihe aufmerksam,

die sich schlicht »Europacup« nannte (Oiropakäb, sagten die österreichischen Reporter). Natürlich wünschte ich mir zu Weihnachten nicht den neuesten Band, sondern die älteste Ausgabe, die alle Spiele seit Anfang des Bewerbs berücksichtigte. Ich verlor mich in den Fünfzigerjahren, schwärmte für Di Stefano Puskas Gento, wo doch längst Eusebio Torres Simões die Zuschauer verzauberte. Um es Stan Matthews nachzumachen, trug ich Hosen, die mir vier Nummern zu groß waren, und spielte mit heruntergerollten Stutzen wie Omar Sivori, während sich meine Freunde schon die Haare wachsen ließen, um George Best gleichzusehen.

Noch weiter zurück warf mich die »Geschichte des Fußballsports in Österreich«, die 1951 veröffentlicht worden war, aber erst zehn Jahre später in meine Hände geriet. Dieses Lebenswerk von Leo Schidrowitz, »Propagandareferent des ÖFB«, katapultierte mich, eine fehlgesteuerte Zeitmaschine, in die Blütezeit des österreichischen Wunderteams, das Deutschland 1931/32 mit 6:0 und 5:0 vom Platz fegte, in die Schlachten um den Mitropa-Cup der Zwanzigerjahre, ja in die graue Urzeit des First Vienna Football Club. Ich erfuhr, dass der Schienbeinschützer vom Nottingham-International S.W. Widdowson 1874 eingeführt und dass die Schiedsrichterpfeife 1878 erstmals verwendet wurde. Dass ein gewisser Brodie aus Liverpool 1890 die Tornetze patentieren ließ und dass die frühe Existenz des Fußballspiels durch William Shakespeare belegt ist, dessen Dromio in der »Komödie der Irrungen« metrisch klagt: »Bin ich ein Fußball, dass ihr mich treibt und stoßt?«

Im Bestreben, mich lesend wieder der Gegenwart anzunähern, verhedderte ich mich in den Fallstricken jener Jahre, die Schidrowitz nobel als »tragisches Zwischenspiel« bezeichnete. Da war die Rede von Machenschaften im »Altreich«, weil der Meistertitel schon wieder nach Wien gegangen war, da mussten Schmaus und Pesser plötzlich für Deutschland Tore schießen, da nahm die Austria, zwei Monate nach ihrer Umbenennung in Ostmark, wieder ihren alten Namen an, da schnitten Rapid-Anhänger nach einem Spiel gegen Schalke die Autoreifen von Gauleiter v. Schirach auf. Weshalb wurde dann immer noch die ungarische Nationalmannschaft, und nicht die deutsche, als Österreichs »Erbfeind« tituliert?

Über solche Fragen kämpfte ich mich chronologisch wieder nach vorn. 1964 war ich über den Verlauf der Weltmeisterschaft von 1954 bestens informiert. 1966 war ich noch mit der WM 1962 beschäftigt. Und 1972 wäre ich so weit gewesen, die Ereignisse von achtundsechzig zu verarbeiten. Aber

da stand schon die nächste Fußballweltmeister-
schaft vor der Tür.

Joachim Ringelnatz

Fußball

(nebst Abart und Ausartung)

Der Fußballwahn ist eine Krank-
Heit, aber selten, Gott sei Dank.
Ich kenne wen, der litt akut
An Fußballwahn und Fußballwut.
Sowie er einen Gegenstand
In Kugelform und ähnlich fand,
So trat er zu und stieß mit Kraft
Ihn in die bunte Nachbarschaft.
Ob es ein Schwalbennest, ein Tiegel,
Ein Käse, Globus oder Igel,
Ein Krug, ein Schmuckwerk am Altar,
Ein Kegelball, ein Kissen war,
Und wem der Gegenstand gehörte,
Das war etwas, was ihn nicht störte.
Bald trieb er eine Schweineblase,
Bald steife Hüte durch die Straße.
Dann wieder mit geübtem Schwung
Stieß er den Fuß in Pferdedung.
Mit Schwamm und Seife trieb er Sport.

Die Lampenkuppel brach sofort.
Das Nachtgeschirr flog zielbewusst
Der Tante Berta an die Brust.
Kein Abwehrmittel wollte nützen,
Nicht Stacheldraht in Stiefelspitzen,
Noch Puffer, außen angebracht.
Er siegte immer, 0 zu 8.
Und übte weiter frisch, fromm, frei
Mit Totenkopf und Straußenei.
Erschreckt durch seine wilden Stöße,
Gab man ihm nie Kartoffelklöße.
Selbst vor dem Podex und den Brüsten
Der Frau ergriff ihn ein Gelüsten,
Was er jedoch als Mann von Stand
Aus Höflichkeit meist überwand.
Dagegen gab ein Schwartenmagen
Dem Fleischer Anlass zum Verklagen.
Was beim Gemüsemarkt geschah,
Kommt einer Schlacht bei Leipzig nah.
Da schwirrten Äpfel, Apfelsinen
Durch Publikum wie wilde Bienen.
Da sah man Blutorangen, Zwetschen
An blassen Wangen sich zerquetschen.
Das Eigelb überzog die Leiber,
Ein Fischkorb platzte zwischen Weiber.
Kartoffeln spritzten und Citronen.
Man duckte sich vor den Melonen.

Dem Krautkopf folgten Kürbisschüsse.
Dann donnerten die Kokosnüsse.
Genug! Als alles dies getan,
Griff unser Held zum Größenwahn.
Schon schäkernd mit der U-Bootsmine –
Besann er sich auf die Lawine.
Doch als pompöser Fußballstößer
Fand er die Erde noch viel größer.
Er rang mit mancherlei Problemen.
Zunächst: Wie soll man Anlauf nehmen?
Dann schiffte er von dem Balkon
Sich ein in einem Luftballon.
Und blieb von da an in der Luft,
Verschollen. Hat sich selbst verpufft. –
Ich warne euch, ihr Brüder Jahns,
Vor dem Gebrauch des Fußballwahns!

Dagmar Leupold

Die Fußball-Mutti

Beginnen wir mit dem Sommer. Nein, beginnen wir mit den Söhnen. *First things first.* Die Fußball-Mutti ist – *conditio sine qua non* – Mutter von Söhnen, im Unterschied zur Reit-Mutti, die Mutter von mindestens einer Tochter sein muss. In gewisser Weise bin ich beides in Personalunion, aber diese Geschichte gehört in eine andere Anthologie.

Im Sommer, der, anders als der meteorologische, aus Fußballsicht bereits im Februar beginnt, finden – neben dem zweimal pro Woche angesetzten Training – jedes Wochenende Spiele statt. Im Winter, der von Dezember bis Mitte Februar dauert, Hallenturniere. Die Woche ist also mit Fußball ausgefüllt, bei zwei Söhnen besteht sie eigentlich nur noch aus Fußball. An der Rundheit der Welt kommt nicht der geringste Zweifel auf.

Hauptsache Fußball: Alles andere, das Schreiben, Erziehen, Einkaufen und Kochen wird zur Nebensache, und Nebensachen finden selbstverständlich niemals auf dem *center court* statt, sondern immer auf Nebenschauplätzen. Und in Zeitnischen. Der Fußballverein, in dem die Söhne Mitglied sind und die Mutter unbezahlte Arbeitskraft, sieht jeden anderen Zeitvertreib als Fußballspielen – wie zum Beispiel das Verfassen von Kurzgeschichten – als frivole Betätigung an, der der Sinn fürs Eigentliche abgeht.

Die unaufhörlichen Aufforderungen, für Basare, Sommer-, Herbst-, Nikolaus-, Weihnachts-, Saisonauftakts-, Frühlings-, Faschings- und Saisonende-Feste Kuchen zu backen, Salate zu bereiten, Getränke zu verkaufen, Würstchen zu braten, Bier zu zapfen, Geld einzusammeln (für Trainergutscheine, für Weihnachtsgeschenke, für Essenseinladungen der F- bis A-Jugend), dienen der geflissentlichen Erinnerung an ebendieses Eigentliche, an den Sinn des Lebens, an den Zweck allen irdischen Mühens; zwischen zwei Toren das Paradies aufzuspannen. Verteidigen müssen es vor allem die Mütter, kriegerische Erzengel, die angehalten werden, eine eher säkulare Auffassung davon – im Sinne von Schlaraffenland – zu vertreten: s. Buffet oben.

Entsprechend gerüstet zieht man zu Spielen an Wochenenden: Kühlbox mit kalten Getränken, Thermosflaschen mit warmen, Körbe mit Leberkässemmeln, frischen Brezn, Kuchen – für den Fall, dass der im Vorhinein organisierte Imbissstand – Leberkässemmeln, frische Brezn, Kuchen – der Nachfrage nicht standhalten kann. Denn selbstverständlich muss die Fußball-Mutti, die diesen Titel verdienen will, für eine möglichst große Entourage sorgen. Fußballspiele und -turniere sind Familienveranstaltungen, und wer ohne Anhang erscheint, setzt sich dem Verdacht aus, als Paar gescheitert zu sein und als Mutter obendrein. Die Proviantmengen, die die Mütter a) einkaufen, b) zubereiten und c) schleppen, stehen bei den Söhnen nicht besonders hoch im Kurs; sie gehen sich lieber etwas kaufen, in der Schlange vor dem Imbiss wird gefachsimpelt, werden Beschuldigungen ausgetauscht, wird der Spielverderber gewählt. Die Trainer – Ehrenämter –, hauptberuflich sind sie Fußball-Väter und coachen ihre Söhne mit Ausrufen wie »Du Weichei, glaubst du, dein Gegner ist deine Mutter!« vom Spielfeldrand aus, halten das Weißbierglas wie einen Pokal in der Hand. Das Weißbier ist nötig für die Stimmbänder, die stärker strapaziert werden als die Wadenmuskeln der Spieler.

So sitzen die Fußball-Muttis mit vollen Backen allein oder mit den zwangsverpflichteten Töchtern und jüngeren Brüdern auf den Rängen, kämpfen sich kauend durch die Vorräte und beteuern einander, wie gerne sie diesmal die Trikots waschen würden, wenn nicht ausgerechnet an diesem Wochenende die Waschmaschine kaputtgegangen wäre.

Im Winter finden Hallenturniere statt, sie dauern leicht sechs und mehr Stunden, die Verpflegungsmengen fallen entsprechend umfangreicher aus, und der Einzug in die Halle gleicht einer Evakuierung von ganzen Haushalten.

Worüber reden die Fußball-Muttis den ganzen Tag? Zunächst über die abwesenden Fußball-Muttis und deren faule Ausreden, mit denen sie ihr Nicht-Erscheinen entschuldigen. Dann über die Männer, hier ist es umgekehrt: Zunächst wird über die anwesenden Männer gesprochen, dann über die abwesenden. Die Männer stehen dabei breitbeinig vor den Müttern, dem Geschehen deutlich näher, und kommentieren den Spielverlauf. Manchmal, über die Schulter hinweg, geben sie auch ehrenamtliche, also kostenlose Einschätzungen an die Mütter weiter, die zwar jede Woche dabei sind, aber von der Hauptsache nachweislich nichts verstehen. So – zum Beispiel – lautet eine männlich-sachverständige Analyse: »Wenn das ein Abseits war, dann prügel ich zu Hause meine Frau.«

Wenn man dann abends, beladen mit einem Korb verschwitzter, matsch-schwerer Trikots, Hosen, Stutzen – denn die eigene Waschmaschine ist hartnäckig funktionsfähig – nach Hause fährt, im Auto neben den Söhnen auch die der Drückeberger-Mütter, ist man froh über die tagsüber zugelegte Schwerkraft, die nun hilft, die Verluste in zweistelliger Höhe (17:2 – was erwartet man gegen eine Mannschaft, die nur aus Pennern besteht, die Fairness nicht einmal buchstabieren können?) nicht nur zu verwinden, sondern auch zum knapp verhinderten Sieg zu erklären. Reden können sie, die Fußball-Muttis. Nur von Fußball verstehen sie nichts.

Sibylle Berg

Halbzeit

Wie das ist, auf einmal jemanden, den man geboren hat, nicht mehr zu kennen. Sich klar zu werden, dass man niemanden kennen wird, jemals, auch wenn der Jemand aus einem gekrochen ist. Einsamkeit ist ein Schicksal, das keiner vermeiden kann.

Mag sein, das Unverständnis resultiert aus dem Älterwerden. Man will da nicht mehr jeden Quatsch verstehen müssen.

Mir war nie klar, was daran so schrecklich sein soll, am Alter. Frustrierte Frau um die 50, Verfall, Körper, die nicht mehr begehrt werden, so ein Zeug liest man ja dauernd, und ich sage: Ich möchte bitte sehr von keinem mehr begehrt werden. Was habe ich in meiner Jugend darunter gelitten, unter all diesen Männern, die sich paaren wollten. Andauernd. Überall. Und zwar mit mir! Es hat sie nie interessiert, dass eine Frau nicht angesprochen werden will, zu jeder unpassenden Gelegenheit. Immer diese Anspannung, sich unsichtbar machen zu wollen.

Mich haben Biologie und Evolution nie besonders interessiert. Evolution geht mir am Arsch vorbei! Man kann sich dem biologischen Programm durchaus hingeben, mir erscheint das allerdings zu einfach.

Die großartigen Freuden der Sexualität haben sich mir nie erschlossen, ich fand es immer ein wenig unwürdig, einen Mann in mir stecken zu fühlen, seine Grimassen zu beobachten, seinen Schweiß auf meiner Haut. Vielleicht bin ich nicht so unbedingt der sinnliche Typ.

Mir war eine gute Freundschaft immer wichtiger als flüchtige, auf Vermehrung und Hormonen basierende Beziehungen. Dass ich ein Kind bekam, war eher meiner Unbedarftheit zu verdanken. Ein ungeschützter Verkehr, weil ich nicht recht wusste, wie zu sagen, dass jeder, über bloßes Handhalten hinausführende Kontakt zu viel war. Ich war keine schlechte Mutter, denke ich, obwohl mir eigentlich alles Mütterliche abgeht. Zum Erziehen tauge ich nicht. Ich habe das Kind, das von einem Baby zu einem Jungen wurde, und alles an ihm zu lang und zu rot, sehr lieb. Gehabt. Wie man einen Menschen eben lieb hat, mit dem man familiär verkehrt.

Er war lange Zeit still und freundlich, mein Sohn, er las viel und konnte normalen Jungensachen nicht viel abgewinnen. Das war mir nicht unangenehm, denn falls es noch nicht klar genug wurde: Ich verachte Männer ein wenig. Nicht sehr, es ist kein Hass, ich habe Mitleid mit den meisten Menschen, mit Männern und ihrem Getriebensein fast noch mehr als mit Frauen oder Kindern. Es fällt mir einfach schwer, einen Mann, der sich seinem Geschlechtstrieb so unterwirft, wie die meisten Männer es tun, ernst zu nehmen, ihm gar Verantwortung zu übertragen. Es gibt durchaus Männer, die zu großen wissenschaftlichen oder künstlerischen Leistungen fähig sind, wahrscheinlich sind sie Produkte traumatischer Ereignisse in der Jugend, die ihnen einen Zugang zu beiden Gehirnhälften ermöglichen, doch in fast allen mir bekannten Fällen richten sie sich mit Drogen oder/und zu großer Eitelkeit zugrunde.

Es war mir also ein Schock zu realisieren, dass mein Junge sich wie über Nacht veränderte.

Das ist ein paar Jahre her.

Mit 16 begann er Fußball zu trainieren, sein Zimmer mit hässlichen PKWs zu tapezieren, und er redete nur noch in Ein-Silben-Sätzen.

Alle Bücher verschwanden aus seinem Zimmer, und mit ihnen unser Kontakt.

Der Junge ist jetzt 20.

Er ist zu dem geworden, was ich am meisten hasse.

Ich habe ihm nie etwas vorgeschrieben, nie etwas verboten. Das Umfeld, das ihn hätte prägen können, wäre ein Mensch von so etwas wie sozialer Umgebung prägbar, war leise, roch gut, bestand aus Büchern, Kunst, gemütlichen Sonntagen auf dem Bett mit Fernsehen und Sushi, bestand aus Reisen, Kontakten zu weltoffenen Menschen verschiedenster Religionen und Ethnien. Vielleicht ist sein derzeitiger Zustand eine Trotzphase, eine Art Rebellion, doch nach der Tiefe und Ernsthaftigkeit seines Gebarens steht eher der traurige Schluss zu vermuten, dass er zu dem wird, was ein Mann in seiner Reinform ist, und was sich auch unter dem Kostüm der Geilheit nicht recht verbergen lässt. Ein Affe auf zwei Beinen.

Seit der Veränderung meines Kindes – ich weiß nicht einmal mehr genau, wie ich ihn nennen soll, mein Kind zu sagen, erscheint mir falsch, es ist weder etwas Kindliches an ihm, noch etwas MEIN – ist mir in meiner Wohnung unwohl.

Alles riecht nach Schweiß, so viel ich auch lüften mag, überall, so scheint es mir, liegen feuchte Socken und diese klumpenförmigen Turnschuhe, die nur eine Botschaft ausstrahlen: Ich, der Träger, bin ein Idiot.

Wenn ich früher von der Arbeit nach Hause kam, hatte meine Wohnung diese Atmosphäre, die man aus amerikanischen Kitschfilmen kennt. Es war golden und es schien immer Kuchen frisch gebacken und ein Kaminfeuer brannte. Dergestalt behaglich war es, dass ich meistens unbewusst tief durchatmete. Mein Kind roch nach Vanille und Backpulver.

Öffne ich jetzt meine Wohnungstür, ziehe ich die Schultern automatisch nach oben, meine Verspannung ist so körperlich, dass ich seit Jahren keinen Tag ohne Kopfschmerzen erlebt habe. Entweder kommt aus dem übel riechenden Knabenzimmer dummer, deutscher Hip-Hop oder Musik aus den Charts. Ich hätte auch gehofft, dass mein Kind einen etwas eigenständigeren Musikgeschmack entwickelt hätte. Als ich ihm vor einem Jahr Pere Ubu und eine finnische Experimentalband vorspielte, schaute er mich mit derart dumpfem Blick an, dass ich mir gewünscht hatte, ich würde dieses picklige unförmige Wesen weder kennen, geschweige mit ihm verwandt sein.

Also, manchmal ist er auch nicht da, wenn ich heimkomme. Ich finde in der Küche dann nur halb angefressene Pizzen, Coladosen auf dem Fußboden, Kippen in Joghurts, mich zu entspannen ist mir dann auch nur bedingt möglich. Denn ich weiß, irgendwann wird er heimkommen, mit stechend riechenden Trikotagen, die er in den Flur wirft, mit gelb riechenden Schuhen, die vermutlich in der Badewanne landen. Ich hasse mein Leben. Ich hasse Fußball.

Am Anfang hatte ich ihn ein paar Mal begleitet, zu Spielen.

Ich hasse jede Art von sportlicher Ertüchtigung, all diese mittelmäßigen Menschen, die ihre mittelmäßigen Körper schinden, um dem Leben ein Jahr mehr abzutrotzen, doch so weit denken sie nicht, sie glauben unsterblich werden zu können, wozu, wozu. Wozu sollten gerade die Menschen, die Sport treiben, die fadeste Sorte, überleben, für immer, und wer möchte in so einer Welt dann noch zu Hause sein.

Ich verachte Mannschaftssport, Wettkämpfe, Vater Jahn, Olympiaden, diese Ersatzschlachten des Neuzeitmenschen, diese Zurschaustellung von Fleiß, Disziplin, gesunder Ernährung und grenzenloser Dummheit. Nicht umsonst werden viele Sportler Berufssoldaten oder umgekehrt.

Wo war ich stehen geblieben?

Das Fußballspiel, das ich mit meinem eigenen Kind zu beobachten das Vergnügen hatte, war dumpfes Rennen pubertierender Jungmänner, die Gesichter zornrot, schreiend, schwitzend, fallend, sich prügelnd. Sicher kann man einwenden, Frauen fehle der Sinn für dieses hochartifizielle Spiel. Drauf geschissen, sage ich. Geht doch Panzer fahren, ihr

Idioten, geht euch erschießen und vergewaltigt ein wenig, geht am besten alle nach Afghanistan und trainiert mit Bin Laden. Sprengt euch in die Luft im Anschluss. Von ein paar unterbelichteten Frauen abgesehen, geht der Großteil des Leidens, das auf dieser Welt anderen zugefügt wird, von pubertierenden Männern aus. Tickende Testosteronbomben. Fußball ist natürlich ein hervorragender Sport, um Männer möglichst lange in diesem Zustand zu halten. Ich bin mir nicht ganz sicher, was da biochemisch abläuft, aber es hat mit Hormonen zu tun, die vermehrt bei der Ausübung bestimmter Sportarten ausgeschüttet werden.

Kurz: Bei diesem ersten Spiel oder Training oder weiß der Geier, das ich sah, bei dem ich mein ehemaliges Kind sah, passierte es. Ich sah dieses zornige Tier über den Rasen toben und fühlte nichts mit ihm gemein.

Ich bin schlau genug, die Entwicklung, die Fehlentwicklung meines Jungen nicht ausschließlich dem Fußball zuzuschreiben, doch hat der Sport sicher einen größeren Einfluss, als ich es 16 Jahre gehabt habe. Das gesteht sich keine Mutter, selbst eine, die nie Mutter sein wollte, gerne ein.

Manchmal kommen seine Sportsfreunde zu Besuch. Mehrere, ich glaube, es sind mehrere, ich kann sie nicht auseinander halten, 2 Meter lang und mit leeren dummen Augen starren sie durch mich durch, lagern in meinem Zimmer, lagern in der Küche, pissen auf den Klodeckel, kleben Kaugummis an meine Barcelona Chairs, schauen Pornofilme und betrachten mich, wie man eine Putzfrau ansieht, oder ein Haustier, das sich besser in einem Stall befände.

Mein Kind ist 20. Es wohnt bei mir, es hat keine Interessen, außer Fußball zu spielen, Fußball zu sehen und vermutlich zu onanieren, den zerknüllten Tempotaschentüchern unter seinem Bett zufolge. Er studiert nichts, er lernt nichts, arbeitet nichts, er redet nicht mit mir, ich nicht mit ihm, ich wasche seine Wäsche, damit der stinkende Haufen nicht irgendwann die Wohnung erfüllt, mich erstickt, so träume ich von ihm, in der Nacht. Ich wünschte, er wäre weg. Ich wünschte, ich wäre weg.

Ich sitze in meinem Zimmer, angstvoll lauschend, ob er und seine Freunde kommen, mich in Beschlag nehmen, meine Finger spielen mit alten angeklebten Kaugummis, meine Pflanzen, mein Bambus, den ich liebe, geht ein, weil alkoholische Getränke in ihn geleert wurden, manchmal finde ich Erbrochenes an aberwitzigen Orten in der Wohnung. Neben seinen Teamkameraden sind nun auch immer öfter Fußballfans zu Besuch bei, ich wollte mir sagen, stimmt aber nicht. Hooligans mit Springerstiefeln und Bomberjacken drängen in, ich wollte meine sagen, Wohnung, sie bringen Fahnen mit und Bier, sie singen und schauen Fußball, sie singen Fußballlieder – siegreich wolln wir Frankreich schlagen. Ich möchte den Eingang, ich wollte meiner Wohnung sagen, zumauern, mich einmauern darin, wegziehen. Vielleicht wäre wegziehen eine interessante Alternative, ohne Nachsendeauftrag.

Mein Sohn ist 20, er spielt Fußball, er lebt Fußball, warum lebt er bei mir? Seit vier Jahren vergiftet er mein Leben, dieser fremde Mann in, nicht mehr meiner Wohnung, an dem Ort, wo ich schlafe.

Er hatte noch nie eine Freundin, das rieche ich, das sehe ich, wer sollte auch mit ihm zusammen sein wollen, warum? Um Fußball mit ihm zu sehen?

Das Training hat er aufgegeben, vor ein paar Monaten, seitdem bekommt er einen Bauch. Mit 20! Er sitzt in seinem Zimmer und sieht Fußball. Irgendein Spiel läuft immer irgendwo, ich schleiche in Bad oder Küche, wenn ich ihn in seinem Zimmer glaube. Ich schließe mich in meinem Schlafzimmer ein, wenn seine Hooligan-Freunde zu Besuch sind, jeden 2. Abend, mithin öfter. Ich uriniere in einen Eimer, weil ich mich nicht ins Bad traue, weil sie betrunken sind, die 2 Meter großen Glatzköpfe, vielleicht sind sie auch 3 Meter groß, die durch meine – habe ich meine gedacht? – Wohnung torkeln und brüllen, die sich zu schlagen beginnen, die Geschirr zerschlagen. In der Wohnung.

Ich habe einen Koffer gepackt. Mit dem Nötigsten. Ich bin leise die Treppe hinuntergestiegen. Das Gas habe ich angelassen. In meiner Wohnung.

Herbert Eisenreich

Der Weg hinaus

Als wate er in Schlamm, so mühsam ging er; die Fußballschuhe hingen wie mit Blei gefüllt an seinen Beinen. Nur gewaltsam, wie gegen einen Orkan ankämpfend, hielt er die Richtung auf den dunklen, unbewegten Halbkreis vor ihm am Grunde der sich steilenden, von wimmelndem Leben quellenden Stufenwand des Stadions, auf jenen Halbkreis, der der Kabineneingang war. Den steuerte er an wie ein leckes Schiff bei schwerem Seegang den Hafen.

Hinter ihm war das unterbrochene Spiel wieder angepfiffen worden, das lenkte die meisten Augen von seinem Hinausgehen ab. Die aber, die neben und über dem Kabineneingang standen, sahen ihn näher kommen, und je näher er kam, desto mehr Blicke sammelten sich auf ihm; wie eiserne Pfeilspitzen von einem Magneten angezogen, lenkten diese Blicke sich auf ihn, gebündelt stachen sie auf ihn, einen unfreiwilligen Winkelried, ein. Und je näher er kam, desto artikulierter tobte es vor ihm los: Pfui-Salven, das Knattern zahlloser winziger

Hass-Explosionen, herangetragen auf den Wellenlinien greller Pfiffe. Gesichter sah er keine; aber er wusste, dass es dieselben Münder waren, die früher, all die stolzen Jahre lang, allsonntäglich ihren Beifall über ihn ergossen hatten, wenn er so spielte, wie sie es gerne sahen. Wenn er, den Ball am Fuß wie unsichtbar angebunden, durch die Reihen der Gegner lief, dann liefen tausend Jubelrufe mit; wenn er den Ball auf den Zentimeter genau übers halbe Spielfeld passte, dann raunte es ringsum voll Ehrfurcht; und wenn er schoss, stockte dem ganzen Stadion der Atem, und dann erst riss es ihnen den Schrei aus der Kehle. O ja, er war ein Spieler gewesen wie nicht bald einer: kein Schwerathlet, der mit seinem Körpergewicht alles niederwalzt, was sich ihm in den Weg stellt, sondern der Artist, der seine Körperkraft nicht spüren, sondern nur wirken lässt. Meistens wurde er als Läufer aufgestellt, aber wenn Not am Manne war, führte er den Angriff oder verteidigte vor dem Tor. Dort, wo er eingesetzt war, gehörte das Spielfeld, so weit er es erlaufen konnte, ihm. Und wenn sein Nebenmann versagte, dann rackerte er für zwei. Und was hatte man ihm, war wieder ein Spiel gewonnen, nicht alles nachgerühmt! Dass er der beständigste Spieler sei, zuverlässig auf jedem Posten, ohne Formkrisen, ohne Launen; kein Star, sondern immer Teil der Mannschaft, ihr Motor und ihre Seele zugleich; und der fairste Fußballer seit langem, die Zeitungen brachten Fotos, wie er über den hechtenden Tormann, um ihn nicht zu verletzen, hinwegspringt; wie er zum Kopfstoß mit regelrecht angelegten Armen hochschnellt; wie er dem Gegenspieler, der im Zweikampf zu Fall gekommen, kameradschaftlich auf die Beine hilft. Und jetzt stapfte er schwankenden Schrittes hinein in die Mauer vor ihm aus Gejohle, Pfiffen und Flüchen. Und alles, was ihn früher über das Spielfeld getragen, was seine Läufe beflügelt, was seinen Einsatz befeuert hatte: der Beifall, der Jubel, diese Woge von aufbrausendem Schrei, die aus dem Beton-Oval, einer einzigen riesigen Kehle, zum Himmel stieg und alsdann wie ein linder Frühlingsregen erquickend über ihm niederfiel: das alles kam ihm jetzt, im Nachhinein, unwirklich vor; ja ihm schien, als habe er sich all die Jahre lang verhört und als vernehme er erst jetzt, was die da oben all die Jahre lang wirklich geschrien hatten, und als verstünde er erst jetzt, was dieses Schreien schon damals in Wahrheit bedeutet hatte. So torkelte er, wie ein blindgeschlagener Boxer auf den Schatten seines Gegners, darauf zu, im vernebelten Blick tat sich schwarz, mit jedem seiner Schritte sich in die Tiefe verfinsternd, der überdeckte Gang zu den Kabinen auf: ein brüllendes Maul inmitten einer zuckenden Grimasse. Und dieser Rachen tat sich auf, ihn zu verschlingen auf Nimmerwiedersehen.

Und das alles nur, weil er den Flügel nicht hatte halten können; der Bursche mit seinen einundzwanzig Jahren war eben schneller als er, der schon zehn Jahre mehr auf dem Buckel hatte, und was für Jahre! Mit einundzwanzig war er ebenso schnell gewesen, oder noch schneller. Auch mit fünfundzwanzig, mit sechs- und siebenundzwanzig noch. Gegen die dreißig zu spürte er's dann: Die Muskeln verkrampften sich öfter, die Lunge pfiff im Hals, das Herz klopfte, als wollte es raus aus diesem Körper, der es pumpen hieß wie verrückt. Gegen die Dreißig zu spürte man's eben allmählich, dass man die Knöchel gebrochen, die Rippen geprellt und sich den Schädel brummig gestoßen hat, dass man sich Sonntag für Sonntag das halbe Leben aus dem Leib gelaufen hat, und dann natürlich auch die Sorge um die Zukunft. Das Kaffeehaus war anfangs gut besucht, aber es kamen zu viele Schnorrer, und die Erika taugte halt nicht fürs Geschäft, und gar für ein solches! Und wenn er selber bediente, dann war's ja kein Wunder, dass er ein Achtel mittrank und manchmal auch zwei oder drei. Mehr als drei oder vier Achtel aber waren es selten, da hatte Rudi einfach unrecht, wenn er alles aufs Trinken schob! Und auf das bisschen Rauchen! Geraucht hatten schließlich fast alle; natürlich nicht grad vor dem Spiel, aber nachher, und abends, man wollte ja schließlich auch sein Endchen Privatleben haben, wie auch Rudi seins hatte, überhaupt der! Der hatte frühzeitig Schluss gemacht, ging dann als Trainer ins Ausland, da war er ein feiner Herr mit einer Mordsgage und nichts wie Kommandieren, so wie er jetzt ihn kommandierte, seit er zurück und jetzt hier bei ihnen Trainer war.

Damals, als Rudi zurückkam und bei ihnen Trainer wurde, spielte er schon nur mehr in der Reserve. Rudi hatte sich seiner angenommen, nicht nur beim Training, sondern auch privat; hatte ihm klargemacht, was er nicht wahrhaben wollte: dass er abgerutscht war in den kleinen regelmäßigen Suff bis zwei Uhr nachts in seinem verräucherten Café, wo er Tototipps gab, damit überhaupt jemand hinkam, abgerutscht in ein rechtes Lotterleben, und abgerutscht in die Reserve. Auch mit Erika, der maulenden, hatte Rudi geredet; davon erfuhr er aber erst später. Und Rudi riskierte es, stellte ihn in die Erste, aber er versagte. Rudi gab's nicht auf, ließ ihn vorerst wieder in der Reserve spielen, nahm ihn hart her beim Training und stellte ihn dann wieder in die Erste, obwohl es gerunzelte Stirnen gab in der Sektion und Geraune bei den Spielern. Es stand eine Serie von Matches in der Provinz bevor, gegen keine allzu schweren Gegner, wenn auch vor einem fanatischen Publikum; aber Rudi riskierte es lieber vor dem fremden Publikum als vor dem eigenen, denn das eigene war, wenn ein Comeback missglückte, das schlimmste. Dieses Spiel nun war das erste Spiel vor dem eigenen Publikum, es war ein schweres Spiel und das entscheidende obendrein: Es ging um den Titel. Wollten sie Meister werden, so mussten sie siegen; dem Gegner aber reichte, weil er das bessere Torverhältnis hatte, schon ein Unentschieden dafür. Rudi hatte ihn, seine Entscheidung mit dem Grundsatz ›A winning team never change!‹ verteidigend, auch diesmal aufgestellt, und bis zur Pause brauchte er's nicht zu bereuen. Denn sein Schützling bekam, in der Verteidigung spielend, nicht viel aufzulösen, der eigene Angriff war prächtig in Schwung, sie spielten vom Anpfiff weg auf Sieg und schossen drei Tore; und mit diesem Vorsprung, den Titel schon in der Tasche, ging's in die zweite Halbzeit.

Und dann waren plötzlich die anderen da, wie ausgewechselt; wissend, dass sie jetzt nichts mehr zu verlieren hatten, warfen sie ihren Sturm nach vorne, verwirrten durch ihr Ungestüm das Konzept derer, die sich zu früh als Sieger fühlten. Und in dieser Verwirrung gelang es dem Flügel, den zu halten seine Aufgabe war, ihn zu überlaufen, wie ein

Anfänger von einem alten Hasen wurde er ausgespielt von diesem verflucht flinken Kerl, und eh er begriffen hatte, hieß es nur mehr 3:1. Von da an waren die andern nicht mehr zu halten. Immer wieder schickten sie ihre Flügel, sie rissen den ganzen Angriff mit; sie drängten ohne Unterbrechung, griffen mit sechs, mit sieben Spielern an, und immer wieder von seiner Seite her rollten sie die Verteidigung auf, er war eben nicht mehr schnell genug. Vom Spielfeldrand aus dirigierte Rudi das Innentrio zurück, nur noch die beiden Flügelstürmer ließ er vorne lauern; aber je mehr Spieler sie vor ihrem bedrohten Tor versammelten, desto näher rückte die ganze gegnerische Mannschaft, die es nun plötzlich verstand, das Spiel in die Breite zu ziehen und so in der Mitte den leeren Raum zu schaffen, aus dem sie aufs Tor knallen konnten. Der Tormann hielt, was zu halten war; aber die ganze Verteidigung war ins Schwimmen geraten, das machte auch ihn nervös, und nach einer Drängerei im Strafraum stand es plötzlich nur mehr 3:2.

Keine zehn Minuten mehr war zu spielen, so lange noch mussten sie dieses Ergebnis halten: Mit ihrem Tor verteidigten sie den Titel, der ihnen in der Pause schon sicher gewesen war. Und da kam schon wieder der Flügel durch, täuschte ihn, passte kurz zur Mitte, wie mit Zirkel und Lineal gezeichnet, so lief der Ball von Mann zu Mann, kam noch einmal heraus, er verfehlte ihn, wieder war der andere schneller gewesen, lief nun vor ihm her und flankte. Der Tormann fing, aber das sah er schon nicht mehr; er sah nur noch den andern ihm davonlaufen, hörte die Menge rundum rasen, wusste, dass dies nicht ihm, sondern dem anderen galt, der ihn ausgespielt, der ihn kaltgestellt, von dem er sich hatte düpieren lassen, dem er nun – einmal noch schneller als jener – blindlings nachlief und den er jetzt, da jener den Ball schon zur Mitte gegeben hatte, einholte; und so, wie er auf ihn zulief, so sprang er ihn mit vorgestrecktem Fuße von hinten an. Der Getroffene schrie auf, stürzte zu Boden, schrie noch immer; aber dieses kleine Schreien verlor sich wie ein Tropfen Wasser in der Sturzflut von Geschrei, die sogleich über ihn hereinbrach; und wie um sich dagegen zu wehren, trat er noch einmal auf den in Schmerzen sich Krümmenden ein, bis ein harter Griff ihn zurückriss, Ellbogen ihn zur Seite stießen. Die Eigenen waren's, die ihn abdrängten, fluchend. Das Stadion röhrte. Mit ausgestrecktem Arm kam der Schiedsrichter auf ihn zugelaufen, gestikulierte, rief ihm aus rotgeschwitztem Gesicht etwas zu, das er gar nicht verstand. Sanitäter trugen den Verletzten vom Platz, ihm gab jemand einen Stoß ins Kreuz, der setzte ihn in Bewegung; er begann zu gehen, quer übers Spielfeld ging er auf den Kabineneingang zu, der sich als ein dunkler Halbkreis an der Längsfront gegenüber abzeichnete. Noch standen ringsum die Schleusen der Empörung sperrangelweit offen: Ein Brei von Lärm fiel über ihn, klatschte ihm ins Gesicht, an den Körper. Alles, was mit ihm geschah, kam ihm unheimlich fremd vor, klar war ihm nur das eine: dass er ausgeschlossen war, ausgeschlossen eben jetzt, da es galt, nur noch ein paar schleichende Minuten lang das Resultat zu halten, das Resultat, das den Meistertitel bedeutete.

So ging er vom Feld. Der Schiedsrichter pfiff, der Lärm ebbte ab. Hinter ihm wurde der Strafstoß getreten, er hörte das metallharte Schlagen des Stiefels gegen das pralle Leder. Wenig später hörte er die Leute klatschen; das hieß, dass der, den er niedergetreten hatte, zurück aufs Spielfeld kam; dass sie nun also mit nur zehn Mann gegen elf spielen mussten, und diese elf waren vorher schon besser gewesen, hatten die ganze zweite Halbzeit lang auf den Ausgleich gedrängt und würden es jetzt also schießen, das dritte Tor, das sie brauchten, um den Titel nach Hause zu tragen. Sie würden es schießen nach einem Angriff von der Seite her, wo er nun fehlte. Er hatte ja gar nicht schlecht gespielt; gewiss noch nicht wieder so gut wie früher, aber wahrhaftig nicht schlechter als so viele andere; sein Gegenspieler war einfach schneller gewesen als er, hatte ihn glatt überrannt, hatte mehr Luft im Balg gehabt als er, die kräftigeren Muskeln und den flinkeren Blick für die Situation, den besseren Riecher – all das, was auch er einst gehabt hatte, all das, was die Leute früher an ihm bewundert hatten. Das war's, und weiter nichts! Und das alles hätte er noch ertragen; er war kein schlechter Verlierer, weiß Gott, das war er nicht! Aber die Hyänen rundum, die würstelfressenden Zuschauer auf ihren Plattfüßen rund um das Spielfeld, die hatten ihn fertiggemacht mit ihren Pfiffen, ihrem Gelächter und Gejohle, wenn der andere ihn stehenließ und mit dem Ball davonzog. Zwischendurch, wenn der Spielverlauf ihm eine Atempause gönnte, fragte es in ihm, warum die alle denn kein bisschen Verständnis mehr hatten für ihn, kein Verständnis dafür, dass man langsam zu alt wird, um volle neunzig Minuten lang zu glänzen, dass man sich leergepumpt hat in tausend Spielen, dass man nicht immer gleich gut in Form ist und dass man seine Zeit braucht, um wieder in Form zu kommen: die Muskeln zu beherrschen, den Blick zu schärfen, den Instinkt zu wecken, sich einzuspielen in die Mannschaft, aus der man so lange verbannt war; mit einem Wort: sich selber wiederzufinden. In ihm winselte es um dieses Verständnis, bettelte es um ein bisschen Gerechtigkeit. Sie aber pfiffen und lachten, wenn ihm ein Dribbling misslang, wenn der Ball ihm über den Rist rollte, wenn er ungenau abspielte, wenn er überlaufen wurde von diesem verteufelt flinken Kerl, den zu halten seine unerfüllbare Aufgabe war, und sie riefen ihm Schimpfworte zu, wenn sie glaubten, er spiele nachlässig, gleichgültig, ohne Ambition, dieweil doch nur dies die Wahrheit war: dass der andre der bessere Spieler war, so wie tausendmal er der bessere Spieler gewesen war. Aber das wusste nur er allein. Und er allein wusste, dass er diesmal um mehr als nur um den Sieg seiner Mannschaft, dass er in Wahrheit um sein Leben spielte; denn auch Erika würde lachen und höhnen, wenn er endgültig aufhörte, das zu sein, was sie sich angeheiratet hatte: der gefeierte Spieler, der Star seines Clubs, der Held aus neunundvierzig Länderspielen, das Idol der Masse: ein Mann, den zu besitzen allein schon deshalb wertvoll war, weil tausend andere Männer, indem sie sein wollten wie er, bekundeten, dass sie weniger waren als er, und weil tausend andere Frauen, indem sie ihn anhimmelten, ihr bestätigten, wie reich sie war, die ihn besaß. Als er das erste Tor nicht hatte verhindern können, wurde er ausgepfiffen; sie pfiffen weiter, als ihm wieder eine Abwehr misslang; und je mehr sie pfiffen, desto mehr verpatzte er. Und dann, als er gleich zweimal hintereinander von diesem wieselflinken Burschen ausgespielt wurde, und als sie dem zujubelten und für ihn wieder nur ein paar Pfiffe übrig hatten: da fuhr's ihm in das Bein, und das Bein trat hin, wo ein Widerstand sich bot: ohne Hass gegen den, den es traf, ohne Wut über den, der besser spielte als er und so seines Unglücks Schmied ward, sondern blind und ohnmächtig gegen irgendetwas, das eigentlich gar nicht zu fassen, gar nicht zu treffen war, und so traf sein Stiefel nur den, der da vor ihm lief, den Ball zur Mitte spielte und stehen blieb. Den säbelte er um. Und trat ihn noch einmal, als jener erste Tritt, in einen massigen Wutschrei verwandelt, auf ihn zurückfiel.

Dass der Schiedsrichter ihn vom Felde wies, verwunderte ihn schon nicht mehr, wiewohl es das erste Mal war, dass er ausgeschlossen wurde. Er wandte sich ab und ging, von einem unsanften Stoß in Gang gebracht, mechanisch Fuß vor Fuß setzend, auf den Kabineneingang zu. Hinter ihm lief das Spiel weiter, das lenkte die meisten Blicke von ihm ab. Aber je näher er dem Kabineneingang kam, diesem Maul, das finster, gelangweilt inmitten des zappelnden Lebens ringsum, gähnte, ihn zu verschlucken, desto schwerer ging er gegen die Mauer aus Geschrei, die sich neu vor ihm baute, an, und desto langsamer kam er der Höhle, diesem einzigen Orte unbewegten Gleichmuts näher. Schimpfworte, hart wie Hagel, überschütteten ihn, Böen der Empörung schlugen ihm entgegen, ausgekotzt von denselben Mündern, die all die sorglosen Jahre lang ihren Beifall über ihn erbrochen hatten, den Beifall, den er atmete wie die Luft, den er hätte schlürfen mögen sein Leben lang und der ihm nun, da er ihm seine Kehrseite wies, im Nachhinein noch so schmeckte wie Jauche; ihm grauste; und ihm kam vor, es hätten die Aasgeier da droben nie etwas andres getan als Kübel voll Unrat über ihn gegossen, bis er dank solcher Nahrung wurde, was er jetzt war: ihr fauliger Fraß. Das also, spürte er, war es gewesen, was er all die berauschten Jahre lang für sein Element gehalten hatte: diese wogenden Wolken des Beifalls, die ihn getragen hatten, so dass er seiner selbst nicht mehr inne war, und ihn dann fallen gelassen hatten, einen Ikarus auf den Flügeln der Gunst des Pöbels. Und da hörte er wieder den Schrei, den er ach so gut kannte, und er musste sich gar nicht erst umdrehn, er wusste, dieses Tor hatten nicht sie geschossen, sondern die andern; dort, wo er fehlte.

Mit dem nächsten Schritt erreichte er den Kabineneingang. Da lösten sich rechts davon, als bröckle die Mauer greifbaren Lärms, ein paar Gestalten, fünf oder sechs Männer durchbrachen die Umzäunung, allen voran ein verwachsener, glotzäugiger, ein versoffener Gnom, wie sie rund um jede Arena rudelweis gedeihen. Der sperrte ihm den Weg, er sah das bläuliche Zahnfleisch, den Speichel im schnatternden Mund des Mannes, sah dessen knöchrige Fäuste sich gegen ihn heben. Umblasen hätte er ihn können, und konnt' es doch nicht; und als die Schläge, fleischgewordene Schimpfworte, fielen, haute er nicht zurück, sondern deckte nur mit Händen und Armen und zwischen den hochgezogenen Schultern sein Gesicht, wie ein Mädchen, und taumelte blindlings in die finstere Höhlung hinein, dieweil Polizisten den Gnom und die andern Radaubrüder bändigten. Er hörte nur noch den Lärm hinter sich, als breche dort diese Mauer aus Feindschaft, in die er hineingewankt war, herunter, den Weg zurück aufs Spielfeld ihm für immer verbauend.

Vladimir Nabokov

Im Tor

Von den Sportarten, die ich in Cambridge betrieb, ist mir Fußball eine windige Lichtung inmitten einer ziemlich wirr-nutzlosen Zeit geblieben. Mit Begeisterung war ich Torwart. In Russland und den romanischen Ländern ist jene edle Kunst immer von der Aura eines beispiellosen Glanzes umgeben gewesen. Erhaben, einsam, unbeteiligt, so schreitet der Held des Fußballtors durch die Straßen, verfolgt von hingerissenen kleinen Jungs. Er wetteifert mit dem Matador und Flieger-Ass als ein Gegenstand verzückter Verehrung. Sein Pullover, seine Schirmmütze, seine Knieschoner, die Handschuhe, die aus der Gesäßtasche seiner kurzen Hosen ragen, heben ihn von der übrigen Mannschaft ab. Er ist der einsame Adler, der Geheimnisvolle, der letzte Verteidiger. Fotografen, ein Knie ehrwürdig gebeugt, knipsen ihn, wenn er sich mit einem spektakulären Kopfsprung quer über die Öffnung des Tores wirft, um mit den Fingerspitzen einen niedrigen, blitzartigen Schuss abzuwehren, und beifällig brüllt das ganze Stadion, während er in dem unversehrten Tor noch einen Augenblick der Länge lang liegen bleibt, wie er fiel.

In England hingegen, zumindest in dem England meiner Jugend, waren der nationale Horror vor aller Angeberei und eine zu humorlose Vorliebe für solide Team-Arbeit der Entwicklung der exzentrischen Kunst des Torwarts immer abträglich. Auf diese These jedenfalls verfiel ich, um zu erklären, warum ich auf den Sportplätzen von Cambridge nicht sonderlich erfolgreich war. Gewiss, ich hatte auch meine hellen, heldischen Tage – wohltuender Rasengeruch, der berühmte Stürmer der gegnerischen College-Mannschaft dribbelt den neuen, gelbbraunen Ball vor seiner flink zustoßenden Fußspitze immer dichter heran, dann der stechende Schuss, die geglückte Abwehr, ihr lange anhaltendes Prickeln ... Doch es gab andere, denkwürdigere, esoterischere Tage unter trostlosem Himmel, wenn der Boden um das Tor herum zu schwarzem Schlamm aufgeweicht war, der Ball fettig wie ein Plumpudding und mein Kopf nach einer Nacht des Versemachens von Neuralgie zermürbt. Glücklos verfehlte ich den Ball – und holte ihn aus den Maschen. Gnädig verlagerte sich das Spiel zum anderen Ende des durchweichten Feldes. Ein leichter, matter Nieselregen setzte ein, zögerte und begann von Neuem. Mit einer beinahe gurrenden Zärtlichkeit in ihrem gedämpften Gekrächz flatterten ramponierte Krähen um eine entblätterte Ulme. Nebel bildete sich. Jetzt war das Spiel nur noch ein vages Auf und Ab von Köpfen vor dem fernen Tor der College-Mannschaft, gegen die wir gerade spielten, St. John oder Christ oder irgendeine andere. Der entfernte, verschwommene Lärm, ein Ruf, eine Trillerpfeife, der dumpfe Laut des Kickens, all das war ohne jede Bedeutung und ging mich nichts an. Ich war weniger Hüter eines Fußballtores als Hüter eines Geheimnisses. Während ich mich mit verschränkten Armen an den linken Torpfosten lehnte, genoss ich den Luxus, meine Augen zu schließen, und so lauschte ich dem Pochen meines Herzens, fühlte den blinden Nieselregen auf meinem Gesicht, hörte in der Ferne den gebrochenen Lärm des Spiels und dachte an mich wie an ein sagenhaftes exotisches Wesen, das, verkleidet als englischer Fußballspieler, in einer Sprache, die niemand verstand, Verse über ein entlegenes Land dichtete, das niemand kannte. Kein Wunder, dass ich bei den anderen Spielern meiner Mannschaft nicht sonderlich beliebt war.

Dan Kavanagh

Den Kasten sauber halten

Es gibt zu viele Möglichkeiten, einem Fußballer das Bein zu brechen. Zu viele jedenfalls aus der Sicht des Fußballers. Andere finden die große Auswahl vielleicht anregend.

Duffy patrouillierte die Linie seines Strafraumes entlang und grübelte darüber nach, was mit Danny Matson passiert war. Damit hatte es angefangen: Danny Matson im unterirdischen Parkhaus. Die ersten Anzeichen, dass die ganze Sache an die Öffentlichkeit drang. Und nachdem sie an die Öffentlichkeit gedrungen war und wirklich ein bisschen ernst zu werden drohte, hatte man andere Sorgen als den armen kleinen, erledigten Danny aus der dritten Liga. Wer erinnerte sich an die Fußballer von gestern? Wer erinnert sich nur an die berühmten unter ihnen – die mit dem Haus im Hacienda-Stil, dem Daimler und der echten Blondine als Ehefrau, an die, die immer als Golfpartner von fetten Komikern im Fernsehen auftreten? Du vergisst sie, sobald sie zu spielen aufhören. Die verwöhnten Angeber stolzieren das letzte Mal über das in Flutlicht getauchte Spielfeld, grüßen die Fans und verschwinden im Tunnel. Plötzlich bemerken sie, dass es da kälter ist, und sie fühlen sich gar nicht mehr so groß, und niemand klatscht Beifall: Ein leichter Geruch von Pisse und Ajax in der Luft, über dem Kopf eine Vierzig-Watt-Birne und unten am Boden Beton. Kein Gras mehr; wenn du dich jetzt langlegst, dann tut es wirklich weh. Und dieser Tunnel ist der Rest deines Lebens. Wenn das schon für Spitzensportler so ist, was haben dann die Danny Matsons für eine Chance?

Höchste Zeit, aufzuhören mit Grübeln; oder anfangen über was anderes zu grübeln. Der kleine, fixe Rotblonde hatte den Ball schon wieder! Duffy wich an sein Tor zurück. Deckt ihn, um Himmels willen, deckt ihn! Bell war zu langsam, wie üblich, aber Maggot kam dicht genug heran und drohte ihm mit mittelschwerer Körperverletzung, deshalb zog der Rotblonde den Ball stattdessen nach links. Duffy kontrollierte den Torwinkel, stellte sich auf die Zehenspitzen, klatschte seine Handschuhe aneinander und arbeitete sich zentimeterweise vor für den Fall, dass der Außenstürmer rechts hereinflankte. Er würde ihn ausspielen, natürlich, der hatte ihn schon dreimal reingelegt, keine Sorge. Einmal innen vorbei, einmal außen vorbei, einmal hatte er ihn lässig ausgedribbelt und vor allen blamiert. Was er wohl diesmal machte?

Er macht einfach Tempo – die grausamste Methode, die es gibt. Biete dem Abwehrspieler den ganzen Ball an, lass ihm ein paar Meter Spielraum und dann sprinte blitzschnell an ihm vorbei, so als wolltest du sagen: Gib's auf, das Spiel, gib dir keine Mühe, du bist zu dick, du bist zu langsam, du bist nicht helle genug. Und damit war Duffy dran. Du musst schnell rauslaufen, den Winkel verkürzen, dem Außenstürmer keine Wahl lassen; bring ihn dazu, sich zu entscheiden, lass dich nicht zu schnell fallen, aber wenn du dich fallen lässt, mach dich richtig lang! Duffy murmelte die Traineranweisungen vor sich hin, sonst gab es nichts, was ihm groß helfen konnte. Der Außenstürmer flitzte auf ihn los. *Jetzt,* dachte Duffy und fing an, sich lang zu machen. Genau in dem Augenblick schlug der Außenstürmer einen Haken nach rechts und rannte nach links raus. Er überrannte Duffy, der nicht an ihn herankam, weder mit Foulspiel noch nach den Regeln. Gleichzeitig brachte er sich jedoch um die Torchance. Zu dicht an der Auslinie und an einem rotgesichtigen, schnell zurückspringenden Verteidiger vorbei, versuchte der Außenstürmer einen genau berechneten Schuss aus spitzem Winkel, der sogar das Außennetz verfehlte. Wütend spuckte er aus und untersuchte den Rasen, als ob der Ball in letzter Minute unerwartet weggehüpft wäre. Duffy kam gelassen hoch und versuchte so auszusehen, als hätte er die Sache fest im Griff gehabt; seine Ehre schien wiederhergestellt. Aber Duffy wusste, dass es ein nächstes Mal geben würde, und zwar bald, und dass dieser Bursche mehr Tricks auf Lager hatte als alle Mitglieder vom *Magic Circle* zusammen.

Duffy war ein nachdenklicher Typ. Es heißt, Torwarte neigen dazu, nachdenkliche Typen zu sein. Manche fangen gleich so an. Sie wollen Torwart werden, weil es ihrem Typ entspricht. Andere starten als gelassene, tüchtige Burschen und werden dann durch die eigenen schwachen Abwehrspieler zermürbt, oder sie verlieren plötzlich an Form und schwitzen schon beim Gedanken an einen hohen Querpass oder bei einem psychotischen Stürmer mit Zuchtbullenschenkeln, der nicht zu wissen scheint, ob er nun den Torwart oder den Ball ins Netz befördern soll. Auf dem Spielfeld kannst du dich verstecken; du kannst sogar anderen die Schuld zuschieben. Aber ein Torwart ist exponiert. Jeder Fehler hat katastrophale Folgen. Zehn Leute können das Spiel gewinnen, und ein Trottel kann's vermasseln; so heißt es immer. Du kannst dich wieder ein bisschen aufbauen, indem du die anderen zehn anschreist. Torwarte dürfen schreien und können manches Mal die Schuld an einem Tor abschieben, indem sie sich den zurückhaltendsten Spieler der Verteidigung herauspicken und ihm eins auf den Hut geben. Aber meist bist du auf dich allein gestellt und pendelst zwischen Langeweile und Angst.

Duffy war immer schon ein nachdenklicher Typ gewesen, lange bevor er für die Western Sunday Reliables zu spielen begonnen hatte. Immer schon war er ein Grübler gewesen, schon seit … ach, er wusste es nicht mehr. Auch das machte ihm Sorgen: Wurde er vergesslich? Andere Torwarte grübelten bei der Arbeit, weil sie schlecht spielten und verloren und ihre Mannschaft in Schwierigkeiten brachten und getreten wurden und einen Elfmeter vorgesetzt bekamen und Scheißer genannt wurden. Auch Duffy machte sich darüber seine Gedanken. Das war aber noch nicht alles. Er machte sich sogar darüber Gedanken, warum er überhaupt Torwart geworden war. Vielleicht war er gar kein nachdenklicher Typ; vielleicht war er ein ausgewachsener Neurotiker.

Ein Grund, warum er den Torwartjob mochte – und eine Sache, über die er sich so seine Gedanken machte –, war, dass er alles gern ordentlich hatte. Er liebte das ordentliche Rechteck des Strafraumes; er liebte es, wie sein Revier, sein Polizeibezirk, abgegrenzt war. Für alles, was innerhalb dieses Kastens passiert, bist *du* verantwortlich, Duffy; er fühlte sich wie ein junger Polyp, der auf seine erste Runde geschickt wird. Er mochte es auch, dass alles in seinem Bezirk Ecken hatte: der Strafraum, der Torraum, der Holzrahmen; sogar das Netz bestand aus Quadraten. Er liebte diese rechten Winkel, sie gaben ihm Sicherheit. Das Einzige in seinem Reich, was keine Ecken hatte, war der Elfmeterpunkt. Ein großer, fetter, runder Kreideklecks, der aussah, als ob ein blödes Vieh von Riesentaube sich entschlossen hätte, genau in die Mitte von Duffys Polizeibezirk abzupladdern: plitsch. Jemand müsste diesen Dreck beseitigen, dachte Duffy. Er stört mich. Er mochte den Elfmeterpunkt nicht. Vor allem war er viel zu dicht am Tor.

Er bemerkte, dass er an seinen Beinen hinunterblickte, auf die weißen Teile, die Teile, die jetzt kalt wurden. Ein später Märzwind blies über den Spielplatz. Duffy hielt aber nicht nach Gänsehaut Ausschau, o nein, er hielt Ausschau nach kleinen, braunen Flecken. Immer noch, nach all den Monaten. Wahrscheinlich war er ja jetzt in Sicherheit. Wahrscheinlich. Aber zu der Zeit, als die ganze Sache im Gang war, war das auch so etwas zum Grübeln. Oder zum ordentlich Schiss Kriegen. Unten in den Bars und Clubs hatten damals eine Menge Leute Schiss, und Duffy war keine Ausnahme gewesen. An manchen Tagen brauchte bloß jemand eine Hand auf Duffys Arm zu legen, und Duffys Jackett war fällig für die Reinigung. Und das Komische daran – ja, es war komisch, fand er jetzt, als er wieder daran dachte – war die Sache mit Carol. Dieses Problem mit Carol. Höchst merkwürdig. Duffy lächelte.

Herrgott, wieder dieser Rotblonde! Man hätte meinen können, die Spielbeobachter von Juventus, Benfica und Manchester United lauerten, versteckt in der stummen Menge der acht Zuschauer, die das Match angelockt hatte. Deckt ihn, deckt ihn doch! hörte Duffy sich brüllen, obwohl der Rotblonde sich immer noch in der eigenen Hälfte befand. Bell machte einen Versuch, wie üblich ohne Erfolg, Maggot war zu weit weg, alle anderen zogen sich zurück oder klebten an ihren Gegenspielern, die sie decken sollten, und plötzlich stand der Rotblonde frei und kam direkt auf Duffys Polizeibezirk zu. Er kam schnell raus. Wo war sein Verteidiger? Wo war sein gottverdammter Verteidiger? Duffy hatte einen einzigen Gedanken: raus hier, aus dem Raum raus und dem Rotblonden die Beine wegtreten!

Vielleicht war der Kundschafter von Benfica wirklich anwesend. Duffy schoss brüllend heraus und hatte fast das Ende seines Strafraumes erreicht, als er etwas Ungewöhnliches wahrnahm. Der Rotblonde hatte aufgehört, auf ihn zuzulaufen. Er hatte tatsächlich aufgehört, überhaupt zu laufen. Er hatte seinen Fuß auf den Ball gesetzt. Bevor Duffy einen weiteren Meter zurücklegen konnte, hatte der sommersprossige kleine Kerl den Ball etwa einen Meter hochgelupft und hob ihn dann volley über den entgegenlaufenden Torwart; er drehte sich schon um, Zeigefinger in bescheidenem Triumph hochgereckt, als der Ball noch im Netz zappelte. 0:1.

Jesus Maria, dachte Duffy. Und das soll nur eine Kneipenmannschaft sein. Wo *der* bloß herkam? Hatten die extra einen Cowboy dazugekauft? Das schien unwahrscheinlich: Jedermann wusste, dass man keine Cowboys gegen die Western Sunday Reliables einzusetzen brauchte. Vielleicht war er auch nur ein Spieler aus einer unteren Liga, der nach einer Verletzung zurückgekommen war und ein wenig zusätzlich trainierte. Oder vielleicht war er einfach einer, der im Pub einen trinken ging und nun mal eine Klasse besser war als alle anderen auf dem Feld. *Der* musste demnächst mal eins verpasst kriegen, damit er auf dem Teppich blieb.

Die Reliables spulten nicht mal das Ritual ab, sich gegenseitig die Schuld zu geben. Der eine oder andere nickte in Richtung des Rotblonden, als wollte er sagen: »schönes Tor«. Duffy fragte sich, ob er eine Chance gehabt hätte, den Ball zu kriegen, wenn er größer gewesen wäre; oder wenn er hochgesprungen wäre. Die einzige Schwierigkeit war, dass es gar nicht so einfach war, hochzuspringen, wenn man im vollen Lauf war. Tat man es dennoch, signalisierte man es wahrscheinlich so deutlich, dass der Halunke den Ball einfach mit den Fußspitzen unter einem hindurchspielen würde, und dann war man wirklich blamiert.

Das war eins der Probleme beim Torhüten. Du musst gleichzeitig unterschiedliche Körpergrößen haben. Bist du groß, kannst du den ganzen Nachmittag lang hohe Flanken wegpflücken, aber bei flachen Schüssen siehst du alt aus. Bist du klein, ist deine Bodenarbeit vielleicht Klasse, aber dafür finden gegnerische Stürmer das Netz womöglich einladend groß. Bist du stämmig, dann hast du dem Angreifer allerhand entgegenzusetzen, aber dann bist du vielleicht nicht so flink im Tor. Und bist du schlank, bewegst du dich vielleicht schnell, aber du stehst unter Umständen in der verkehrten Ecke, wenn sie ihre großen Kopfballspezialisten für Ecken loslassen. Duffy war mittelgroß – gerade groß genug für einen Polypen, der er vor Jahren gewesen war – und untersetzt. Es schien ihm dies die schlechteste aller Welten. Auch so etwas, was ihn nachdenklich stimmte.

0:1. Das war's dann wohl von wegen »sauberer Kasten«, dachte Duffy. Er mochte diesen Ausdruck:

»den Kasten sauber halten«. Es vermittelte einem einen Begriff davon, dass es beim Torhüten um etwas Geregeltes, um Ordnung ging. Manchmal stellte er sich Unterhaltungen vor, die etwa so verliefen: »Wie ist's gestern gelaufen, Duffy?« – »Oh, wieder den Kasten sauber gehalten.« Er musste sich solche Unterhaltungen vorstellen, weil sie sehr selten stattfanden. Nicht viele Leute erkundigten sich nach seinem Fußball; und wenn sie es taten, war er nicht oft in der Lage, die Antwort zu geben, von der er träumte. Sauberer Kasten. War schon ein komischer Ausdruck. Er lächelte ein bisschen. Die einzige Zeit, als er immer einen sauberen Kasten gehabt hatte, war die Zeit, als er seine Beine nach braunen Flecken abgesucht hatte und jeden zweiten Tag Fieber gemessen hatte; die Zeit, als im ›Alligator‹ und in allen anderen Clubs die Angst umging.

Die Reliables waren nicht die tollste Truppe, für die Duffy bislang gespielt hatte. Einige von ihnen waren ein bisschen dick, leicht kahlköpfig, ein bisschen unbeweglich, einer oder zwei waren schlicht alt. Aber sie waren bei der Sache; sie drehten auf. Ist alles gut und schön, eine Mannschaft von Fußball-Assen zu haben, aber wenn nur neun von ihnen aufkreuzen, und einer von den neun auch noch gleich zu Anfang in einen sorgfältig platzierten Ellenbogen rennt, dann gibt's Probleme. Duffy war Torwart bei ein paar solcher Sonntagsmannschaften gewesen. Das Schlimme an Sonntagen ist, dass sie auf einen Samstag folgen, und aller Wahrscheinlichkeit nach hat der engagierte Mittelfeldmotor die geschlagene Nacht zuvor einen engagierten Zug durch die Gemeinde gemacht, während der gutaussehende Spielmacher irgendein fremdes Schlafzimmer beäugt und allmählich begreift, dass er noch sechseinhalb Minuten hat, um quer durch London zu fahren, *und* dass er seine Trainingstasche nicht bei sich hat. Duffy hatte die Nase voll gehabt von solchen Mannschaften; vor allem neigten sie dazu, ihren Torwart nie richtig zu schützen.

Dagegen konntest du bei den Reliables immer davon ausgehen, dass auf den hinteren vier Positionen vier Spieler waren. Als sich die Mannschaft vor drei Jahren bildete, hatte sie sich Western Sunday Casuals genannt. Das klang ganz flott und ließ durchblicken, dass sie eine lässige Truppe waren, die schon am Ball gewesen war, als alle Welt noch Pyjamajacken trug und Shorts, die bis zu den Waden gingen; aber irgendwie passte das nicht zu ihnen, und nach einigen Monaten waren die »Casuals« stillschweigend die »Reliables« geworden.

0:1, und zehn Minuten bis zur Halbzeit. Noch ein paar Schrecksekunden für Duffy, doch sonst gar nicht schlecht. Diesen Rotblonden müssten sie sich wirklich vorknöpfen. Vielleicht den Außenstürmer auch mal ein bisschen schikanieren. Und vielleicht würde das Bier von gestern Abend in der zweiten Halbzeit ja beim Gegner Wirkung zeigen.

Konzentrier dich einfach weiter und versuch nicht, in den letzten Minuten noch zu zaubern. Zwei Punkte Verlust, und sie waren weg vom Fenster. Verschwunden. Spurlos verschwunden.

Dave Eggers

Fußball in den USA

Wenn die Kinder in den USA noch klein sind, glauben sie, dass Fußball der populärste Sport der Welt ist, denn jedes amerikanische Kind spielt Fußball. Das ist ein Gesetz. Ein Gesetz, das demselben vergilbten, in jeder Bundeshauptstadt ausgestellten Dokument entstammt, das Sechsjährigen vorschreibt, auf die amerikanische Fahne zu schwören – ein schrecklicher Anblick, Gott sei's geklagt – und sich einmal im Jahr mit falschen Bärten als kleine Pilgerväter zu verkleiden.

Samstags ist jeder flache grüne Fleck in Nordamerika von kleinen Menschen in glänzenden Trikots bevölkert, die den schwarz-weißen Ball das Feld hinauf- und hinuntertreiben, zum Entzücken und zum Entsetzen ihrer Eltern, die überwiegend keine Ahnung haben, was da eigentlich geschieht. Die treibende Kraft hinter all dem ist AYSO, der Amerikanische Jugendfußballverband. Die American Youth Soccer Organization wurde in den Siebzigerjahren gegründet, um den amerikanischen Jugendlichen das

Fußballspielen schmackhaft zu machen, und das gelang mit verblüffender Effizienz. Innerhalb weniger Jahre war Fußball der Sport der Wahl für alle amerikanischen Eltern, insbesondere für diejenigen, die insgeheim befürchteten, ihre Kinder könnten keinerlei sportliches Talent besitzen.

Kinder finden Fußball deshalb so schön, weil man nicht viel können muss, um eine Art Spiel auf die Beine zu stellen. Keine Sportart hält so viel Unvermögen aus wie Fußball: Auch wenn 22 Kinder überwiegend ziellos auf dem Feld herumrennen, an den Seitenlinien Blumen pflücken oder aus keinem ersichtlichen Grund in Tränen ausbrechen, kann das wie ein echtes Fußballspiel wirken. Und wenn unter den 22 wild um sich schlagenden Körpern nur drei oder vier Kinder mit koordinierten Bewegungen sind, dann wird tatsächlich gedribbelt, es gibt einige wenige reguläre Einwürfe, und ein paar Mal landet der Ball auch im Netz. Es ist also im Großen und Ganzen Fußball.

Da alle amerikanischen Kinder Fußball spielen, glauben die meisten, dass Fußball immer zu ihrem Leben gehören wird. Mit acht Jahren spielte ich im Mittelfeld bei den ungeschlagenen Strikers (die von dem unvergesslichen Mr Cooper trainiert wurden) und hatte keine anderen Erwartungen an mein Leben als die, dass ich weiterhin, bis zur Stunde meines Todes, im Mittelfeld spielen würde. Und mir wäre nicht im Traum eingefallen, dass sich daran jemals etwas ändern könnte.

Aber wenn die Kinder in den Vereinigten Staaten zehn Jahre alt sind, geschieht etwas mit ihnen. Ungefähr 88 Prozent hören einfach auf, Fußball zu spielen. Dieselben Kinder, die mit fünf, sechs oder sieben Jahren gekickt haben, was das Zeug hielt, spielen jetzt Baseball, Football, Basketball, Eishockey, Hockey oder – bedauerlicherweise – Golf. Kurze Zeit später geben sie auch diese Sportarten auf und schauen sie sich im Fernsehen an – bedauerlicherweise auch Golf.

Diese Abkehr vom Fußball ist nicht zuletzt darauf zurückzuführen, dass einflussreiche Menschen in Amerika lange glaubten, Fußball sei der Lieblingssport der Kommunisten. Als ich 13 war – das war 1983, lange vor Glasnost, vom Fall der Mauer gar nicht zu reden –, hatte ich einen Sportlehrer, nennen wir ihn Moron McCheeby, der eine sehr überzeugende Verbindung zwischen Fußball und den Architekten des Eisernen Vorhangs herstellte. Ich erinnere mich, wie ich einmal fragte, warum es in seinem Sportunterricht keine Fußballtage gebe. Seine Miene verdunkelte sich. Er nahm mich beiseite und erklärte mir bebend, mit kaum gebändigtem Zorn, dass er anständige, ehrliche amerikanische Sportarten bevorzuge, *bei denen man die Hände benutze.* Sportarten, bei denen man die Hände nicht benutzt, sagte er, seien kommunistische Sportarten, die von den Russen, Polen, Deutschen und anderen Roten gespielt würden. Die Hände beim Sport zu benutzen sei amerikanisch, die Füße zu benutzen falle in die Zuständigkeit der Anhänger von Marx und Lenin. Ich glaube, McCheeby führte das Thema noch weiter aus.

Dass es so etwas wie eine Fußballweltmeisterschaft gibt, drang den meisten Quellen zufolge im Jahr 1986 ins Bewusstsein der Bewohner der Vereinigten Staaten. Die Spiele wurden in unserem Land nicht übertragen, aber es gab einzelne Berichte von Auslandskorrespondenten. Diese Berichte erschreckten uns, wir fürchteten Domino-Effekte und dachten laut darüber nach, ob wir den Trend vielleicht stoppen könnten, indem wir in Köln oder Marseille Militärberater stationierten. Erst 1990 wurde die Fußballweltmeisterschaft auch in den Vereinigten Staaten übertragen, aber nur in den kurzen Stunden der Nacht und – auf Spanisch.

Zur gleichen Zeit boomte der Fußball in den Highschools der Vorstädte von Chicago, und das lag vor allem am Zustrom ausländischer Austauschschüler. Meine eigene Highschool-Mannschaft war nach den Maßstäben der Zeit unanständig gut, randvoll mit hervorragenden Spielern aus anderen Ländern. Noch heute erinnere ich mich an den Namen des Stürmers, ich glaube, er kam aus Rom: Alessandro Dazza. Er war der Beste in der Mannschaft, knapp vor dem Mittelfeldspieler Carlos Gutierrez (nicht sein richtiger Name) aus Spanien. Unser bester Verteidiger war ein amerikanischer Vietnamese namens Tuan, und dann gab es da noch Paul Beaupre, der zwar zu den vielen weißen, protestantischen Bewohnern englischer Abstammung in unserer Stadt gehörte, aber einen französisch klingenden Namen trug. Man erwartete von uns, dass wir die Landesmeisterschaften gewannen, aber wir kamen diesem Ziel nicht einmal nahe. Homewood-Flossmoor hatte, so das Gerücht, brasilianische Zwillinge.

Ein paar Jahre später, als der professionelle Hallenfußball schon recht populär war und wir ein paar vage Versuche hinter uns hatten, eine Liga für die Spiele draußen auf dem Rasen zu etablieren, bewiesen wir der Welt, dass es den Vereinigten Staaten ernst oder wenigstens relativ ernst war mit dem Fußball: 1994 wurde die erste Weltmeisterschaft auf amerikanischem Boden ausgetragen. Wenigstens vier bis fünf Prozent der Bevölkerung bekamen das mit, und ein entsprechend hoher Prozentsatz besuchte die Spiele. Das reichte aus, um die Stadien zu füllen, und das Experiment galt als geglückt. Im Kielwasser der WM bemühten sich andere Ligen, Fuß zu fassen, und die gegenwärtige Liga scheint halbwegs lebensfähig zu sein, auch wenn man die Spielberichte eher in den Randbereichen des Sportteils findet, beim Automobilmarkt und den Biathlonzusammenfassungen.

Unser dauerhaftes Desinteresse an dem Sport, der auf der ganzen Welt in Ehren gehalten wird, lässt sich auf zweifache Weise erklären. Zum einen ziehen wir als Nation verrückter, aber entschlossener Erfinder Sportarten vor, die wir selbst ersonnen und entwickelt haben: Football, Baseball, Basketball. Wenn wir wenigstens teilweise den Verdienst an einer Erfindung beanspruchen können, wie beim Tennis oder beim Radio, sind wir geneigt, zumindest passives Interesse zu zeigen. Fußball haben wir nicht erfunden, deshalb ist er uns verdächtig.

Vor allem aber leidet die Popularität der Fußball-WM und des Profi-Fußballs daran, welche Rolle vorgetäuschte Fouls, die sogenannten Schwalben, beim Fußball spielen. Amerikaner mögen arrogant sein, aber es gibt eine amerikanische Haltung – und hinter der stehe auch ich: die Abscheu vor Sportlern, die ein Foul vortäuschen. Es gibt nur wenige amerikanische Sportarten, in denen Schwalben zum Spiel gehören oder mehr oder weniger als zum Spiel gehörig akzeptiert werden. Football ist zu komplex und gefährlich, um viel vorzutäuschen. Baseball? Unmöglich, wirklich – man kann nicht so tun, als würde man von einem Baseball getroffen, und es ist absolut ausgeschlossen, so zu tun, als habe man einen gefangen. Unter den drei großen Sportarten spielt nur beim Basketball der Faktor Schwalbe eine Rolle. Die Spieler können die Wirkung eines Fouls gegen sie übertreiben und tun das gelegentlich auch. Aber lassen Sie sich gesagt sein: Der größte Freistoßschinder der NBA (National Basketball Association) ist kein Amerikaner, sondern ein Argentinier! (Manu Ginobili, der größte Schwindler aller Zeiten, aber sonst ein sehr guter Spieler.)

Die Schwalben im Fußball sind jedoch ein Problem. Eine Schwalbe ist im Wesentlichen eine Kombination aus schauspielern, lügen, betteln und betrügen – keine sehr sympathische Mischung. Schon die Theatralik ist widerlich, ebenso das Zeitlupentempo, in dem sich die Täuschung entwickelt. Zunächst ist es nur eine zufällige Berührung und dann ein langer Zeitraum – genug Zeit für Sie hinauszugehen, den Wagen zu waschen und wieder reinzukommen – zwischen der Berührung und dem Augenblick, in dem der Schwalbenexperte sich zum Fallen entschließt. Wenn Sie vom Wagenwaschen wieder zurück sind, stürzt der Schwalbenexperte nach vorn, den Mund zum Oval geformt und

Munch-weit geöffnet, bereit für den Kontakt mit der Erde unter ihm. Aber das ist erst der Anfang. Gehen Sie einkaufen und eröffnen Sie auf dem Weg vielleicht noch ein neues Geldmarktkonto bei der Bank, wenn Sie zurückkommen, liegt der Schwalbenexperte immer noch auf dem Boden, hält sich das Schienbein und wirft in gespielter Agonie den Kopf in den Nacken. Dieses ganze Theater braucht viel Zeit und Melodramatik, und das ist besonders abscheulich, weil der nächste Schritt so schnell folgt, dass man Spezialkameras benötigt, um ihn einzufangen. Sobald der Schiedsrichter entschieden hat, einen Elfmeter zu geben oder auch nicht, springt unser simulierender McChumpland plötzlich und auf wundersame Weise geheilt auf – und Action! –, spielt den Ball seinem Mitspieler zu und stürmt los.

Amerikanische Sportarten basieren – mit allen Vor- und Nachteilen, die das hat – auf Transparenz oder wenigstens dem Anschein von Transparenz und auf einer schweißtreibenden Arbeitsethik. Aus diesem Grund ist der bekannteste Fußballspieler der amerikanischen Geschichte Sylvester Stallone, und tatsächlich sind ihm die zwei größten Momente des amerikanischen Fußballs zuzuschreiben. Der erste ist in *Flucht oder Sieg*, dem Filmklassiker über Fußball spielende alliierte Kriegsgefangene und ihr Spitzenspiel gegen die Nazis zu bewundern.

Stallone gibt einen amerikanischen Soldaten, der aus irgendeinem Grund – man kann von keinem Menschen erwarten, sich so was immer zu merken – für den Torwart der Kriegsgefangenen einspringen muss. Natürlich hat Stallone keine Ahnung von Fußball und muss erst mal lernen, im Tor zu stehen (hier grinst Moron McCheeby triumphierend). Aber Stallone leistet Bewunderswertes, und die Alliierten gewinnen (glaube ich). Die Menge umfängt sie, sie werden unter Mänteln und zwischen den Fans versteckt und stehlen sich davon in die Freiheit.

Der zweite bedeutende Moment kam, als die WM 1994 in den USA ausgetragen wurde. Es wird berichtet, dass Stallone eines der Spiele besuchte und offenbar seinen Spaß daran hatte.

So wie sich unsere US-amerikanischen Mannschaften entwickeln, werden wir unvermeidlich irgendwann einmal in einem WM-Halbfinale stehen, und es ist, könnte man meinen, sehr wahrscheinlich, dass wir in naher Zukunft sogar die WM gewinnen. Wir verfügen schließlich über grenzenlosen Reichtum und dreihundert Millionen Menschen, und wenn wir entsprechende Mittel in ein Ziel stecken, dann erreichen wir es auch (siehe Vietnam, Libanon, Irak). Doch bis wir die WM gewinnen, erhält der Fußball nur widerwillig die Anerkennung der breiten Masse. Aber andererseits: Wollen wir wirklich ein

Amerika, in dem Fußball sich allgemeiner Beliebtheit oder gar allgemeiner Achtung erfreut? Können wir uns das überhaupt vorstellen?

Und wenn Sie König Fußball wären, wollten Sie wirklich von einem Volk verehrt werden, das Bush und Cheney wählte, und zwar nicht einmal, sondern zweimal? Gewiss nicht. Viel lieber würden Sie zu Ihren Wurzeln zurückkehren, auch wenn sie kommunistisch sind, und den Faschismus mit den Füßen bekämpfen.

Urs Widmer

Gebet

Oh Kahn geh nicht unter!
Oh Ballack bleib rund!
Kuranyi! Sei munter!
Oh Klose bleib gsund!

Oh Becken werd Bauer!
Oh Klins sei ein Mann!
Seid lustig nicht sauer
Und tut was ihr kann!

Peter Handke

Die Angst des Tormanns beim Elfmeter

Nach dem Mittagessen ging Bloch auf den Sportplatz. Schon von weitem hörte er das Geschrei der Zuschauer. Als er ankam, spielten noch im Vorspiel die Reservemannschaften. Er setzte sich auf die Bank an der Längsseite des Spielfelds und las die Zeitung durch bis zur Wochenendbeilage. Er hörte ein Geräusch, wie wenn ein Stück Fleisch auf den Steinboden fiel; er schaute auf und sah, dass der nasse schwere Ball einem Spieler vom Kopf geprallt war.

Er stand auf und ging weg. Als er zurückkam, hatte das Hauptspiel schon angefangen. Die Bänke waren besetzt, und er ging das Spielfeld entlang hinter das Tor. Er wollte nicht zu dicht dahinter stehen bleiben und stieg die Böschung zur Straße hinauf. Er ging die Straße entlang bis zur Eckfahne. Es kam ihm vor, als reiße ein Knopf von seinem Rock und springe auf die Straße. Er hob den Knopf auf und steckte ihn ein.

Er unterhielt sich mit jemandem, der neben ihm stand. Er erkundigte sich, welche Mannschaften da spielten, und fragte nach dem Tabellenplatz. Bei diesem Gegenwind sollten sie nicht so hohe Bälle spielen, sagte er.

Er bemerkte, dass der Mann neben ihm Schnallen an den Schuhen hatte. »Ich kenne mich auch nicht aus«, antwortete der Mann. »Ich bin Vertreter und halte mich nur für ein paar Tage in der Gegend auf.«

»Die Spieler schreien viel zu viel«, sagte Bloch. »Ein gutes Spiel geht ganz still vor sich.«

»Es gibt ja keinen Trainer, der ihnen vom Feldrand aus zuruft, was sie zu tun haben«, antwortete der Vertreter. Bloch kam es vor, als redeten sie miteinander für einen Dritten.

»Auf dieser kleinen Spielfläche muss man sich beim Abspielen ganz schnell entscheiden«, sagte er.

Er hörte ein Klatschen, als ob der Ball an den Torpfosten prallte. Bloch erzählte, er habe einmal gegen eine Mannschaft gespielt, in der alle Spieler bloßfüßig gewesen seien; jedes Mal, wenn sie den Ball getroffen hätten, sei ihm das Klatschen durch und durch gegangen.

»Im Stadion habe ich einmal gesehen, wie ein Spieler sich das Bein gebrochen hat«, sagte der Vertreter. »Man hat das Krachen bis zu den letzten Stehplätzen hinauf gehört.«

Neben sich sah Bloch andere Zuschauer miteinander reden. Er beobachtete nicht den, der gerade sprach, sondern jeweils den, der zuhörte. Er fragte den Vertreter, ob er schon einmal versucht habe, bei einem Angriff von Anfang an nicht die Stürmer zu beobachten, sondern den Tormann, auf dessen Tor die Stürmer mit dem Ball zuliefen.

»Es ist sehr schwierig, von den Stürmern und dem Ball wegzuschauen und dem Tormann zuzuschauen«, sagte Bloch. »Man muss sich vom Ball losreißen, es ist etwas ganz und gar Unnatürliches.« Man sehe statt des Balls den Tormann, wie er, die Hände auf den Schenkeln, vorlaufe, zurücklaufe, sich nach links und rechts vorbeuge und die Verteidiger anschreie. »Üblicherweise bemerkt man ihn ja erst, wenn der Ball schon aufs Tor geschossen wird.«

Sie gingen miteinander die Seitenlinie entlang. Bloch hörte ein Keuchen, als ob der Linienrichter an ihnen vorbeiliefe. »Es ist ein komischer Anblick, den Tormann so ohne Ball, aber in Erwartung des Balles, hin und her rennen zu sehen«, sagte er.

Er könne nicht lange hinschauen, antwortete der Vertreter, unwillkürlich schaue er doch gleich auf die Stürmer zurück. Wenn man auf den Tormann schaue, komme es einem vor, als ob man schielen müsse. Es sei, wie wenn man jemanden auf eine Tür zugehen sehe und dabei statt auf den Mann auf die Türklinke schaue. Der Kopf tue einem weh, und man könne nicht mehr richtig atmen.

»Man gewöhnt sich daran«, sagte Bloch, »aber es ist lächerlich.«

Ein Elfmeter wurde gegeben. Alle Zuschauer liefen hinter das Tor.

»Der Tormann überlegt, in welche Ecke der andere schießen wird«, sagte Bloch. »Wenn er den Schützen kennt, weiß er, welche Ecke er sich in der Regel aussucht. Möglicherweise rechnet aber auch der Elfmeterschütze damit, dass der Tormann sich das überlegt. Also überlegt sich der Tormann weiter, dass der Ball heute einmal in die andere Ecke kommt. Wie aber, wenn der Schütze noch immer mit dem Tormann mitdenkt und nun doch in die übliche Ecke schießen will? Und so weiter, und so weiter.«

Bloch sah, wie nach und nach alle Spieler aus dem Strafraum gingen. Der Elfmeterschütze legte sich den Ball zurecht. Dann ging auch er rückwärts aus dem Strafraum heraus.

»Wenn der Schütze anläuft, deutet unwillkürlich der Tormann, kurz bevor der Ball abgeschossen wird, schon mit dem Körper die Richtung an, in die er sich werfen wird, und der Schütze kann ruhig in die andere Richtung schießen«, sagte Bloch. »Ebenso gut könnte der Tormann versuchen, mit einem Strohhalm eine Tür aufzusperren.«

Der Schütze lief plötzlich an. Der Tormann, der

einen grellgelben Pullover anhatte, blieb völlig unbeweglich stehen, und der Elfmeterschütze schoss ihm den Ball in die Hände.

Friedrich Torberg

Meisterspiel

Am Ende der Spielzeit 1924/25 gab es nur noch zwei Anwärter auf den Meistertitel, Austria und Hakoah. Die Konstellation der Tabelle war auf höchste Spannung angelegt: Austria hatte bereits alle Spiele absolviert und führte um einen Punkt vor Hakoah, die ihr letztes Spiel unbedingt gewinnen mussten, um Meister zu werden – wenn sie nur unentschieden spielten, wäre Austria Meister. Gegner der Hakoah war der Wiener Sportclub, im Mittelfeld der Tabelle liegend, also für sich selbst chancenlos; aber die Hakoah um den Meistertitel zu bringen, war auch für ihn – wie Hamlet so richtig sagte – »ein Ziel, aufs innigste zu wünschen« und war es vor allem für den Austria-Anhang, der zur Unterstützung der Sportclub-Mannschaft in voller Stärke angerückt kam.

Wohlhabende Freunde hatten mich auf die Tribüne mitgenommen und fieberten mit mir dem Kommenden entgegen. Unmittelbar vor uns saßen zwei feindliche Anhänger, das war schon nach wenigen Minuten klar; abgesehen davon, dass sie kein Wort miteinander sprachen, ging es eindeutig aus ihren diametral gegensätzlichen Reaktionen auf das Spielgeschehen hervor. Wenn der eine »Pfui!« rief, rief der andre »Bravo!«, wenn die Hakoah einen Angriff unternahm, schrie der eine »Hoppauf!«, und der andre schwieg, bei einem Sportclub-Angriff verhielt sich's umgekehrt, ebenso bei den Entscheidungen des Schiedsrichters – es bestand, kurzum, kein Zweifel, dass der eine den Sieg der Hakoah herbeisehnte und der andre ihre Niederlage oder wenigstens ein Unentschieden.

Hakoah ging 1:0 in Führung, Sportclub erzielte den Ausgleich, zur Pause stand's 1:1, ungefähr in der 30. Minute der zweiten Halbzeit schoss Hakoah ein zweites Tor, und da sie auch weiterhin überlegen blieb, sah es ganz danach aus, als sollte sie den Vorsprung halten können. Wir begannen uns bereits dem triumphalen Hochgefühl hinzugeben, dass der österreichische Fußballmeister Hakoah heißen würde.

Da, zehn Minuten vor Schluss, führte ein Gegenangriff des Sportclubs zu einem Corner, der Ball kam hoch herein, die Hakoah-Verteidigung brachte ihn nicht rechtzeitig weg, und es hieß 2:2. Daran nicht genug: In dem entstandenen Gedränge hatte der Hakoah-Tormann Fabian eine Verletzung erlitten, wurde vom Platz getragen und musste, da es damals noch keinen Austausch gab, durch einen Feldspieler ersetzt werden. Die Wahl fiel notgedrungen auf den auch als Tormann geschulten Stürmer Nemes, den einzigen, der vielleicht imstande gewesen wäre, in den verbleibenden 10 Minuten das Spiel doch noch für Hakoah zu entscheiden. Mit ihm im Tor statt im Sturm und mit einem Mann weniger im Feld gab es nichts mehr zu hoffen. Der Meistertitel war beim Teufel oder auf dem Weg dorthin. Nur ein Wunder konnte ihn retten.

Das Wunder geschah. Es begann damit, dass Fabian, den verletzten Arm in einer Schlinge, wieder aufs Feld kam, natürlich nicht um seinen Posten im Tor einzunehmen, sondern um die Mannschaft wenigstens zahlenmäßig zu komplettieren. Er lief recht und schlecht auf dem von Nemes verlassenen rechten Flügel mit, und da es die Sportclub-Verteidigung für überflüssig hielt, den Halbinvaliden zu decken, stand er plötzlich frei – bekam den Ball zugespielt – riskierte auf gut Glück einen Schuss – und es stand 3:2 für Hakoah. Bis zum Spielende fehlten nur noch wenige Minuten. Hakoah hatte die österreichische Fußballmeisterschaft gewonnen. Es war die tollste Sensation, die sich denken ließ.

Orkanartiger Jubel brach los, riss die Hakoah-Anhänger auf der Tribüne von ihren Sitzen hoch, meine Freunde und mich und unsern Vordermann, der in besinnungslosem Triumphgeheul immer wieder die Arme emporwarf. Auch der neben ihm sitzende Austria-Anhänger sprang auf, aber bei ihm war's die Verzweiflung über den im letzten Augenblick verlorenen Meistertitel. Und er wusste seiner ohnmächtigen Wut nur dadurch Luft zu machen, dass er den neben ihm jubelnden Hakoah-Anhänger mit einem wohlgezielten Kinnhaken zu Boden streckte.

Zwei meiner Freunde, kampferprobte Raufbolde und obendrein vom Siegesrausch beflügelt, stürzten sich auf ihn, schwangen die Fäuste und schickten sich an, ihm Fürchterliches zuzufügen.

Da aber ertönte von unten her die Stimme des Misshandelten: »Ich bitt' Sie, lassen Sie ihn in Ruh'. Er ist mein Cousin.«

Ödön von Horváth

Legende vom Fußballplatz

Es war einmal ein armer kleiner Bub, der war kaum sieben Jahre alt, aber schon loderte in ihm eine Leidenschaft: Er liebte den Fußball über Alles.

Bei jedem Wettspiel musste er dabei gewesen sein: ob Liberia gegen Haidhausen, ob Beludschistan gegen Neukölln – immer lag er hinter einem der Tore im Grase (meistens bereits lange vor Beginn) und verfolgte mit aufgerissenen runden Kinderaugen den mehr oder minder spannenden Kampf. Und wenn ein Spieler grob rempelte, ballten sich seine Händchen erregt zu Fäusten, und mit gerunzelter Stirne fixierte er finster den Übeltäter. Doch wenn dann vielleicht gar gleich darauf des Schicksals Laune (quasi als Racheakt) ein Goal schoss, so tanzte er begeistert und suchte strahlend all den Anderen, die um ihn herum applaudierten, ins Antlitz zu schauen. Diese Anderen, die neben ihm lagen, waren ja meistens schon um ein oder zwei Jahre älter, und andächtig horchte er, wenn sie sich in den ungeheuerlichsten hochdeutschen Fachausdrücken, die sie weiß Gott wo zusammengehört hatten, über die einzelnen Spieler und Clubs ergingen; ergriffen lauschte er trüben Weissagungen, bis ihn wieder ein wunderbar vollendet geköpfter Ball mit sich riss, dass sein Herz noch höher flog wie der Ball.

So saß er oft im nassen Grase. Stundenlang.

Der Novemberwind schmiegte sich an seinen schmalen Rücken, als wollt er sich wärmen, und hoch über dem Spielplatz zog die Fieberhexe ihre Raubvogelkreise.

Und als der Schlusspfiff verklungen war, da dämmerte es bereits; der kleine Bub lief noch einmal quer über das Feld und ging dann allein nach Hause. In den leeren Sonntagsstraßen war es ihm einige Male, als hörte er Schritte hinter sich: als schliche ihm jemand nach, der spionieren wolle, wo er wohne. Doch er wagte nicht umzuschauen und beneidete den Schutzmann, der solch große Schritte machen konnte. Erst zu Hause, vor dem hohen grauen Gebäude, in dem seine Eltern den Gemüseladen hatten, sah er sich endlich um: ob es vielleicht der dicke Karl ist, mit dem er die Schulbank teilt und der ihn nie in Ruhe lässt – aber es war nur ein dürres Blatt, das sich mühsam die Straße dahinschleppte und sich einen Winkel suchte zum Sterben.

Und am Abend in seinem Bette fror er trotz tiefroter Backen; und dann hustete er auch, und es hob ihn vornüber, als haute ihm der dicke Karl mit der Faust in den Rücken.

Nur wie durch einen Schleier sah er seiner Mutter Antlitz, die am Bettrande saß und ihn besorgt betrachtete; und er hörte auch Schritte im Zimmer, langsame, hin und her: Das war Vater.

Der Nordwind hockte im Ofenrohr, und zu seinem Gesumm fingen Regenbogen an, einen Reigen um ihn zu tanzen. Er schloss die Augen. Da wurd es dunkel. Und still.

Doch nach Mitternacht wich plötzlich der Schlaf, und feine Fingerknöchelchen klopften von außen an die Fensterscheibe – und er hörte seinen Namen rufen – »Hansl!«, rief eine sanfte Stimme – »Hansl!«

Da erhob sich der kleine Bub aus seinem Bette, trug einen Stuhl vor das Fenster, erkletterte ihn und öffnete –: Draußen war tiefe stille Nacht; keine Trambahn läutete mehr, und auch die Gaslaterne an der Ecke war schlafen gegangen und – vor seinem Fenster im vierten Stock schwebte ein heller Engel; der ähnelte jenem, welcher Großvaters Gebetbuch als Spange umschloss, nur, dass er farbige Flügel hatte: der linke blau und gelb: das waren die Farben des Fußballvereins von Oberhaching; der rechte rosa und grün: das waren die Farben dessen von Unterhaching; seine schmalen Füße staken in purpurnen Fußballschuhen, an silberner Sternenschnur hing um seinen Schwanenhals eine goldene Schiedsrichterpfeife, und in den durchsichtigen Händen wiegte sich ein mattweißer Fußball.

»Schau –«, sprach der Engel – »schau!« und köpfte den Ball kerzengerade in die Höhe; der flog, flog – bis er weit hinter der Milchstraße verschwand.

Dann reichte der Himmlische dem staunenden Hansl die Hand und lächelte: »Komm mit – zum Fußballwettspiel –«

Und Hansl ging mit.

Wortlos war er auf das Fensterbrett gestiegen, und da er des Engels Hand ergriffen, da war es ihm, als hätte es nie einen dicken Karl gegeben. Alles war vergessen, versank unter ihm in ewigen Tiefen –

und als die beiden an der Milchstraße vorbeischwebten, fragte der kleine Bub: »Ist es noch weit?«

»Nein«, lächelte wieder der Engel, »bald sind wir dort.« Und weil Engel nie lügen, leuchtete bald durch die Finsternis eine weiße rechteckige Fläche, auf die sie zuflogen. Anfangs glaubte Hansl, es wäre nur ein Blatt unliniertes Papier, doch kaum, dass er dies gedacht hatte, erfasste sein Führer auch schon den Rand; nur noch ein Klimmzug – und es war erreicht!

Doch wie erstaunte da der kleine Bub!

Aus dem Blatt unliniertem Papier war eine große Wolke geworden, deren Oberfläche ein einziger herrlich angelegter Fußballplatz war; auf buntbewimpelten Tribünen saßen Zuschauer, wie sie in solcher Zahl unser Kleiner noch bei keinem Wettspiel erlebt hatte. Und das ganze Publikum erhob sich zum Gruß und Aller Augen waren voll Güte auf ihn gerichtet, ja selbst der Aufseher, der ihn doch sonst immer sofort hinter das Tor in das nasse Gras trieb, führte ihn unter fortwährenden Bücklingen auf seinen Platz: Tribüne (!) Erste Reihe (!!) Mitte (!!!)

»Wie still nur all die Leute sind!«, meinte der kleine Bub. »Sehr recht, mein Herr«, lispelte der Aufseher untertänig, »dies sind ja auch all die seligen Fußballwettspielzuschauer.«

Unten am Rand losten die Parteien nun um die Sonne-im-Rücken-Seite und – »das sind die besten der seligen Fußballspieler«, hörte Hansl seinen Nachbar sagen; und als er ihn ansah, nickte ihm dieser freundlich zu: da erkannte er in ihm jenen guten alten Herrn, der ihn einst (als Borneo gegen Alaska verlor) vor dem dicken Karl verteidigte; noch hielt er den Rohrstock in der Hand, mit dem er dem Raufbold damals drohte. Wie der dann lief!

Unermessliche Seligkeit erfüllte des armen kleinen Buben Herz. Das Spiel hatte begonnen, um nimmermehr beendet zu werden, und die zweiundzwanzig spielten, wie er noch nie spielen sah. Manchmal kam es zwar vor, dass der eine oder andere dem Balle einfach nachflog (es waren ja auch lauter Engel), doch da pfiff der Schiedsrichter (ein Erzengel) sogleich ab: wegen unfairer Kampfweise.

Das Wetter war herrlich. Etwas Sonne und kein Wind. Ein richtiges Fußballwetter.

Seit dieser Zeit hat niemand mehr den armen kleinen Buben auf einem irdischen Fußballplatze gesehen.

Jaroslav Hašek

Fußball in Bayern

Zwischen den bayerischen Städten *Tillingen* und *Höchstädt* an der Donau herrscht grimmige Feindschaft. Im Mittelalter zogen die Tillinger mit ihren Booten, die mit Söldnern bemannt und mit einem reichlichen Vorrat an Brennstoffen versehen waren, gegen Höchstädt, das nach solchen Besuchen einige Mal brannte. Zuweilen trieben die Höchstädter allerdings die Tillinger die vollen vierzig Kilometer wieder zurück, und die zehn Kilometer lange Eichenallee, die sich von Höchstädt gegen Tillingen zieht, heißt: ›Zu den gehängten Tillingern.‹

In dieser Beziehung unterschieden sich die beiden Städte voneinander, denn die Tillinger ertränkten die Höchstädter Nachbarn in der Donau wie junge Katzen, und als ein Ratsherr aus Höchstädt den Tillingern in die Hände fiel, wurde er gevierteilt. Ein Viertel wurde durch einen Sonderboten nach Höchstädt gesandt, wo man diesen auf dem Burgtor aufknüpfte, trotz seines Protestes, dass er als Gesandter unverletzlich sei.

So ging das weiter, bis zu der Zeit, da den Städten ihre Privilegien zu dergleichen Spielen und Vergnügungen genommen wurden, da die neue Zeit die Grausamkeit der Expeditionen milderte und sie auf Raufereien im Einkehrhause ›Zum Schutzengel‹ beschränkte. Dieses Einkehrhaus lag zwanzig Kilometer von Höchstädt und ebenso weit von Tillingen. Es bildete die Grenze zwischen beiden feindlichen Gebieten.

Dorthin ging man jeden Sonn- und Feiertag zum Raufen. Die Burschen kamen zu Fuß und wurden nach beiden Richtungen in Leiter- und Mistwagen nach Hause gefahren, mit zerschlagenen Köpfen und gebrochenen Rippen, aber ungewöhnlich zufrieden, weil es wieder einmal so schön verlaufen war.

Beide Parteien bemühten sich, stets den Ruf der führenden Stadt in diesen hundertjährigen Kämpfen aufrechtzuerhalten, und so waren denn die Kämpfe beim ›Schutzengel‹ nicht weniger erbittert als zu jener Zeit, wo die Leute aus Tillingen auf Leitern mit brennenden Pechfackeln die Wälle von Höchstädt erklommen, deren Verteidiger sie wiederum mit hundertpfündigen Dreschflegeln in die Stadtwälle schleuderten.

Ebenso erbittert war der Kampf, als die Tillinger mit einem Widder die Stadttore zertrümmerten und Höchstädter sie mit brennendem Pech begossen.

Keine Partei konnte jemals sagen, vollständig überwunden worden zu sein, bis die Kreiseinteilung endlich die Höchstädter in die Hände Tillingens gab. Der Höchstädter Kreis ward aufgehoben und Höchstädt dem Kreise Tillingen zugeteilt. In Höchstädt war das Amtsgericht und in Tillingen das Bezirksgericht. Die Höchstädter vernahmen ihre Bürger nur ein und schickten ihre Akten zum Bezirksgerichte nach Tillingen, das sie streng und hart richtete. Die Höchstädter mussten nach Tillingen zur Assentierung gehen, und in allen amtlichen Angelegenheiten ward immer Tillingen zuerst genannt, und dann erst kam Höchstädt. So waren die Höchstädter auf der ganzen Linie gehandicapt, erniedrigt und beleidigt. Und als sie eines Sonntags die Tillinger glorreich im ›Schutzengel‹ verhaut hatten, waren dort am nächsten Sonntag so viele Gendarmen aus dem Kreise Tillingen, dass sie es beim besten Willen nicht wiederholen konnten.

Seit damals trafen sie nur noch durch Zufall aufeinander, und da erlagen die Höchstädter der Übermacht, weil sie überall von der feindlichen Welle umgeben waren, und wenn sie vom Militär kamen, sagten sie, es sei unter solchen Umständen ganz vergeblich, sich zu raufen, und die Zurückgebliebenen betrachteten sie als Feigling. Es schien, dass Höchstädt niemals wieder seinen Nebenbuhler in den

Schatten stellen werde, als die moderne Zeit nach Süddeutschland den *Fußball* brachte.

Was konnte der Klub ›Tillingen‹ am Anfang gegen die Höchstädter Mannschaft aufstecken?

Die Leistung der Stürmer vom ›Höchstädt‹ war bemerkenswert. Sie gingen so scharf auf den Ball, wie ihre Vorfahren die Tillinger von den Stadttoren gejagt hatten. Sie sandten den Ball mit einer so unwiderstehlichen Kraft in die Tore der feindlichen Klubs, wie früher die Höchstädter Knüppel und Schleudern die Tore der Stadt Tillingen zerschmetterten. Das Zusammenspiel aller vom Klub ›Höchstädt‹, der Läufer, Verteidiger und der Flügel, durchbrach den Leiberwall vor dem feindlichen Goal, und einmal geschah es sogar, dass sie in das feindliche Tor der ›Mannheimer‹ zusammen mit dem Ball auch den Back ihres eigenen Teams schossen, ohne dass heute noch jemand weiß, wie dieser dorthin geraten konnte.

Ihre Schüsse waren fürchterlich. Der in das Tor der Gegner geschossene Ball schleuderte den Goalmann zur Seite, durchreißt das Netz, reißt einem Zuschauer hinter dem Tor das Ohr ab, erschlägt einen Hund, der hinter dem Spielplatz herumläuft, und schlägt einem Passanten, der ihn stoppen will, beide Füße ab. Ein Beispiel.

Das zweite Beispiel: Beim Wettspiel ›Höchstädt‹ gegen ›Ingolstadt‹ forderte ein scharfer Schuss in das Ingolstädter Tor zwei Opfer auf einmal.

Der Goalmann und der Ball hauchten die Seele aus, so dass das Spiel auf zwei Minuten unterbrochen werden musste, bis ein Ersatzmann kam und ein neuer Ball gebracht wurde.

Wenn sie vom Spielplatze heimkehrten, konnten sie stolz ihr Kriegslied anstimmen:

Kein Mädchen muss mich küssen,
Ich bin vom Höchstädtklub,
Wer kann noch besser schießen
Als unser Donauklub?
Goalia, goalia, goalia, hurrah.

Man nannte ihr Spiel ungewöhnlich scharf, und in der Sportrubrik einer Tageszeitung schrieb man über einen Match, das sei kein Fußballspiel gewesen, sondern das Jüngste Gericht. Anderswo schrieb man über das Wettspiel ›Höchstädt-Ringelsheim‹, das Spiel habe an den Kampf um Verdun erinnert.

In der Herbstsaison konnten sich die grün-blauen Höchstädter mit folgenden Erfolgen ausweisen: Sie hatten achtundzwanzig Paar Füße überschlagen, neunundvierzig Rippen zerbrochen, dreizehn Paar Hände ausgerenkt und gebrochen, zweiundfünfzig

Nasen eingeschlagen, sechzehn Schulterblätter zerschlagen, neunzehn Nasenverletzungen verursacht, zweiunddreißig Tritte in den Bauch, verbunden mit Kampfunfähigkeit des Gegners, ausgeteilt, und vier Dutzend Zähne ausgeschlagen. Zieht man in Betracht, dass sie in der Herbstsaison im Ganzen einundachtzig Tore schossen und nur sechs erhielten, so stellt diese Bilanz ihrem agilen Spiel ein überwältigendes Zeugnis aus.

Die Organe der feindlichen Klubs, die ihnen diesen Erfolg missgönnten, schrieben einmal über den besten Spieler des Klubs ›Höchstädt‹: ›Friedmann ist vom Schusspech verfolgt. Er hat den Gegnern nur zwei Beine gebrochen und das Knie des Goalmanns mit seinem Absatz nicht mehr erreicht.‹

Alle Klubs Süddeutschlands unterlagen ihnen, und als sie den Klub ›Altona‹ aus dem Norden zu einem Freundschaftsspiel einluden, kehrte von der ganzen Mannschaft nur der Torwächter mit verbundenem Kopfe zurück, da er seine Kameraden samt den Ersatzmännern im Krankenhaus von Höchstädt an der Donau zurücklassen musste.

Konnten dies die Tillinger mit ihrem Klub der Gelbweißen ruhig mitansehen? Der Klub ›Tillingen‹ war keine schlechte Mannschaft, sie spielten auch scharf, und ihre Tritte vors Schienbein oder ins Knie waren ebenso gut und gefährlich wie die von

›Höchstädt‹. Die Sicherheit ihrer Stöße in den Bauch war ebenfalls sehr gut und wurde von dem Tillinger Publikum mit lebhaftem Beifall quittiert… Allein trotzdem verloren sie Spiel um Spiel.

Einmal kam ihnen ein guter Gedanke, und sie beriefen einen Trainer aus München, einen Engländer namens Burns, der sie elegant spielen, erfolgreich dribbeln, kombinieren lehrte und sie so lange plagte, bis er ihnen eines Tages sagen konnte: »Ladet die Meistermannschaft aus Leipzig ein.«

Sie taten es und verloren 4:2. »Macht nichts«, sagte der Trainer Burns, »noch drei solcher Niederlagen, und ihr braucht niemanden mehr zu fürchten.«

Und wiederum plagten sie sich mit dem Training eines eleganten Kombinationsspiels, in dem der Einzelne, der auf eigene Faust spielte, nichts ist und für einen Fanatiker gilt und das Zusammenspiel alles bedeutet. Sie luden die Meistermannschaft ›Preußen‹ zu Gaste und verloren 2:1. Dann spielten sie mit der ausgezeichneten Mannschaft ›Mühlhausen 1912‹ unentschieden, und der Trainer Burns sagte ihnen, dass sich schwerlich ein Gegner finden würde, der sie überwinden könnte. Das Revanchespiel der Meistermannschaft aus Leipzig mit den Tillingern endete hundselend für Leipzig. Sie brachten fünf Goals mit heim und ließen im Netz der Tillinger nur eins, und das aus einem Strafstoß.

Als ›Höchstädt‹ von dem glänzenden Erfolg der Tillinger las, wurde der ganze Klub grün vor Wut.

Und als sie dann in der *Allgemeinen Sportzeitung* lasen, dass die Gelbweißen aus Tillingen keinen ernsten Gegner mehr in Süddeutschland hätten, und dass sie ein Spiel vorgeführt hätten, das selbst ihre Gegner in Entzücken versetzte, da ward ihnen zumute wie ihren Vorfahren, als die Tillinger einmal Höchstädt einnahmen und es ausplünderten.

An dem Referate versetzten sie in helle Wut besonders Sätze wie: ›Ein Uraganfeuer auf das Leipziger Tor‹, – ›Das herrliche Dribbling des rechten Flügels‹ usw.

»Ich möchte den Kerl auch mal umdribbeln«, sagte betrübt Thomas vom Forward, »dass er nie mehr Fußball spielen würde, höchstens im Himmel mit dem heiligen Petrus auf ein Tor.«

Sie saßen alle im Klubzimmer und für eine Weile verstummte das Gespräch. Man konnte erwarten, dass nun einer etwas sagen werde, was die Situation klären und allen Erleichterung bringen werde.

Dieser Mann war der Klubsekretär. »Vereinbaren wir mit ihnen ein Freundschaftsspiel«, sagte er, »auf diese Weise kriegen wir sie her. Dazu haben wir ja schließlich unsere Lokalzeitungen. Ein Revanchespiel werden wir nicht spielen, weil die Mannschaft des ›Tillingen‹ bei uns ihr *letztes* Spiel gespielt haben wird. Wer nicht wenigstens einen Spieler erledigt, wird aus dem Klub ausgeschlossen, und wenn er irgendwo angestellt ist, wird auf seinen Arbeitgeber ein Druck ausgeübt, damit er aus der Arbeit entlassen wird. Außerdem wird er an dem Goalnetz festgebunden, und alle Spieler werden beim Training auf ihn Elfmeter üben.«

Die Lokalzeitungen standen sofort ihrem Klub ›Höchstädt‹ zur Disposition und begannen den ›Tillingen‹ auf den Vulkanboden ihrer Stadt zu locken.

Besonders der Artikel: ›Die beste Mannschaft Süddeutschlands‹ war sehr geschickt geschrieben. Darin wurde auf die jüngsten Siege ›Tillingens‹ hingewiesen und dessen Spiel und überraschende Resultate gelobt. Es hieß dort, auch Höchstädt könne auf eine große Reihe schöner Erfolge verweisen, allein den einzigen Maßstab für die Entscheidung, welcher Klub besser sei, ›Tillingen‹ oder ›Höchstädt‹, könne nur ein Treffen beider Klubs in einem Freundschaftsspiel bilden, bei dem alles vergessen werden müsste, was ohnehin seit langem zwischen beiden Städten, deren Namen die beiden Mannschaften stolz tragen, abgetan sei. Fußball sei ein internationales Spiel, und Lokalinteressen spielten hierbei keine Rolle. Hier siege nicht mehr die physische Kraft mittelalterlicher Söldner, sondern die reine Idee des Sportsmanns, der in sein Spiel Mut und technische Gewandtheit legt. Durch den Besuch des ›Tillingen‹ in Höchstädt würden gewiss für immer die Missverständnisse zwischen beiden Städten des alten Schwabenlandes schwinden.

Etwas Ähnliches schrieben die Höchstädter schon vor einigen Jahrhunderten dem Burggrafen von Tillingen; er möge sie doch mit seinem Besuche beehren, sie meinten es mit ihm aufrichtig und schickten ihm deshalb einen sicheren Geleitbrief, damit er persönlich über die Grenzen zwischen Tillingen und Höchstädt verhandeln komme.

Als der Herr Burggraf von Tillingen kam, geschah ihm in der Tat nichts. Sie verhandelten mit ihm bieder über alle strittigen Fragen, bei denen sich der Herr Burggraf aber dermaßen aufregte, dass ihn die Höchstädter, um ihn zu beruhigen, aufhängen mussten. Und so schaukelte er auf den Zinnen mit dem Geleitbrief in der Hand.

In einem anderen Artikel, durch den der Redakteur des *Morgenblatt* in Höchstädt die Tillinger vollends blenden wollte, lesen wir folgende Sätze: »Wenn der ›Tillingen‹ einmal den Spielplatz des ›Höchstädt‹ betreten wird, dann wird dies der Gipfel der Frühjahrssaison sein, zugleich aber auch eine Manifestation der brüderlichen Beziehungen zwischen beiden Städten. Die Vergangenheit ist vergessen. Die Grünblauen werden den Gelbweißen die

Hand reichen und sie warm ans Herz drücken. Wie die Redaktion erfährt, wird in der nächsten Woche der Klubsekretär unseres Klubs nach Tillingen entsendet werden, um den Match zwischen beiden Klubs endgültig festzusetzen. Er hat den Auftrag erhalten, mitzuteilen, dass dem ›Tillingen‹ nicht nur seitens unserer Sportsleute-Gentlemen ein brüderlicher Empfang zuteil werden wird, sondern auch seitens unserer sportliebenden Öffentlichkeit, die sich auf den ›Tillingen‹ und sein Spiel freut, in der Hoffnung, dass beide Mannschaften ihr Bestes leisten und ein ihrer Tradition würdiges Spiel vorführen werden, wofür übrigens auch die ausgezeichnete Kondition beider Mannschaften spricht. Über die Endklassifikation beider Mannschaften wird man erst nach dem Match sprechen können.«

»Sieh mal an«, sagte man sich im Klub ›Tillingen‹, als sie dieses Lob über sich lasen, »was der Erfolg im Sport macht. Vor einem Jahr hat noch niemand von uns gewusst, und nun zerfließen selbst die Höchstädter vor Lob. Es ist noch nicht vierzehn Monate her, dass sie von uns schrieben, wir seien die miserabelste Mannschaft auf der Welt, und uns empfahlen, lieber zu schussern, als Fußball zu spielen. Nun gut, wenn sie Dresche bekommen wollen, sind wir nicht dagegen, mit ihnen ein Freundschaftsspiel auszutragen. Wir wollen es ihnen eintränken. Sie schreiben, auch ›Höchstädt‹ könne auf eine Reihe schöner Erfolge hinweisen. Unverschämte Lügner! Wer hat schon mit ihnen gespielt? Die Klubs ›Ingolstadt‹, ›Truttensdorf‹, ›Regensburg‹ und ›Keichenthal‹ – bekannte Raufbolde, die keine Ahnung davon haben, was Kopfspiel ist. Bei denen die beste Kombination darin besteht, den Spieler von allen Seiten zu umstellen und zu Boden zu kicken. Die gehen nur auf den Mann, aber nicht auf den Ball.«

»Das haben wir doch auch gemacht«, seufzte der rechte Flügel, »und meiner Treu, das waren goldene Zeiten. Erinnert ihr euch noch, wie ich den Zentreforward der ›Ulmer Brüder‹ angefasst habe? Ich brach ihm das Genick, die Schulter und den linken Fuß; und das alles nur mit einem Kick.«

»Und wir mussten ihn auf Kosten des Klubs begraben«, warf mürrisch der Kassier ein. »Dein Schuss hat uns zweitausend Goldmark gekostet, weil ihr alle auf den blödsinnigen sentimentalen Einfall kamt, ihn in einem Sarg zu bestatten, als ob er ein Fußball gewesen wäre.«

»Aber das Spiel wurde zu Ende gespielt, und wir mussten das Eintrittsgeld nicht zurückerstatten«, sagte der rechte Flügel entschuldigend.

»Unbedingt werden wir über den ›Höchstädt‹ siegen«, erklärte feierlich der Kapitän, »siegen durch unsere feine Kombination. Uns geniert der feindliche Forward nicht. Von den Flügeln wird der Mitte vorgelegt, der Zenter übergibt an den linken Flügel, läuft voraus, umdribbelt den Back, Schuss und Goal. Wir müssen die Spieler nicht abdecken, wir kommen mit ihnen überhaupt nicht in Berührung. Die müssen im luftleeren Raum umherlaufen. Der Ball muss für sie unerreichbar sein. Nur wir werden ihn an Kopf und Fuß zu kosten bekommen. Für sie muss er eine abstrakte Melone sein, ein Märchen und weiter nichts. Hipp, hipp, hurrah.«

Der Sekretär des ›Höchstädt‹ kam in der folgenden Woche an, um abzuschließen, was eigentlich bereits abgemachte Sache war, als die Tillinger ›Morgenpost‹ schrieb, man verhandle über die möglichst nahe Verwirklichung eines Freundschaftsspieles zwischen ›Tillingen‹ und ›Höchstädt‹, in welchem der ›Tillingen‹ die Farben seiner Stadt und die Ehre des Klubs verteidigen werde. Man werde nicht um einen Pokal spielen, sondern um den Sieg über den ›alten Bekannten‹, um den Sieg der Stadt Tillingen über die Stadt Höchstädt an der Donau. Die Züge spien Scharen von Tillingern auf dem Höchstädter Bahnhof aus, damit für die Mannschaft, die die weißgelben Farben verteidigte, eine entsprechende Ehreneskorte bereitstünde, und damit jemand die Sieger aus Tillingen umarmen könne.

Bis auf einige feindliche Blicke, mit denen der Sekretär des ›Höchstädt‹ bei seiner Ankunft gemessen wurde, geschah ihm nichts Unangenehmes, und er erledigte alles glatt. Das Freundschaftsspiel zwischen beiden Klubs wurde für den nächsten Sonntag auf dem Spielfelde des ›Höchstädt‹ festgesetzt. Der Reinertrag sollte zu gleichen Teilen zwischen den beiden Klubs aufgeteilt werden.

Dann ging's, nach altem Klubbrauch, ins Wirtshaus, wo man auf Vereinskosten bis zum Morgengrauen trank. Gegen Morgen einigte man sich auf Folgendes: 1. Schiedsrichter sollte ein Unparteiischer aus Nürnberg sein. Fahrt und Auslagen sollten ihm von beiden Klubs gezahlt werden. 2. Dass der Urahne des Kapitäns des ›Höchstädt‹ bei einem Sturme auf die Stadt Tillingen vom Urahnen des Kapitäns des ›Tillingen‹ mit dem Schwerte vom Scheitel bis zur Sohle entzwei gehaut wurde und dafür wiederum von einem Urahnen des Klubsekretärs des ›Höchstädt‹ auf seiner Lanzenspitze befestigt wurde.

Bei diesem Punkt begann die Unterhaltung ein wenig zu stocken, und der Klubsekretär des ›Höchstädt‹ hielt es für angebracht, zu verduften, da er merkte, dass der Klubkapitän ihn ein wenig seltsam betrachtete, als wollte er an ihm eine Rehabilitierung seiner Ahnen vornehmen.

So kam der glorreiche Tag, an dem die Tillinger nach so vielen Jahrhunderten wiederum gen Höchstädt zogen, wo alles zur Verteidigung gerüstet war.

In Tillingen wie in Höchstädt waren alle Ochsenziemer, Eisenringe, Eichenstöcke und Revolver ausverkauft. Die Handkoffer der Tillinger waren auffallend schwer, da sie Steine mit sich führten. Die Höchstädter hatten sich damit die Taschen vollgestopft. Das Spiel begann genau um halb vier Uhr, und um drei Uhr dreiunddreißig Minuten war der Kampf bereits in vollem Gange.

Als Erster fiel der Unparteiische. Er erhielt von Anhängern beider Klubs je einen Hieb mit dem Ochsenziemer an den Schädel. An zwei Stellen wurde ihm der Schädel eingeschlagen. Bevor er starb, schrie er noch ›offside‹, da er nicht mehr pfeifen konnte, denn ein neuer Hieb mit dem Ochsenziemer hatte ihm das Pfeifchen im Munde zerquetscht.

Die Tillinger waren im Vorteile, da ihrer zehntausend gekommen waren und Höchstädt im Ganzen nur neuntausend Einwohner hat.

Die Höchstädter wehrten sich verzweifelt, und in dem allgemeinen Handgemenge gelang es ihnen, den Kapitän des ›Tillingen‹ an der Latte des Tores des ›Höchstädt‹ aufzuhängen.

Der Zentrehalf des ›Tillingen‹ biss beiden Backs des ›Höchstädt‹ die Kehlen durch und wurde dafür vom Zentreforward dieses Klubs gefällt.

In allen Tageszeitungen Deutschlands erschien

in der Sportrubrik des folgenden Tages ein Telegramm mit folgendem lakonischem Inhalt:

Das interessante Freundschaftsspiel Tillingen-Höchstädt nicht zu Ende gespielt. Auf dem Spielfelde blieben eintausendzweihundert Gäste und achthundertfünfzig einheimische Zuschauer. Liquidation beider Klubs. Die Stadt brennt.

Wenn ich dabei an die Spiele der Prager ›Sparta‹ mit der ›Slavia‹ denke, dann sehe ich erst, dass der Fußballsport bei uns erst in den Kinderschuhen steckt.

Luciano De Crescenzo

Zwei Tribünenplätze

»Ich möchte zwei Tribünenplätze.«

»Das macht fünfzigtausend pro Stück: zusammen hunderttausend Lire«, erklärte Gaetaniello, der von allen *der Student* genannt wird, in professionellem Ton.

»Hunderttausend Lire für zwei Tribünenplätze?«, ruft Cazzaniga aus.

»Dottore«, erklärt *der Student,* »Sie sind offensichtlich über die Preise nicht recht im Bild: Ein Tribünenplatz würde, wenn er an der Stadionkasse verkauft würde, fünfundvierzigtausend Lire kosten, rechnen Sie zehntausend für meine Arbeit dazu, und wir sind bei fünfundfünfzigtausend. Aber weil Sie ein Freund meines Vetters sind, hab ich Ihnen einen Sonderpreis gemacht. Wenn Ihnen das zu viel ist, hätte ich noch zwei Kurvenplätze für achttausend Lire das Stück.«

»Nein danke: Hunderttausend Lire kommen mir nur etwas viel vor, um ein Fußballspiel anzuschauen!«

»Und dabei haben Sie Glück gehabt: Die Karten, die ich Ihnen verkaufe, hab ich heute Morgen aus Mailand gekriegt.«

»Aber in Mailand gibt es keine Karten mehr für Napoli – Inter«, wendet Cazzaniga naiv ein.

»Logisch: Die haben wir alle aufgekauft, ich und mein Kollege *Dickschädel*«, erklärte *der Student.* »Weil wir in Neapel keine mehr gekriegt haben, mussten wir, um unsere Kunden zufriedenzustellen, Karten kaufen, die für die Inter-Fans in Mailand bestimmt waren.«

»Na gut«, seufzt Cazzaniga und zieht hunderttausend Lire aus der Brieftasche. »Aber kann ich auch sicher sein, dass die Karten echt sind?«

»Also nein, Dottore, das hätten Sie nicht sagen dürfen!«, entgegnet *der Student* sichtlich beleidigt. »Ich verzeih Ihnen nochmal, weil Sie kein Neapolitaner sind, aber vergessen Sie bitte nicht, bei wem Sie kaufen. Wenn Sie Referenzen haben wollen, kein Problem: Fragen Sie einfach auf der Polizeiwache von Fuorigrotta, die sagen Ihnen, mit wem Sie es zu tun haben.«

»Apropos Polizei, wenn Sie die Karten am Stadion verkaufen, haben Sie da keine Angst, verhaftet zu werden?«, fragt Cazzaniga.

»Die Polizei und die Steuerbehörden sind unsere Verbündeten. Oft lassen sogar wir selbst sie holen.«

»Ihr ruft die Polizei?!«

»Ja«, bestätigte *der Student* und beginnt sich zu ereifern. »Weil unsere wahren Feinde nicht die Polizisten sind, sondern die Fälscher und die *Azzeccatori*. Die Fälscher, weil sie gefälschte Karten verkaufen und damit dem *Bagarino* das Image versauen, und die *Azzeccatori* aus ähnlichen Gründen. Das sind alles Leute, die uns beim Publikum in Verruf bringen. Deshalb rufen wir, sobald wir einen von ihnen entdecken, die Polizei und lassen ihn verhaften.«

»Ich verstehe ... aber die *Azzeccatori*, was sind das eigentlich für Leute«, fragt Cazzaniga, der jetzt von dem *Bagarino* fasziniert ist und die Arbeit völlig vergessen hat.

»Die *Azzeccatori* sind sehr geschickte Leute, die sich gleich hinter den Eingangstoren postieren: Sie lassen sich von den Zuschauern die zerrissene Eintrittskarte geben, sammeln die andere Hälfte vom Boden auf, kleben die zwei Teile schnell wieder zusammen und verkaufen die wiederhergestellte Karte draußen vor dem Tor.«

Die Pförtnerloge in der Via Petrarca. Anwesend sind Bellavista, Saverio, Salvatore und der Anwalt Capuozzo.

»Erinnern Sie sich an den Maradona-Doppelgänger, Professore?«, fragt Saverio.

»Ja«, erwidert Bellavista. »Hat man ihn erwischt?«

»Nein, er hat jetzt den Beruf gewechselt: Er organisiert die Busfahrten für die *Tifosi* zu den Auswärtsspielen ihrer Mannschaft. Gestern Abend habe ich ihn in der Stadt getroffen, in der *Galleria.* Er hat mir sein Angebot für das nächste Spiel vom Calcio Napoli, in Florenz, in die Hand gedrückt. Da, schauen Sie!«

Bellavista nimmt Saverio den Zettel aus der Hand und liest laut:

FIORENTINA – NAPOLI
mit den
MARADONA BROTHERS

49 500 Lire – im Preis enthalten:
– Eintrittskarte Kurvenplatz
– Hin- und Rückfahrt im Luxusreisebus
– Lunchpaket mit:
1 Makkaronipastete
2 Reiskroketten
1 Brötchen
1 Apfel
½ Bier Peroni
1 Kaffee Borghetti

Während der Fahrt wird eine Schachtel MARLBORO verlost

»Die neuen Barbarenhorden!«, kommentiert mit angewiderter Miene der Anwalt Capuozzo.

»Professore, was sagen Sie dazu?«, fragt Saverio. »Wenn wir nun einen Ausflug nach Florenz machen würden?«

»Saverio«, entgegnete der Professor mit einem Lächeln, »ich gestehe, dass mich die Sache sehr reizt, und sei es nur, um an der Verlosung der Schachtel Marlboro teilzunehmen.«

»Dann kommen Sie doch einfach mit uns mit«, ermuntert ihn Salvatore. »Ich hab bereits bezahlt.«

»Und ich nehm meinen Onkel Nicola mit«, fügt Saverio an. »Dafür krieg ich, wenn Napoli gewinnt, vom Fanclub ›Vomero Vecchio‹ das Geld für die Fahrt zurück.«

»Ich versteh nicht, warum sie dir das Geld zurückgeben sollten«, meinte Bellavista.

»Weil ich Onkel Nicola mitschleppe.«

»Und wer ist dieser Onkel Nicola?«

»Das ist eine lange Geschichte«, beginnt Saverio zu erzählen. »Ihr müsst wissen, dass mein Onkel als Glücksbringer für unsere Mannschaft bekannt ist. Es ist erwiesen, dass jedes Mal, wenn mein Onkel pinkelt, Napoli ein Tor schießt.«

»Na ja, das wird Zufall sein«, ruft Bellavista voller Skepsis aus.

»Nein, Professore, das ist kein Zufall!«, widerspricht ihm Salvatore. »Das ist was Wissenschaftliches: Es heißt ›Telekinese‹!«

»Natürlich höchst wissenschaftlich!«, mischt sich Capuozzo mit ironischem Tonfall ein, mit dem er seine ganze Verachtung für die neapolitanische Fußballfolklore zum Ausdruck bringt. »Demnächst werden wir Urinproben von Saverios Onkel analysieren!«

»Von Fußball haben Sie noch nie Ahnung gehabt, Avvocato!«, entgegnete Saverio.

»Und ich bin stolz darauf!«, erklärte Capuozzo.

»Sagen Sie, was Sie wollen, aber dass die Sache mit Onkel Nicola funktioniert, hat sich schon viele Male gezeigt«, versicherte Saverio ernsthaft. »Zum ersten Mal 1970, während der Weltmeisterschaft in Mexiko, wisst Ihr noch? Tolle Sache, das Spiel Italien gegen Schweden hatte gerade angefangen, als Onkel Nicola mal austreten musste. Und kaum hatte er gepinkelt, da schießt Domenghini ein Tor. Damals ist uns das noch gar nicht aufgefallen. Ich erinnere mich nur, dass ich gesagt hab: ›Onkel Nicola, eben hast du was verpasst: Während du auf dem Klo warst, hat Italien ein Tor geschossen!‹«

»Und natürlich verdanken wir das Tor Onkel

Nicola und nicht Domenghini«, bemerkt, mit derselben Ironie wie zuvor, der Anwalt Capuozzo.

»Und dann beim Spiel Italien – Mexiko ist es wieder passiert«, fährt Saverio fort, nachdem er Capuozzo einen vernichtenden Blick zugeworfen hat. »Es war in der 63. Minute, ich werde es nie vergessen. Diesmal hab ich gesagt: ›Onkel Nicola, geh pinkeln, mal sehen, ob Italien jetzt auch wieder an den Ball kommt und ein Tor schießt.‹ Und tatsächlich … Ihr werdet's nicht glauben: Aber sowie Onkel Nicola aufs Klo verschwunden ist, schießt Riva ein Tor. Da ging alles drunter und drüber! Wir sind Onkel Nicola um den Hals gefallen, während er noch am Pinkeln war. Und dann die berühmte Nacht mit dem Spiel Italien – Deutschland.«

»Da war ich auch dabei. Das kann ich bezeugen«, beteuert Salvatore und hebt eine Hand wie zum Schwur.

»Wir hatten Onkel Nicola gezwungen, den ganzen Nachmittag zu schlafen, weil wir Angst hatten, dass er uns während des Spiels einschläft. Als der Schiedsrichter den Ball zum Anstoß hochwirft, hab ich Onkel Nicola grünes Licht gegeben. Der war schon eine halbe Stunde am Herumjammern, dass er mal muss, und tatsächlich, der Beweis hat geklappt, Onkel Nicola war noch nicht wieder aus dem Klo raus, und schon hatte Boninsegna ins deutsche Tor getroffen: Spielstand eins zu null. Aber jetzt haben die Deutschen mächtig in unseren Strafraum gedrängt, wie die Belagerung von Fort Apache, Schüsse bald von links, bald von rechts, Albertosi hat nicht mehr gewusst, wo er zuerst abwehren sollte. Ich hab mit einem Auge am Fernseher, mit dem anderen an meiner Uhr gehangen. Es sah schon so aus, als hätten wir's geschafft, da taucht in der letzten Minute Schnellinger, dieser Mistkerl, vor unserem Tor auf und schießt den Ausgleich. Eins zu eins. Jetzt geht's in die Verlängerung. Der Buchhalter Cantarelli, der damals, trotz seiner zwei Herzinfarkte, noch am Leben war, hat gemeint: ›Da ist nichts mehr zu machen, das ist die Niederlage!‹ ›Ach was‹, hab ich gesagt, ›wir dürfen nicht aufgeben!‹ Unterdessen hat Onkel Nicola Zeit gehabt, wieder nachzuladen. Wir haben ihn zwei Flaschen Mineralwasser trinken lassen. Außerdem waren inzwischen auch fast zwei Stunden vergangen. Da haben wir ihm befohlen, aufs Klo zu gehen. Onkel Nicola steht auf, Facchetti fängt einen Pass ab, Onkel Nicola macht die Toilettentür auf, Rivera zu Domenghini, Onkel Nicola hebt den Klodeckel, Domenghini zu Burgnich, Onkel Nicola pinkelt, Burgnich schießt – und Tor!«

Stürmischer Applaus unterbricht Saverios Spielbericht. Auch Bellavista musste seiner Begeisterung

Ausdruck verleihen. Immer mehr Freunde und Neugierige drängen in die Pförtnerloge.

»Eine Schande ist das!«, bemerkt Capuozzo, den allerdings niemand beachtet, lapidar.

»Aber das Spiel ist noch nicht zu Ende«, fährt Saverio strahlend fort. »Riva schießt noch ein Tor, und wir gehen drei zu zwei in Führung. Wir wollten schon auf den italienischen Sieg anstoßen, da gleicht Müller, der Hund, für Deutschland aus. Drei zu drei! Allgemeine Mutlosigkeit macht sich breit, der Buchhalter Cantarelli wird ohnmächtig, Salvatore und ich schleppen Onkel Nicola gewaltsam aufs Klo. Der arme Kerl hat sich mit aller Kraft dagegen gewehrt und immer wieder gesagt: ›Es hat keinen Zweck, ihr verschwendet nur eure Zeit, ich kann jetzt nicht mehr.‹ Und wir darauf: ›Los, Onkel Nicola, streng dich an, nur einen Tropfen.‹ Einer hat den Wasserhahn aufgedreht, damit er das Rauschen hörte, und ein anderer hat ihm ›Pss, pss, pss, pss‹ ins Ohr gezischt. Bis er schließlich tatsächlich einen dünnen Strahl herausgedrückt hat. Boninsegna zu Rivera und Rivera: TOR! Italien – Deutschland vier zu drei.«

Der Reisebus der Maradona-Brothers ist alles andere als ein Luxusgefährt, eher ein Überbleibsel aus dem Krieg, einer von diesen blauen Bussen mit Plastiksitzen, der aller Wahrscheinlichkeit nach ein

Leben lang zwischen Neapel und irgendeinem abgelegenen Dorf im neapolitanischen Hinterland hin und her gependelt ist. Dafür, so geht das Gerücht, soll aber das Lunchpaket hervorragend sein; es scheint von der Signora Sorrentino, der Mutter der bereits erwähnten Brüder Sorrentino, persönlich zusammengestellt worden sein, und sie ist als Köchin berühmt für ihre Makkaronipasteten.

Zur allgemeinen Überraschung nimmt der Bus nicht die Autostrada del Sole, sondern fährt auf der Via Appia in Richtung Cassino.

»Keine Sorge«, erklärt der ältere der Brüder Sorrentino, »heute ist Sonntag, da ist das erste Stück Autobahn nach Norden immer überfüllt. Wir bleiben bis Capua auf der Via Appia, und dann ab auf die Autostrada del Sole.« Dann, an den Fahrer gewandt: *»Vamos, muchacho, vamos.«* Offensichtlich trauert Pasquale Sorrentino noch ein wenig seiner früheren Tätigkeit als Manager von Maradona nach.

Professor Bellavista, der darauf erpicht ist, Informationen aus erster Hand über das Phänomen Onkel Nicola zu erhalten, hat sich gleich auf den Platz neben den Glücksbringer, den *Goleador,* gesetzt. Die ersten Kilometer döst der Alte, vom Bus durchgerüttelt, vor sich hin, dann wacht er plötzlich auf und erkundigt sich, weil er den Grund für die Reise schon wieder vergessen hat, bei seinem Neffen:

»Savè, Savè, wohin fahren wir?«

»Wir fahren nach Florenz, Onkel, das Spiel anschauen.«

»Welches Spiel?«, fragt Onkel Nicola verständnislos zurück.

»Na, Fiorentina – Napoli.«

»Jesus Christus! Und wir müssen bis nach Florenz fahren, um das Spiel zu sehen? Können wir es uns nicht im Fernsehen anschauen?«

»Nein, Onkel, es wird nicht im Fernsehen übertragen.«

»Don Nicola«, wendet sich Professor Bellavista an den Alten, »sind Sie denn ein begeisterter Anhänger des Calcio Napoli?«

»Ach was, der Calcio Napoli interessiert mich einen feuchten Dreck!«, entgegnet ihm Onkel Nicola energisch, dann lehnt er sich zu dem Professor hinüber und fragt, nachdem er sich misstrauisch umgeguckt hat, leise: »Sind Sie etwa Journalist?«

»Nein.«

»Dann müssen Sie schreiben«, flüstert ihm Onkel Nicola weiter zu, »dass mein Leben an den Sonntagen zur Hölle geworden ist: Sie lassen mich einmal um sieben Uhr pinkeln, gleich nach dem Aufstehen, dann noch mal gegen elf, und danach nicht mehr. Die verdammten Schweinehunde sperren einfach das Klo ab. Und wenn ich platze, die erlauben mir nicht, auch nur einen Tropfen Wasser zu lassen, bevor das Spiel anfängt, und manchmal lassen sie mich sogar nach dem Anstoß noch warten.«

»Und warum das?«, fragt Bellavista, gleichfalls im Flüsterton.

»Na ja, wann es so weit ist, entscheidet der Trainer«, antwortet der Alte und macht dabei eine Kopfbewegung hinüber zu einem rothaarigen Napoli-Fan.

»Ist doch logisch, dass das ein Fachmann entscheiden muss!«, meint dieser. »Ich kann schließlich nicht zu einem Zeitpunkt, wo unsere Mannschaft überhaupt nicht angreift, eine Patrone ins Leere verschießen. Die Situation muss für ein Tor reif sein!«

»Und wie soll das in Florenz ablaufen?«

»Wir haben alles, was wir brauchen, dabei«, meint der Trainer mit einem Blick auf eine große Schachtel ganz hinten im Bus.

Der fährt auf einmal langsamer und hält dann an, ganz, als sei das Benzin alle. Der Fahrer bemüht sich, den Motor wieder anzulassen, doch alle Bemühungen erweisen sich als fruchtlos. Das Fahrzeug steht an einer kaum befahrenen Landstraße am Rande von Casaluce, einem Dorf in der Nähe von Aversa. Nach einem kurz abschätzenden Blick auf den qualmenden Motor macht sich der Ex-Maradona auf den Weg ins Dorf, um einen Automechaniker zu suchen. Die Zeit vergeht, und alle schauen besorgt auf die Uhr. Von dem Ex-Maradona ist nichts zu sehen. Unter den Tifosi beginnt sich eine gewisse Nervosität breitzumachen. Es wird immer unwahrscheinlicher, dass man es noch bis nach Florenz schafft. Dann kommt der angebliche Argentinier niedergeschlagen zurück: Heute ist Sonntag, er hat keine offene Werkstatt gefunden. Irgendjemand spricht davon, dass er sein Geld zurückhaben will, doch schon bei der kleinsten Andeutung in dieser Richtung setzen die Sorrentinos eine Leichenbittermiene auf. Da schlägt Bellavista eine Kompromisslösung vor: Rückerstattung des halben Fahrpreises und eine Mahlzeit am Ort. Und schließlich haben die Reisenden auch noch Glück im Unglück: Der Bus ist genau vor einem Fernfahrerlokal, der Trattoria »L'Oasi« stehengeblieben.

Alle steigen aus. Der ältere der Brüder Sorrentino verhandelt mit dem Inhaber der Trattoria darüber, ob man nur die Tische benutzen kann, da die Gruppe ihre eigene Verpflegung dabei hat. Schließlich einigen sie sich darauf, dass nur der Wein im Lokal bestellt werden muss, und nachdem einer entdeckt hat, dass es einen hervorragenden Gragnano frisch aus dem Keller gibt, wird das auch gleich gemacht. Dann teilt der Inhaber der Trattoria seinen Gästen mit, dass er einen Übersee-Empfänger hat, mit dem sie das ganze Spiel direkt verfolgen können. Ob es nun am Gragnano liegt, an den Pasteten der Signora Sorrentino oder einfach an der allgemeinen Müdigkeit, jedenfalls finden sich nach und nach alle mit der Änderung des Programms ab.

Zu Beginn des Spiels greift zunächst die Fiorentina ein. Die Gruppe hält jedes Mal den Atem an, wenn sich der Ball dem Tor von Castellini nähert. Schließlich hebt Onkel Nicola die Hand, um anzudeuten, dass er bereit ist, dass er jederzeit losschlagen kann, doch der Trainer hält den richtigen Zeitpunkt noch nicht für gekommen. Einige der Zuhörer würden am liebsten sofort in Führung gehen. Es beginnt eine hitzige Auseinandersetzung zwischen denen, die den Trumpf Onkel Nicola sofort ausspielen wollen und den anderen, die ihn lieber noch in der Hinterhand behalten würden. Plötzlich dringt durch das Stimmengewirr der Ruf: »Keiner verlässt den Raum: Sie sind alle verhaftet!«

Es ist die Stimme des Kommissars Di Domenico, dem es zusammen mit seinem Gehilfen Colapietro nun endlich gelungen ist, die beiden Sorrentinos zu schnappen.

Alle erheben sich, der eine oder andere protestiert, versucht, die Maradona Brothers zu verteidigen, doch Di Domenico lässt sich nicht beeindrucken.

»Ich hab's Ihnen neulich schon gesagt, Professore: Wenn's nach mir ginge, ließe ich sie laufen, aber sie haben's ein bisschen zu weit getrieben«, schnaubt der Kommissar und wischt sich dabei mit einem himmelblauen Taschentuch den Schweiß von der Stirn. »Das ist nun dieses Jahr schon das dritte Mal, dass sie eine Reise organisieren und sie dann platzen lassen, und jedesmal bleibt der Bus vor der gleichen Trattoria stehen.«

Nach dieser Enthüllung ändert sich die Einstellung der Gruppe zu den Sorrentinos schlagartig: Alle wollen auf der Stelle ihr Geld zurück. Das allgemeine Durcheinander nutzt Onkel Nicola, um aufs Klo zu verschwinden, und kaum hat er seine Notdurft verrichtet, da berichtet der Reporter im Radio, dass Napoli in Führung gegangen ist: Maradona hat ein Tor geschossen!

Allgemeiner Jubel. Alle umarmen sich. Onkel Nicola, *'o Goleador,* wird im Triumphzug durch den Raum getragen. Vergeblich erkundigt sich der Kommissar, wer das Tor geschossen hat. Colapietro wirft seine Dienstmütze in die Luft, wie er es in amerikanischen Filmen gesehen hat. Der Inhaber der Trattoria spendiert allen Anwesenden ein Glas Gragnano. Doch als man gerade anstoßen will, bemerkt Di Domenico, dass die Brüder Sorrentino nicht mehr da sind. Er geht nach draußen und stellt fest, dass auch der Bus verschwunden ist.

»Colapietro, schnell!«, brüllt der Kommissar und stürzt zum Auto. »Nichts wie hinterher!«

»Commissario, erlauben Sie, nur ein Wort«, ruft ihm der Inhaber der Trattoria hinterher. »Verderben wir uns doch nicht diesen schönen Tag: Lassen Sie sie laufen! Das ist die letzte Fahrt, die sie organisiert haben. Von morgen ab geht Vincenzo Sorrentino einer anständigen Arbeit nach: Der Calcio Napoli stellt ihn als Maradona-Double an. Er soll die Tifosi, die nach jedem Training am Ausgang warten, ablenken.«

Martin Suter

Feusi motiviert mit Fußball

Wenn er ganz ehrlich ist, kann Feusi nichts mit Fußball anfangen. Aber mit absoluter Ehrlichkeit war gerade auf dem Gebiet der Motivation noch nie viel anzufangen. Die Gelegenheit, etwas von dem Gemeinschaftsgefühl, das die Fußballweltmeisterschaft mobilisiert, für das Unternehmen abzuzweigen, lässt sich einer wie Feusi nicht entgehen. Während der WM kehrt er den Fußballfan heraus.

An einem Management-Meeting ruft er die gute Frau Breiter herein und gibt ihr den Auftrag, in Erfahrung zu bringen, wie es bei Belgien – Südkorea steht. Frau Breiter kann Geburtstagsgeschenke für seine ganze Familie aussuchen, den begründeten Verdacht seiner Frau zerstreuen, Feusis Wochenende in Stockholm sei nicht nur geschäftlicher Natur, oder ihn, ohne rot zu werden, am Telefon verleugnen, während er daneben steht. Aber jetzt muss sie fragen: »In welcher Angelegenheit?«

Feusi wirft einen Blick in die Runde und stöhnt: »Fußball, natürlich, mein Gott, wo leben Sie?«

Die Nummer zeigt die gewünschte Wirkung. Rauh sagt: »Wusste gar nicht, dass Sie sich für Fußball interessieren.« Was Feusi die Gelegenheit gibt zu antworten: »Es gibt noch ein paar andere Dinge, die Sie nicht wissen.« Worauf er die Sympathien der übrigen Runde gleich doppelt auf seiner Seite hat.

Ermutigt durch diesen erfolgreichen Testlauf beginnt er die Fußball-Motivationsschiene auf das mittlere und untere Kader zu applizieren. »Der japanische Fußball ist besser als sein Ruf«, erklärt er einem überrumpelten Regionalvertreter im Lift. Und bei einem scheinbar zufälligen Rundgang durch die Disposition probiert er mehrmals das »Spiele wie England – Argentinien dürften in meinen Augen keinen Sieger haben.« Den Satz hat er auf der Fahrt ins Büro aus dem Autoradio aufgeschnappt.

Feusi spürt förmlich, wie der Abstand zu seinen Untergebenen schrumpft und ein neues Zusammengehörigkeitsgefühl durch die Gänge weht. Er geht noch einen Schritt weiter und ordnet die Aufstellung eines Fernsehers im großen Sitzungszimmer an. Fest entschlossen, dem Gemeinschaftserlebnis Fußball ein paar Arbeitsstunden zu opfern und bei dieser Gelegenheit vor versammeltem Personal etwas Fachwissen und Basisnähe zu demonstrieren.

Während des ersten Gemeinschaftserlebnisses, es handelt sich um Frankreich – Italien, hört er Rauh hinter sich sagen, Frankreich renne gegen Italiens Catenaccio an, und blamiert sich mit der Frage: »Welche Nummer trägt Catenaccio?« Diese Scharte wetzt er aus, indem er bei jedem Angriff gleich welcher Mannschaft schreit: »Rauskommen, Goalie, rauskommen!«

Als das Gemeinschaftserlebnis in die Verlängerung geht und die Gemeinschaft in zwei Lager zu driften droht, schweißt er sie immer wieder zusammen mit dem Hinweis, es handle sich ja nur um ein Spiel.

Etwas kontraproduktiv wird der Motivationsanlass dann allerdings, als Italien im Penaltyschießen verliert und Feusi dazu bemerkt: »Man muss halt die Tore in der Spielzeit schießen.«

Giovanni Pedrutti, der zweiundsechzigjährige, an sich gutmütige Magaziner, greift sich Feusi und verprügelt ihn.

Niemand aus der Gemeinschaft greift ein.

Fatou Diome

Maldini

Er läuft, tackelt, dribbelt, schießt, fällt, steht wieder auf und rennt weiter. Schneller! Da kriegen die Italiener Gegenwind. Wehe, der Ball geht durch die Beine von Toldo ins Netz! Großer Gott, so tu doch was! Ich schreie nicht, ich flehe dich an. Tu etwas, wenn du tatsächlich allmächtig bist! Ah! Da ist ja Maldini wieder, er tänzelt über den Rasen.

Ich springe vom Fernsehsofa auf und trete zu. Aua, das war der Tisch! Ich wollte den Ball weit nach vorne bringen, Maldini zuspielen und ihn abschirmen, damit er aus der Tiefe des Raums den Ball im gegnerischen Tor versenkt. Doch ich habe mit meinem Tritt bloß den kalten Tee verschüttet. In diesem Moment ist wahrscheinlich ganz Italien vor Schreck versteinert wie die Bewohner von Pompeji. Ich weiß auch nicht, wieso man immer die Pobacken zusammenkneift, wenn der Ball aufs Tor zurollt.

»Maldini! Jaaa! Großartiger Rückpass von Maldini zu seinem Keeper! Toldo klärt! Maldini ist ein

Genie! Ein Ballzauberer erster Güte! Trotzdem ist er dem AC Milan immer treu geblieben! Rund hundertmal wurde er bereits für die italienische Nationalmannschaft aufgestellt! Unglaublich! Maldinis Vater Cesare war auch schon ein Fußball-Ass. Das Talent liegt der Familie wohl im Blut!«

Der Reporter hatte zu einer Hymne auf Maldini angehoben, doch in der Hektik der EM-Berichterstattung reimten sich dann doch bloß die Ausrufezeichen.

Warum ich euch das erzähle? Weil ich ein Fußballfan bin? Nicht unbedingt. Und weshalb sonst? Weil ich für Maldini schwärme? Unsinn! Ich bin nicht so dumm, dass ich den Stars nachlaufe und mir den Hals nach den Sternen verrenke. Als ich ein kleines Mädchen war, hat meine Großmutter mir gezeigt, wie man die Sterne vom Himmel holt: Du stellst nachts eine Schüssel mit Wasser in den Hof, schon liegen sie dir zu Füßen. Ja, es reicht sogar eine kleine Schüssel in einer Ecke des Gartens, und du siehst zweiundzwanzig Stars, darunter Maldini, wie Ratten in einem Labyrinth über den Rasen rennen. Warum aber erzähle ich euch das alles, wenn ich nicht krank vor Liebe zu Maldini bin? Nun, es gibt auch Viren, die bringen dich nicht ins Krankenhaus, sondern nur durcheinander wie ein Computerprogramm – bis zum totalen Absturz.

An diesem 29. Juni 2000 läuft das Europameisterschafts-Halbfinale Italien gegen Holland im Fernsehen. Meine Augen starren auf den Bildschirm, doch mein Herz sieht in die Ferne.

Dort, auf der Insel Niodior, gibt es Menschen, die seit Jahrhunderten an ihrem Stückchen Land hängen wie Krümel am Maul des Ozeans. Sie warten ergeben, ob die nächste Welle sie verschlingt oder verschont. Daran muss ich immer denken, wenn mein Gedächtnis mich zurückführt zum Minarett der in ihrer Gewissheit erstarrten Moschee und zu den Kokospalmen, die ihre Mähnen wiegen in einem rätselhaften, heidnischen Tanz. Vielleicht ist es ein Begräbnistanz, der einst die Rückkehr der Toten zu den Ahnen weihte. Oder einer der vielen Hochzeitstänze am Ende der Regenzeit, nach der Ernte. Oder ein Sturmtanz, in dem sie sich schütteln wie junge Mädchen, die sich gegen die Heirat mit einem ungeliebten Mann sträuben. Oder der geheimnisvolle Tango des Traums, den jeder auf seine Weise tanzt, im Rhythmus seines Atems.

Bald zehn Jahre ist es jetzt her, dass ich den Schatten der Kokospalmen hinter mir ließ. Meine gefangenen, vom Asphalt geschundenen Füße erinnern sich noch an ihre einstige Freiheit, als der Sand sie liebkoste, Muscheln sie kratzten und manchmal ein Dorn sie stach, um das Leben in ihnen wachzukitzeln. So betrat ich den Boden Europas, mit Füßen, die von der afrikanischen Erde geformt und gezeichnet waren. Ich setze einen vor den andern, wie jeder Mensch. Aber ich weiß, dass ich im Westen andere Schritte mache als jene, mit denen ich die Gassen, Strände, Pfade und Felder meiner Heimat erkundet habe. Die Bewegung ist überall die gleiche, nur der Horizont wechselt. In Afrika folgte ich der Spur des Schicksals, die aus Zufall und aus unendlicher Hoffnung bestand. In Europa marschiere ich durch den langen Tunnel der Leistung auf wohldefinierte Ziele zu. Zufälle gibt's nicht, jeder Schritt hat ein Ziel, und die Hoffnung ist nur so groß wie dein Kampfgeist. In Technicolor geht man anders, man trägt sein Schicksal unbewusst mit sich herum. Die moderne Horde marschiert in Reih und Glied, von der sozialen Dampfwalze getrieben, die jeden überrollt, der auf dem Standstreifen anhalten will. So gehe ich durch das Grau, in das nur selten ein Sonnenstrahl fällt, und zähle meine Schritte, die kümmerlichen Meter auf dem Weg zur Verwirklichung meines Traums. Doch wie viele Kilometer, wie viele arbeitsame Tage und schlaflose Nächte trennen mich noch von dem ungewissen Erfolg, den die Meinen so selbstverständlich erwarten, seit ich sagte, dass ich nach Frankreich gehe? Meine Schritte sind schwer von ihren Träumen, mein Kopf ist voll von meinen. Ich taste mich vorwärts, ohne zu wissen, in welche Richtung. Es ist kein Mast in Sicht, an dem ich die Siegesfahne hissen könnte, und kein Wasser, um die Schande des Scheiterns abzuwaschen. Auf, auf, gebt mir Zunder, in meinem Kopf brodelt es! Das Feuer braucht Nahrung. Das Schreiben ist mein Hexenkessel, in dem ich nachts Träume siede.

Der Fernseher holt mich in die Wirklichkeit zurück. Wenn die Reporter »Maldini« brüllen, taucht ein Gesicht vor mir auf. Tausende von Kilometern entfernt, auf einer Insel in Senegal, die kaum groß genug für ein Stadion ist, sitzt ein junger Mann wie angewurzelt vor einem klapprigen Gerät und sieht dasselbe Spiel wie ich. Ich bin ihm ganz nah. Unsere Blicke treffen sich auf denselben Bildern. Freude und Schreck, Herzschlag und Atem haben einen gemeinsamen Rhythmus, denn wir laufen beide hinter einem Mann her: Paolo Maldini.

Ich sehe ihn vor mir: Er sitzt auf einer Matte oder einer altersschwachen Bank, und es zuckt in seinen Füßen. Vor dem Fernseher haben sich trotz des Geflimmers so viele Menschen eingefunden wie in einem Kinosaal. Es ist der einzige im Dorf, der Besitzer hat ihn großmütig im Hof aufgestellt, wo sich die Nachbarn unangemeldet versammeln. Das Anwesen steht allen offen. Geschlecht, Alter und Anzahl der Zuschauer wechseln mit dem Programm.

An diesem Nachmittag des 29. Juni 2000 ist das Wetter schön, der Himmel traumhaft blau und das Bild nicht schlecht, obwohl der Fernseher erst anging, als der Besitzer draufhaute. Die auf den Bildschirm gerichteten Blicke leuchten vor naiver Frische. Männerkörper mit dem Schmelz der Jugend, die Muskeln modelliert durch jahrelanges Spiel mit Fetzenbällen, später auch echten, drängen sich hier zusammen, voll überschüssiger Energie, Schweiß läuft über glatte Stirnen, schlaue Prognosen machen die Runde.

Einer bleibt still. Mit zusammengebissenen Zähnen konzentriert er sich ganz auf das Geschehen. Sein Oberkörper ist weit nach vorn gebeugt, sein Blick bahnt sich einen Weg zwischen den Köpfen. Nur dann und wann verrät eine spontane Bewegung, wie erregt er ist. Beim ersten Tackling Maldinis stubst sein Fuß das Hinterteil eines vor ihm hockenden Jungen. Der dreht sich wütend um, doch als er das hingerissene Gesicht des anderen sieht, sagt er nichts und rückt nur beiseite. Einem Blinden tritt man nicht zweimal in die Eier, heißt es, einmal reicht, dann packt er seine Ware weg, sobald er Schritte hört. Der Junge muss nur sein Hinterteil aus der Gefahrenzone bringen, denn das Spiel fängt erst an und wird noch viele Zerreißproben mit sich bringen. Gleich gibt's hier vor Aufregung Harakiri: Rot für

Zambrotta, Italiens Nummer 17, das ist zu viel für den jungen Mann. Empört wie Dino Zoff, der italienische Trainer, springt er auf und zischt etwas, das dem Schiedsrichter nicht gefallen hätte. Er ist ein Fan der Italiener, müsst ihr wissen, deshalb darf man zu niemand anderem halten. Das Schicksal nimmt seinen Lauf: Gelb für Francesco Toldo, den italienischen Torwart, der die Nummer 9 der Niederlande gehalten hat. Der junge Mann presst seine Hände an die Schläfen und erwartet stehend die Sanktion, die er kommen sieht und die prompt verhängt wird: Elfmeter für Holland.

Mein Gott! Tu doch was! Ich soll nicht so schreien? Ist dir nicht klar, was das heißt? Halb so schlimm? Von wegen! Ja, ich weiß! Es ist nicht Italiens Hiroshima. Wenn es bloß das wäre, könnte ich drüber lachen, aber hier geht es darum, dass die Italiener einen Treffer kassieren könnten, der Madické das Herz bricht! Wer Madické ist? Das muss ich später erklären! Ein Elfmeter ist schließlich kein Kaffeekränzchen, der knallt rein wie ein Fußballerfurz! Also greif endlich ein! Wozu die ganzen Gebete und der Ramadan? Glaubst du, ich mach das alles umsonst?

Ah! Toldo, Italiens Torhüter, lenkt den Ball ab. Diesmal trifft Madickés Fuß keinen Unschuldigen. Ufff! Das Schlimmste konnten wir gerade noch verhindern. Er holt tief Luft und setzt sich wieder hin, das Gesicht von einem Lächeln erhellt, das nicht lange bleiben wird, denn das Match geht weiter.

Bei jedem Fehler der Italiener schickt Madické ein Stoßgebet zum Himmel. Kurz vor Ende der Halbzeit kritisiert Maldini eine Entscheidung des Schiedsrichters und fängt sich eine gelbe Karte ein. Madickés Lächeln erlischt, er weiß, noch einmal Gelb bedeutet Rot, dann wird sein Idol vom Platz verbannt. Vor Sorge zerquetscht er sich fast den Schädel. Sein Held darf keinen Platzverweis bekommen! Er würde so gern mit ihm reden, ihm die Aktionen verraten, die er im Kopf hat, die Finten, die er sich ausdenkt auf seiner Bank. Er würde ihm sogar seine Beine leihen, wenn er schon nicht an seiner Seite spielen kann, damit er ein Paar zum Wechseln hätte. Doch wie viele Kilometer liegen zwischen ihm, der seine Füße jetzt im heißen, weißen Sand vergräbt, und den Matschspuren, die Maldini während der Pause in den Kabinen hinterlässt!

Madické macht seiner Verzweiflung Luft, doch seine Worte verfangen sich in den Wipfeln der Kokospalmen und werden Maldinis Ohren nie erreichen. Also will ich sein Sprachrohr sein. Wir haben dieselbe Mutter; wer fünfzigprozentig lieben kann, würde ihn meinen Halbbruder nennen. Für mich ist er einfach mein kleiner Bruder.

Herr, sag Maldini, dass seine gelben oder roten Karten mir das Herz zerreißen. Sag ihm, er soll seine Haut retten, sich nicht die Rippen brechen, keinen Ball auf die Nase kriegen und seine Beine vor den Fouls des Gegners schützen. Sag ihm, dass ich jedes Mal stöhne, wenn er was abkriegt. Sag ihm, dass sein glühender Atem mir die Lunge versengt. Sag ihm, dass ich schon Wundmale trage von den Schlägen, die er einsteckt. Sag ihm vor allem, dass ich ihn sehe, wie er auf dem heißen Sand von Niodior einer Traumblase hinterherläuft. Denn eines Tages wurde mein Bruder zu Maldini. Erzähl Maldini von seinen krausen Haaren, seinem Kämpferkörper, den schwarzen Augen, dem schönen Lächeln und den weißen Zähnen. Im Traum hat mein kleiner Bruder sich in Maldini verwandelt.

Der Schiedsrichter pfeift die erste Halbzeit ab, das Publikum geht zum Palaverbaum hinüber, um sich die Beine zu vertreten und ungestört zu diskutieren. Nur Madické bleibt vor dem Haus sitzen. Um nichts in der Welt will er die Zusammenfassung verpassen. Doch es gibt nur Werbung im Fernsehen. Sie hat eine Horde kleiner Jungen angelockt, deren einziges Spielzeug Holzstücke und von der Straße aufgesammelte Konservenbüchsen sind. Jetzt kichern sie über einen Coca-Cola-Spot: Ein Junge nähert sich einer Gruppe Mädchen, die ihn scheinbar nicht beachten; er bietet der Hübschesten eine Cola an; nachdem sie einen Schluck genommen hat, gestattet sie ihm bereitwillig, den Arm um ihre Taille zu legen, sie lächeln einander an und gehen zusammen weg. Die Jungen vor dem Fernseher biegen sich vor Lachen.

Einer fragt seinen Nachbarn: »Was wird der jetzt mir ihr machen?«

Die anderen grinsen, und einer, wohl der Anführer der Truppe, stößt ihn mit dem Ellbogen an und sagt: »Bist du blöd oder was? Er wird sie bumsen!«

Davon ermutigt, fährt ein anderer fort: »Bei uns hinten gibt's heute ein Fest, ich hab gesehen, wie mein großer Bruder mit seinen Freunden kistenweise Cola anschleppt, hihihi! Die Mädchen werden schön schauen, was die ihnen reintun! Hihihi!«

Und alle gackern von Neuem. Coca-Cola hat gewissenlos seinen Umsatz ausgeweitet – bis in diese Gegend, wo Trinkwasser ein Luxus ist. Doch keine Angst, Coca-Cola wird Kornfelder im Sahel sprießen lassen!

Jetzt reizt Miko ihren Appetit: Eine riesengroße Tüte Eis in schwelgerischen Farben füllte den ganzen Bildschirm aus, dann sieht man ein pummeliges Kerlchen gierig daran lecken. Wollüstiges Stöhnen löst das Geblödel von vorhin ab: »Hhhmmm!

Ham! Haaammm! Ist das guuut! Hhhmmm!«, ertönt es im Chor. Eis kennen diese Kinder nur von Bildern: eine Traumspeise, die man jenseits des Ozeans bekommt, in jenem fernen Paradies, in dem der kleine Dicke aus der Werbung klugerweise gleich zur Welt kam. »Miko!«, psalmodieren sie wie Fromme aus ihren heiligen Büchern. Sie ersehnen dieses Eis wie Muslime das Paradies von Mohammed, sie warten darauf wie Christen auf Jesu Wiederkunft. Miko wurde zu ihrer Ikone: Sie haben grobgeschnitzte Holzkegel mit roter und gelber Kreide bemalt und knabbern daran, während sie den Werbespot verschlingen. Ich stelle mir einen Pool voll Miko-Eis vor, in dem diese Kinder nach Herzenslust baden können. Das Eis ist ihre Hoffnung, wie Maldini für Madické.

Die Werbung geht zu Ende. Die Männer, die unter dem Baum Prognosen austauschten, kommen zurück und vertreiben die Kinder, die ihnen zu laut sind. Hier gilt das Recht des Alters noch. Ein rüstiger, greiser Fischer in Lumpen macht sich's neben Madické bequem. Der erkennt ihn am Geruch. Die Begrüßung ist kurz, aber höflich. Es stinkt entsetzlich, doch Madické hält den Mund, der Respekt gebietet ihm zu schweigen. Er weiß, dass man so viele Trümpfe in der Hand hat wie Jahrzehnte auf dem Buckel. Die ganze zweite Halbzeit wird er den fauligen Fischgeruch ertragen müssen. Also konzentriert er sich auf das Match und denkt sich weit weg, an den Ort des Geschehens.

Das Stadion kommt ins Bild. Die Spieler sind noch nicht wieder auf dem Feld, doch die Reporter wärmen sich schon mal die Stimmbänder auf mit Sätzen, in denen öfter der Name Maldini vorkommt. Was sie wohl über ihn sagen? Madické spitzt die Ohren. Aber wie willst du etwas verstehen, wenn um dich herum alle schwadronieren wie Weltklassetrainer? Er legt die Hand ans Ohr und neigt sich dem zuckenden Bild entgegen, um besser zu hören. Die Stimmen der Reporter kann er jetzt verstehen, aber was sie sagen, geht an ihm vorbei. So ein Mist! Und der Gestank wird immer schlimmer... Nur der Name Maldini dringt dann und wann deutlich zu ihm durch. Aber was sagen sie über ihn, verflixt, verdammt, vermaledeit noch mal?

Er hat diese Sprache oft gehört und auch gesehen. Ja, gesehen, bei sich zu Hause, sie trägt Hosen, Anzüge, Krawatten und geschlossene Schuhe; oder Röcke, Kostüme, Brillen und Pumps. Ja, er kennt diese Sprache, die in den Büros von Senegal den Ton angibt, aber er versteht sie nicht und ärgert sich darüber. Das Match geht weiter.

Der erste Freistoß für die Italiener. Madické freut sich. Sie haben sich wieder gefangen, denkt er beruhigt. Doch sein Optimismus ist schnell verflogen. Die Holländer haben auch ihre Ehre. Sie verteidigen ihr Tor wie eine Nonne ihr Allerheiligstes. Das wird kein Spaziergang für die Italiener. Der Ersatzkrieg auf dem Rasen erfordert neunzig Minuten lang starke Nerven. In den letzten Momenten kann jede Aktion die Entscheidung bringen. Es ist heiß, Madické schwitzt, und von dem Gestank wird ihm allmählich schlecht.

Der Schiedsrichter pfeift das Ende der regulären Spielzeit, die gegnerischen Mannschaften müssen die Verlängerung abwarten, um weiterzukämpfen. Auch wenn der Wunsch nach Ruhm sie aufrecht hält, fleht ihr Gesicht nach Schonung. Ich würde ihnen gern zu trinken geben, den Schweiß abtrocknen, die Wunden verbinden und ihnen Trost zusprechen wie eine sorgende Mutter, eine zärtliche Schwester, eine liebende Gemahlin. Ich würde ihnen gern sagen, dass es im Match wie im Leben ist: Die besten Treffer werden noch kommen, nur fällt das Warten so schwer.

Dreckverschmiert und schweißtriefend gehen die Spieler vom Feld, mit hängenden Schultern ob ihrer vergeblichen Mühe.

Pause vor der Verlängerung. Die Zuschauer in Niodior werden unruhig. Das Match droht ihre Prognosen zu widerlegen. Die Nervösesten beginnen aufgeregt zu gestikulieren. Die Musik vor der Werbung ertönt. Die Bengel von vorhin kommen angerannt, der alte Fischer fängt ein Gespräch an, um die Wartezeit zu überbrücken.

Spöttisch lächelnd tippt er Madické auf die Schulter, streicht sich über den Bart und sagt: »He, Maldini, was ist los? Du bist heute nicht so in Form. Ziemlich starker Gegner, wie?«

Madické sieht kurz zu ihm auf und heftet dann seinen Blick auf den abendlichen Horizont. Schweigen hat etwas Entwaffnendes, Wissen auch.

Doch einmal in Fahrt, lässt der Alte sich nicht so schnell entmutigen. Jetzt spielt er den Weisen, streicht sich noch einmal über den Bart und verkündet einen Gedanken, den er sich soeben zurechtgelegt hat: »Weißt du, Maldini, ein Sieg über einen starken Gegner ist viel mehr wert. Je höher die Hürden, desto beeindruckender der Erfolg. Einen Feigling zu schlagen macht noch keinen Helden.«

Madické wird davon nicht leichter ums Herz. Er kennt diese Dinosaurier-Philosophie zur Genüge, tausendfach widerlegte exotische Binsenweisheiten, die der Westen uns zuschreibt, um uns ins Abseits zu drängen. Was bringt so ein improvisiertes Sprichwort? Schließlich ist das Gegenteil genauso wahr: Gegen einen Tapferen zu verlieren macht auch noch keinen Helden, das sollte der alte Fischer wissen.

Die Sonne floh vor den Fragen der Menschen und versank im Ozean. Der Himmel, von Leidenschaften entflammt, schien niedriger als sonst zu hängen und zog ein rotes Lichtband durch die Wipfel der Kokospalmen.

Eine barmherzige Brise vom Meer streifte kaum merklich die Haut. Nur ein paar Frauen, die erst jetzt vom Brunnen kamen, spürten den leisen Abendwind, der sich unter ihr Gewand stahl, um sie an Stellen zu streicheln, die nie die Sonne erblickten. Wenn auch verspätet, versahen sie ihre Pflichten doch so aufopfernd wie jene anderen Hausfrauen, die jetzt mit ihren letzten Mörserstößen die Stille zerrissen.

Pong! Pong! Rakkasse! Kamasse! Pong! Das ferne, rhythmische Geräusch hallt in Madickés Herzen wider. Es hat sein Leben begleitet, er kennt es, er versteht es: Es geht dem Ruf des Muezzin und dem Schrei des Käuzchens voraus. Es ist das Lied, das die Nacht ankündigt. Und weil die Menschen auf Niodior in einer Welt des Aberglaubens leben, ist es auch die Stunde der bösen Geister und uralter Ängste.

Wenn Madické als Kind die Stößel stampfen hörte, ließ er seine Freunde auf ihrem improvisierten Spielplatz zurück und eilte zu seiner Mutter. Wo sie zu finden war, wusste er: Sie wachte über das Abendessen oder stampfte eine Handvoll Hirse für den

Dickmilchbrei am nächsten Tag. Nur manchmal war sie durch einen dummen Zufall nicht in der Küche hinten im Hof. Dann stellte er, um der Angst vor den näher kriechenden Schatten zu entkommen, seine kleine Bank vors Feuer. Aus Ungeduld und Langeweile legte er Holz nach und ergötzte sich am Tanz der Flammen, bis er eine Stimme in gespielter Strenge sagen hörte:

»He, Madické, lass das! Was soll denn das Buschfeuer da? Mir wird noch das Essen verkohlen!«

Auch später ließ ihn die lauernde Abendstimmung den Schutz der Röcke suchen, nur dass es nicht mehr die seiner Mutter waren. Obwohl... an diesem 29. Juni 2000 hätte selbst die schönste Nymphe keinen Blick von ihm erhaschen können.

Der fantastische Vorhang der Werbung ist zerrissen. Nach den letzten Klängen ihres Lieblingslieds: Miko! Miko! sind die Kinder davongelaufen. Der dunkle Hof liegt da wie ein Friedhof am Meer. Nur ein bläuliches Leuchtfeuer aus dem Fernseher erhellt die Gesichter des Publikums. Schweigen gehört zur Andacht. Der Muezzin schreit sich umsonst die Kehle wund. Soll er doch Pfefferminztee trinken! Das würde ihm guttun. Das Stadion taucht wieder auf, die Frommen loben ihre Götter.

Der alte Fischer räuspert sich geräuschvoll, packt seinen Nachbarn am Arm und erklärt so feierlich, als ob er ein Geheimnis verriete: »Maldini, mein Kleiner, jetzt ist die Stunde der Wahrheit.«

Madické lächelt nicht mehr als nötig und zieht seinen Arm weg.

»Rote Karte!«, brüllt er, verärgert über eine Aktion des Holländers Jaap Stam.

Der Schiedsrichter begnügt sich mit der gelben.

»Scheiße, er hätte die rote verdient! Der Schiedsrichter ist ein richtiges …«

Der Satz bleibt in der Luft hängen; niemand weiß, wie weit Madickés Zorn geht. Die Holländer orientieren sich nach vorne. Sie machen immer mehr Druck. Aron Winter meckert und bekommt zur Belohnung einen Eckstoß. Wer vierundachtzig Mal aufgestellt wurde, kennt sich aus, vor allem mit Finten. Seedorf hält sich für superschlau, schnappt sich den Ball und führt den Eckstoß aus. Marco Delvecchio wehrt ab und beweist seiner Mutter, dass ihre Milch nicht umsonst war: Sie hat einen Helden großgezogen, der ganz Italien aufatmen lässt. Doch auch Hollands Mütter haben ihr Bestes gegeben, sie können genauso stolz auf ihre Söhne sein, die jetzt wieder zum Angriff übergehen. Cannavaro mauert und klärt, Maldini sprintet, Madické springt auf und schreit so laut, dass ihm fast die Stimmbänder reißen: »Lauf! Mach zu! Du schaffst es! Schneller!«

Everything you want you got it!

Ein aus den USA abgeschobener Cousin ließ ständig dieses Lied laufen und übersetzte es jedem, der es hören wollte: *Du schaffst es, wenn du willst.* Madické beginnt langsam daran zu zweifeln, ganz zu recht übrigens.

Die Verlängerung bleibt torlos. Ein Elfmeterschießen ist nun unvermeidlich. Madické weiß das, sein Herz klopft zum Zerspringen. Er legt seine Hand darauf, aber vergebens, es schlägt nur umso stärker.

Die Hausherrin ruft zum Abendessen. Nicht nur die Familie, sondern jeder, der gerade da ist, wird selbstverständlich eingeladen. Ein junges Mädchen bringt eine kleine Kalebasse mit Wasser, dass alle sich der Reihe nach die Hände waschen können, die Mutter stellt dampfende Schüsseln in die Mitte des Hofs. Der alte Fischer spült sich mit einer Handvoll Wasser den Mund und setzt sich, ohne lange zu fragen, neben den Herrn des Hauses. Im Schneidersitz lässt er sich auf einer Matte nieder, lamentiert erst über den schlechten Fang der letzten Tage und beginnt dann das Werk der Hausfrau zu rühmen. Hhhmm! Wie dieses *talalé* nach Gewürzen duftet – ein wirklich königliches Mahl! Und eins ist sicher: Niemand kann ein besseres Fisch-Couscous kochen als unsere Frauen!

Madické hat einen Knoten im Magen. Er schützt

ein verspätetes Mittagessen vor, um die Einladung höflich auszuschlagen. Im Gegensatz zur älteren Generation findet er es auch peinlich, einfach mitzuessen, bloß weil es sich so ergibt. Wenn das Match sich nicht so lange hinziehen würde, wäre er längst weg. Er genießt die Stille vor dem Fernseher. Super! denkt er. Dann kann ich mir wenigstens in aller Ruhe das Elfmeterschießen anschauen. Sollen die anderen sich doch den Bauch vollschlagen und die Köchin loben, um ihre Gefräßigkeit zu bemänteln!

Aber das Wetter macht ihm einen Strich durch die Rechnung. Kaum hat er diesen Gedanken beendet, zerreißen Blitze den Himmel. Ein heftiger Wirbelsturm verdreht den Kokospalmen die Äste. Der weiße Sand, der sonst der ganze Stolz der Insel ist, wird den Menschen zum Feind, er peitscht ihre Haut und reißt alles mit, was ihm in den Weg kommt. Die Essenden springen auf, die herrenlosen Matten wirbeln empor, schmiegen sich an den Zaun oder tanzen über ihren Köpfen. Dann fallen große Tropfen. Es ist einer jener überraschenden, meist kurzen Junischauer, die im Sahel den Beginn der Regenzeit und der Feldarbeit ankündigen.

Madické hat die ersten Tropfen nicht abgewartet, sondern gleich den alten Apparat geschnappt und ins Wohnzimmer getragen – vergebens. Das Bild blinkt noch ein paarmal, bevor es mit einem

Piepsen abrupt erlischt. Madické will nicht an das Schlimmste glauben: dass der Fernseher endgültig seinen Geist aufgibt und dies sein letzter Seufzer war. Nur eine Laune der Elektrik, sagt er sich, eine Herzattacke vom Schock des Gewitters. Im Wohnzimmer versucht er ihn lange allein wiederzubeleben, aber ohne Erfolg.

Er kann sich erst entschließen, das Krankenbett zu räumen, als der Besitzer das Todesurteil verkündet: »Ich glaub, der ist hin, da ist nichts mehr zu machen, der hat die Regenzeit noch nie gemocht. Schon letztes Jahr hat er mich beim ersten Donnerschlag im Stich gelassen, zum Glück hab ich ihn da noch mal zum Laufen gebracht. Aber jetzt ist es wohl endgültig mit ihm vorbei.«

Er hat die Hand auf den Apparat gelegt und lächelt. Und das Elfmeterschießen ist auch vorbei, stellt Madické mit einem Blick auf die Pendeluhr im Wohnzimmer erbittert fest. Er stammelt ein paar höfliche Worte und verschwindet.

Friedrich Dürrenmatt

Das gemästete Kreuz

Der Patriotismus ist ein Glaube, wenn er auch mit Vaterlandsliebe übersetzt wird. Doch wird der Begriff Vaterland näher untersucht, gerät er ins Nebulose. Er ist kein rationaler Begriff, sondern ein emotionaler. Er ist ein Gefühl, das der Einzelne dem Staat gegenüber hegen kann und an das der Staat gern appelliert. Er ist das Irrationale im Verhältnis des Einzelnen zum Staat. An sich ist der Staat eine Institution. Als Schweizer bin ich Mitglied der Institution Schweiz. Als Mitglied habe ich der Institution Schweiz gegenüber Rechte und Pflichten. Diese sind rational. Gesetzt, ich nenne die Institution einen Verein, ist die Schweiz ein Verein. Wäre sie ein Fußballclub, so hieße dieser F. C. Helvetia, und weil die Schweiz 1291 gegründet wurde, F. C. Helvetia 1291. Ein Fußballverein besteht aus Aktiv- und Passivmitgliedern. Die Aktivmitglieder sind jene, die in den verschiedenen Mannschaften des Vereins, in der A- und B-Mannschaft, in jenen der ersten bis fünften Klassen und in der Juniorenklasse

Fußball spielen, und die Passivmitglieder jene, die nicht Fußball spielen, sondern nur die Mitgliederbeiträge zahlen. So rational der Verein auch geplant ist, ein irrationales Element schleicht sich dennoch ein, wie in jeden Fußballclub. Nicht durch die Statuten des Vereins, sondern durch dessen Sinn. Dieser liegt bei einem Fußballclub im Fußballspiel, das Fußballspiel ist ein Kampfsport, der Sinn des Kampfsports liegt im Sieg. Damit kommt der Ruhm ins Spiel. Er stammt aus der vormenschlichen Zeit, und auch der Boss der Urhorde war berühmt, solange er die Männchen wegzubeißen vermochte, welche die Weibchen besteigen wollten, bevor er sie bestiegen hatte. Beim Fußball breitet sich der Ruhm nicht nur über die Fußballspieler der A-Mannschaft aus, die gespielt und gesiegt haben, sondern auch über sämtliche aktiven und passiven Vereinsmitglieder. Alle sind stolz, Mitglieder des Fußballvereins zu sein, mit dem Stolz kommt der Glaube, als Mitglied des Fußballvereins mehr zu sein als ein Nichtmitglied und mehr als ein Mitglied eines anderen Fußballvereins, und dem Glauben folgt die Treue zu einer irrationalen Glaubensgemeinschaft, in die sich der Fußballverein verwandelt hat. Diese Treue ist für einen echten Fußballpatrioten durch nichts zu erschüttern, und stiege der Verein in die unterste Fußballliga ab. Eine solche Entfaltung der

Gefühle ins Irrationale ist auch beim F. C. Helvetia 1291 zu beobachten und ohne sie seine Geschichte unverständlich. Der Verein war zwar klein, ohne Trainer und Masseur, aber mit einem Seelsorger, und der Gemeindepräsident war zugleich Vereinspräsident und Kassier. Man spielte auf der nächstbesten Wiese, als Tore Bohnenstangen, zwischen die man ein Seil spannte, aber die Siege über den F.C. Habsburg und den F. C. Burgund ließen aufhorchen. Der F.C. Helvetia 1291 galt als Fußballgroßmacht, bis die Niederlage der A-Mannschaft 1515 in Marignano andere Maßstäbe setzte. Der Verein gab die internationalen Kämpfe auf und beschränkte sich auf die Spiele innerhalb des Clubs. Dass dieser Entschluss dem Ruhm des F. C. Helvetia 1291 schadete, war zwangsläufig. Die guten Fußballspieler verließen den Club und wurden Fußballsöldner, sie spielten beim F. C. Frankreich, beim F. C. Spanien, beim F. C. Vatikan usw. Ihr Ruhm strahlte zwar etwas auf den F. C. Helvetia zurück, aber der Hauptruhm blieb bei den fremden A-Clubs, welche die Weltmeisterschaft unter sich ausmachten. Das Vereinsleben des F. C. Helvetia 1291 wurde nicht mehr durch eine A-Mannschaft zusammengehalten, die ihren Sinn verloren hatte, für den Ruhm des ganzen Vereins zu sorgen, dessen Tätigkeit verzettelte sich auf die Turniere innerhalb des Clubs. Langweilige Provinzligaspiele. Die Protestanten spielten gegen die Katholiken. Die Kämpfe untereinander befriedigten niemanden. Ein Ruhm, der nicht über den Verein hinaus wirkte, verblasst. Auch waren die helvetischen Fußballsöldner längst nicht mehr so berühmt wie früher. Sie waren zu langsam geworden. Stoppen, schauen, passen, sie spielten zu bedächtig und wurden nervös, kamen sie in Tornähe. Clubinterne Kritiker behaupteten, die A-Mannschaft hätte international keine Chance mehr, eine Ansicht, die durch die Niederlage des F. C. Helvetia 1291 gegen eine französische Profimannschaft 1798 bestätigt wurde. Der F. C. Helvetia 1291 hätte von diesem Datum an fußballerisch keine Rolle mehr gespielt, hätten nicht unter der zerstörten Vereinstribüne einige Mitglieder des alten Vereins weiter an ihn geglaubt. Der Dialektik des patriotischen Glaubens ist keine Niederlage gewachsen. Nicht der Sieg ist wichtig, sondern der Wille zum Sieg. Es ist gleichgültig, ob man siegt oder nicht. Ist der Wille zum Sieg vorhanden, ist es unerheblich, ob überhaupt Fußball gespielt wird. Im Gegenteil, der Wille zum Sieg ist dann am stärksten, wenn nicht Fußball gespielt, sondern an den Verein geglaubt wird, der nicht mehr Fußball spielt. Dieser Glaube setzt jedoch wiederum den Glauben voraus, dass der nicht fußballspielende Fußballverein vollendet Fußball zu spielen vermag, wenn er will, was er aber nur will, wenn er muss, weshalb er öffentlich erklärt, dass er nicht will, wenn er nicht muss. Um aber glaubhaft zu machen, dass er nur Fußball spielen will, wenn er muss, gründete der alte Fußballverein den Neuen F.C. Helvetia 1291. Ein modernes Stadion wurde gebaut mit richtigen Toren statt der alten Bohnenstangen. Die Aktivmitgliedschaft wurde obligatorisch, Passivmitglieder die über Sechzigjährigen und die Frauen. Der Verein zählte 25 Kantonsmannschaften (jetzt 26). Die Kantonsmannschaften führten je nach ihrer fußballgeschichtlichen Größe Gemeindemannschaften. Fußballkämpfe zwischen den Kantonsmannschaften und zwischen den Gemeindemannschaften wurden verboten. Auch Freundschaftsspiele. Sie hätten vom Ausland als Vorbereitung für internationale Kämpfe gesehen werden können. So wurde nur trainiert, Elfmeter, Freistöße, Ecken getreten, geköpfelt, ja sogar gerempelt, aber ein richtiger Fußballmatch durfte nicht stattfinden. Auch ließ das Nicht-Fußball-Spielen helvetische Schieds- und Linienrichter auf internationalen Fußballplätzen nicht zu, sie hätten der Parteilichkeit bezichtigt werden können. Doch kam der Neue F.C. Helvetia 1291 währen der letzten Weltmeisterschaft ins Zwielicht. Gerade weil er nicht teilnahm, entstand das Gerücht, der Verein habe den Verlierer der Weltmeisterschaft durch geheimes Doping, Massagen, Bally-Schuhe, ja Schiedsrichterbestechung, gefälschte Totozahlen unterstützt. Seine Nichtteilnahme an der Weltmeisterschaft schien bloß ein Vorwand, Geschäfte zu machen. Der Verein kam mit sich in Konflikt. Rundherum hatten Sieger und Besiegte fußballerische Heldentaten vollbracht, der Verein vermochte keinen Star vorzuweisen, seine berühmten Torschützen und Verteidiger gehörten dem Mittelalter an, er hatte den Verdächtigungen nichts als seinen Glauben an die hypothetische Fußballstärke seines Vereins entgegenzusetzen. Gewiss, einen direkten Beweis dieser Stärke gab es nicht, aber einen indirekten. Bis jetzt hatte es niemand gewagt, ihn zum Kampf herauszufordern, der Neue F.C. Helvetia 1291 war der eigentliche Fußballweltmeister. Es war eine Flucht nach vorn. Das Training der Aktivmitglieder wurde verschärft, wer sich weigerte zu trainieren, ins Gefängnis geworfen, die Fußballsteuer erhöht, teure internationale Stars eingekauft, die geschont werden mussten. Leichtes Fitnesstraining, Massagen. Die internationale Fußballmüdigkeit half dem Verein, seine Krise zu überwinden. Weil niemand mehr spielte, wurden die Fußballvereine überall wieder ernst genommen. Es wurde international nur noch trainiert, wenn auch anders als früher. Intensiver. Das Training ersetzte gleichsam das Spiel, es war, als ob man sich auf eine letzte Weltmeisterschaft vorbereitete. Die internationalen Großclubs verdoppelten ihr Training, vervierfachten, verachtfachten es. Auch der Neue F. C. Helvetia 1291. Er hatte sich inzwischen zu einem Großclub entwickelt. Wenn nicht fußballerisch, so doch wirtschaftlich. Er war so mächtig geworden, dass er eigentlich kein Verein mehr war, sondern eine Firma, deren Nebenprodukte begehrt waren und exportiert wurden. Aus der einst bescheidenen Vereinsleitung mit Präsident, Aktuar und Kassier waren ein Verwaltungsratspräsident und Verwaltungsräte entstanden, ein Generaldirektor, ein Vizegeneraldirektor, ein geschäftlicher und ein technischer Direktor und die entsprechenden Vizedirektoren, ein Direktorium, ein Aktivmitgliederkomitee und eine Aktivmitgliederversammlung, sowie ein Passivmitgliederkomitee und eine Passivmitgliederversammlung. Niemand wusste, wer über wen und wer über was regierte, bald regierte der, bald jener, aber irgendwie wurde jeder regiert, weil es eigentlich die Sachen waren, die bestimmten, wer was musste, produzieren, reproduzieren, herbeischaffen oder fortschaffen. Die Firma produzierte eigentlich alles, wenn auch in verschiedenen Mengen, nicht nur Schuhe und Schienbeinschoner wie früher, sondern auch Valium, Turbinen, Käse, Chips (kartoffelige und elektronische), Seilbahnen, Schokolade, Uhren, Villiger-Stumpen, Milchpulver, Insektenvertilgungsmittel, Schuhe, Schriftsteller, Literaturprofessoren, Textilien, Hoteliers, Zahnpasta, Maler, Komponisten, Nummernkonti, Bankgeheimnisse und Notenwäschereien. Am Fußball waren nur noch die Trainer interessiert, und weil alle Generaldirektoren, Verwaltungsräte und Oberlehrer Trainer waren, gab es viele Trainer. Man trainierte bloß noch, um die Trainer zu beschäftigen, die wiederum vorgaben, das Training sei nötig, um einen möglichen Gegner abzuschrecken. Wichtig war daher die Taktik. Zwar hatten die internationalen Mannschaften erklärt, auf Fußballspielen zu verzichten und nur noch Fußball trainieren zu wollen, damit, würde doch ein Verein gegen jene Abmachung Fußball spielen, sie imstande wären, alle Angriffe der feindlichen Stürmer abzuwehren, aber es war zu offensichtlich, dass ihr Training ganz auf Angriff ausgerichtet war. Der Neue F. C. Helvetia 1291 beschloss, ganz und gar auf Verteidigung zu trainieren. Der Entschluss ging auf die letzte Fußballweltmeisterschaft zurück, bei der der Neue F. C. Helvetia 1291 zwar nicht teilgenommen, aber für den Fall, sollte doch jemand angreifen, eine Taktik vorgesehen hatte, die abschrecken musste, nämlich die, alle Spieler auf der Torlinie im Tor zusammenzuziehen, ja man ging so weit, alle Spieler hinter der Torlinie im Tor zu versammeln und dieses zuzunageln. Diese Idee der absoluten Sicherheit wurde nun zwar aufgegeben, aber an dem reinen Verteidigungsfußball weiter festgehalten. Den Spielern wurde verboten, während des Spiels – falls es einmal stattfinden sollte – die gegnerische Platzhälfte zu betreten. Drei Stürmer hatten die Aufgabe, den feindlichen Angriff so weit als möglich zu stören, während die sieben anderen Feldspieler den Sechzehnmeterraum zu verteidigen hatten. Diese Spielweise wurde auf allen Trainingsplätzen geübt, in der Meinung, es gebe nur einen möglichen Gegner. Der Schock war deshalb groß, als ausgerechnet dieser mögliche Gegner erklärte, da niemand mehr Fußball spielte, halte er auch das Fußballtraining für überflüssig. Diese Meinung verunsicherte den Neuen F.C. Helvetia 1291 aufs Tiefste, besonders weil sie vielen trainingsmüden Aktiv- und fußballdesinteressierten Passivmitgliedern einleuchtete, bestand doch für sie der Sinn des Fußballtrainings längst nicht mehr im Warten auf einen Gegner, sondern in der Folklore und in der eigentlich sinnlosen, aber kostspieligen Beschäftigung der Trainer. Doch sie vergaßen den Glauben, der den Neuen F.C. Helvetia 1291 zusammenhielt, denn ohne Glauben, sie sei mehr als eine Firma, bleibt eine Firma nur eine Firma, und so blieb denn dem Neuen F. C. Helvetia 1291 nichts anderes übrig, als auf die alten Ideale zurückzugreifen, als auf etwas Vaterländisches, Irrationales, das wie ein gespensterhaftes Gebilde neben dem Firmentrust Helvetia haust als eine Art Phantomverein, der fürs Vaterland Fußball spielen würde, wenn es nötig wäre, auch wenn niemand mehr glaubt, dass es einmal nötig sein würde, und wenn es doch einmal nötig wäre, würde man es ohnehin unterlassen, Fußball zu spielen, denn man tut ja nur so, als könne man Fußball spielen, und so trainieren denn die Aktivmitglieder weiter, schieben sich Bälle zu, dribbeln, köpfeln und schießen ihre jährlich vorgeschriebenen Elfmeter im Gedenken an die Siege vor einem halben Jahrtausend, um sich nach dem Training verschwitzt in Reih und Glied aufzustellen. Aber weil alle nur tun, als könnten sie Fußball spielen, in der Gewissheit, sie vermöchten zu siegen, wurde die Gesinnung wichtig, die darin besteht, so zu tun, als hätte das Fußballtraining und damit der F. C. Helvetia 1291 noch einen Sinn. Eine Vereinspolizei wurde eingesetzt, um zu untersuchen, wer die Gesinnung nicht mehr hatte, man müsse so tun, als wäre das Fußballtraining wichtig, so dass diese entweder ohne die notwendige Gesinnung trainierten oder sich gar weigerten, Fußball zu trainieren, auch war es möglich, dass einige zwar noch an einen Sinn des F.C. Helvetia 1291 glaubten, aber am Sinn des Fußballtrainings, ja des Fußballspiels zweifelten. Nur auf jene Aktiv- und Passivmitglieder war Verlass, die wirklich an den Sinn des Fußballtrainings und an den Sinn des F. C. Helvetia 1291 glaubten, so dass für die Vereinspolizei nur noch wenige der in Reih und Glied Aufgestellten vertrauenswürdig blieben. Doch Verein bleibt Verein, aufgestellt bleibt aufgestellt. Auf ihren roten Fußballleibchen haben sie ein Zeichen aufgenäht, das einst Angst und Schrecken verbreitete, in dessen Namen die abgeschlachtet wurden, die sich nicht zu ihm bekehrten, und sich die abschlachteten, die sich zu ihm bekannten. Ein Kreuz. Aber es ist kein gefährliches Kreuz mehr, auch nicht eines, woran jener genagelt werden könnte, der gekommen ist, den Menschen Frieden zu bringen, und das Schwert brachte. Es ist ein Kreuz, zusammengesetzt aus fünf Quadraten, als wären zwei Doppelbetten kreuzweise ineinander montiert, ein heraldischer Horror, ein gemästetes Kreuz, ein weißes Wohlstandskreuz, ein Kreuz für jene, die so tun, als wären sie Christen, um nicht Christen, als wären sie unabhängig, um nicht frei, und als wären sie Fußballspieler, um nicht Fußballspieler sein zu müssen, die wissen, dass es längst nicht mehr das

Kreuz des Neuen F.C. Helvetia 1291, sondern ein Firmenkreuz ist, beinahe immer noch ein Gütezeichen.

Urs Widmer

Dialog über den Sport

FRAU: Was hesch? Hesch e Depression?

MANN: Äntwäder i suff mi voll oder i nimm drei Valium oder alles zämme.

FRAU: Worum?

MANN Bi am Matsch gsi.

FRAU: An welem?

MANN: FCB gege Sümüklü Bötschedler Ischtanbul. 6 zu null.

FRAU: Dasch doch guet.

MANN: Für d Türgge.

FRAU: Jäso. I ha gar nit gwüsst, dass die in dr Türkei au schutte.

MANN: So öppis wär früener nie vorkoo.

FRAU: Was isch denn früener anderscht gsi?

MANN: Alles. Dr Bickel. Dr Ballaman. Dr Schtuber. Dr Fatton. Dr Kiki Antenen. Dr Seppe Hügi. Dr Neury und dr Boquet.

FRAU: Du meinsch, die wurde gwünne, wenn sie jetzt no schpile wurde.

MANN: *(entrüstet)* Nie.

FRAU: Jä aber denn …

MANN: Aber schutte hänn si könne! 54, s 4:1 gege Italie, Zucker. Dr Fatton hetts viert Gool mit eme Fallruggzieher gmacht, und dr Seppe hett bi sinere erschte Kischte e Muul wie-n-e Forälle gmacht. Früener isch alles ganz anderscht gsi.

FRAU: Worum?

MANN: S isch ene nit so guet gange. Die sinn no ummegsegglet.

FRAU: Dasch doch guet, dass es de Lüt besser got.

MANN: Odr lueg dr Ferdi Kübler aa. Dä isch diräggt us em Sozialeländ koo, dorum isch dä Velo gfahre wie-n-e Deufel. Dä hett gwüsst, wenn er nit gwinnt, mues er widr go schaffe für 1.20 in dr Schtund. De Schportler goots hütte z guet. Das sinn Wärbeaagschtellti.

FRAU: Jä was sott me mache, dass die widr besser schportle?

MANN: Aabedrugge mues me si. Me mues uff langi Sicht plane, dass es immer gnueg Familie git, wo s ene richtig eländ goot, verschtoosch, dass ihri Söhn gar kei anderi Wahl hänn, als Velo z fahre wie die Verruggde und z schutte wie die Wahnsinnige.

FRAU: Das kasch doch vo niemerem verlange.

MANN: Was nit? Frog dr Ferdi Kübler, ob en sini Erfolg glügglig gmacht hänn, odr dr Hugo Koblet.

FRAU: Dä isch doot.

MANN: Uff jede Fall isch so ein wie dr Pfänni nit so glügglig wie dr Ferdi.

FRAU: Bisch du denn glügglig?

MANN: Jetzt foosch scho widr aa drmit. Immer wotsch vo mir rede. Das hesch früener nie gmacht. Do hämmer immer vo Sache gredet, wo-n-is nüt aagange sinn.

Ryszard Kapuściński

Der Fußballkrieg

Luis Suárez sagte, es werde Krieg geben, und was Luis sagte, glaubte ich. Wir wohnten in Mexiko zusammen, und Luis gab mir Nachhilfestunden in Lateinamerikakunde. Wie es ist und wie es sich begreifen lässt. Er war imstande, viele Ereignisse vorherzusagen. Er hatte seinerzeit den Fall Goularts in Brasilien, den Sturz von Bosch in der Dominikanischen Republik und von Jiménez in Venezuela vorhergesagt. Lange bevor Perón zurückkehrte, meinte er, dass der alte Caudillo nochmals Präsident von Argentinien werden würde, und er sagte auch den plötzlichen Tod von François Duvalier, dem Diktator von Haiti, voraus, dem alle ein langes Leben gaben. Luis bewegte sich leichtfüßig über den lockeren Sand der hiesigen Politik, in dem Amateure wie ich, die auf Schritt und Tritt Fehler begehen, hoffnungslos den Halt verlieren.

Diesmal prophezeite Luis den bevorstehenden Krieg, als er die Zeitung weglegte, in der er einen Bericht über ein Fußballmatch zwischen den Mannschaften von Honduras und Salvador gelesen hatte. Beide Mannschaften kämpften um die Teilnahme an der Weltmeisterschaft, die 1970 in Mexiko stattfinden sollte.

Das erste Spiel wurde Sonntag, den 8. Juni 1969, in der Hauptstadt Honduras', Tegucigalpa, ausgetragen.

Die übrige Welt schenkte diesem Ereignis keine Beachtung.

Die Mannschaft von Salvador traf am Samstag in Tegucigalpa ein und verbrachte eine schlaflose Nacht im Hotel. Die Mannschaft konnte kein Auge zutun, weil sie das Opfer der psychologischen Kriegsführung der honduranischen Fans wurde. Das Hotel wurde von Menschenmassen umzingelt, die die Scheiben mit Steinen einwarfen und mit Stöcken auf Wellblech und leere Fässer trommelten. Immer wieder krachten Böllerschüsse, immer wieder begannen die Wagen, die vor dem Hotel standen, ein lärmendes Hupkonzert. Die Fußballfans pfiffen, heulten und stießen Kriegsrufe aus. So ging es die ganze Nacht. Und alles nur, damit die Gästemannschaft, unausgeschlafen, entnervt und übermüdet, das Spiel verlor. In Lateinamerika sind solche Methoden gang und gäbe, und niemand ist darüber erstaunt.

Am nächsten Tag besiegte Honduras die schlaftrunkene Mannschaft Salvadors 1:0.

Als der honduranische Stürmer Roberto Cardona in der letzten Minute das Siegestor schoss, sprang in Salvador ein Mädchen namens Amelia Bolanios vom Fernseher auf, lief zum Schreibtisch seines Vaters, der dort eine Pistole verwahrte, und entleibte sich durch einen Schuss in die Brust. »Ein junges Mädchen, das es nicht verwinden konnte, dass sein Vaterland in die Knie gezwungen wurde«, schrieb tags darauf die salvadorianische Tageszeitung ›El Nacional‹. Am Begräbnis von Amelia Bolanios, das im Fernsehen übertragen wurde, nahm die ganze Hauptstadt teil. An der Spitze des Trauerzuges schritt eine Ehrengarde der Armee mit der Fahne. Hinter dem Sarg, der in die Nationalflagge gehüllt war, marschierten der Präsident und die Minister. Der Regierung folgte das Fußballteam von Salvador, das am selben Morgen mit einer Sondermaschine aus Tegucigalpa gekommen war, wo die Spieler ausgepfiffen, verhöhnt und bespuckt worden waren.

Eine Woche darauf fand in der Hauptstadt von Salvador, San Salvador, in einem Stadion mit dem klingenden Namen Flor Blanca das Rückspiel statt. Diesmal verbrachten die Spieler von Honduras eine schlaflose Nacht: Die heulende Menge der Fans schmiss alle Hotelfenster ein und bombardierte das Hotel mit Tonnen von faulen Eiern, toten Ratten und stinkenden Fetzen. Die Spieler wurden mit Panzerwagen der 1. Motorisierten Division von Salvador ins Stadion gebracht, um sie vor der rachsüchtigen Menge der Zuschauer zu schützen, die ihren Weg säumten und Bilder der Nationalheldin Amelia Bolanios hochhielten.

Das Stadion war vom Militär hermetisch abgeriegelt. Um das Spielfeld hatten Soldaten einer Sondertruppe der Guardia Nacional mit schussbereiten Maschinenpistolen einen Kordon gezogen. Als die Nationalhymne von Honduras gespielt wurde, johlte und pfiff das ganze Stadion. Dann zogen die Gastgeber statt der Nationalflagge von Honduras, die vor den Augen der begeisterten Fans verbrannt wurde, einen schmutzigen, löchrigen Fetzen am Fahnenmast hoch. Verständlich, dass die Spieler aus Tegucigalpa unter diesen Bedingungen nicht recht bei der Sache waren. Sie dachten nur daran, wie sie hier je wieder lebendig herauskommen würden. »Ein Glück, dass wir dieses Match verloren«, sagte der Trainer der Gäste, Mario Griffin, erleichtert.

Salvador siegte 3:0.

Die Mannschaft von Honduras wurde direkt vom Spielfeld weg mit denselben Panzerwagen zum Flughafen gebracht. Ihre Anhänger traf ein schlimmeres Schicksal. Unter einem Hagel von Schlägen und Tritten flohen sie in Richtung Grenze. Zwei

Personen kamen ums Leben. Ein paar Dutzend wurden ins Krankenhaus eingeliefert. 150 Autos der Gäste wurden angezündet. Ein paar Stunden später wurde die Grenze zwischen den beiden Staaten gesperrt.

Nachdem Luis das alles in der Zeitung gelesen hatte, sagte er, dass es Krieg geben werde. Er war ein routinierter Reporter und wusste, was er sagte.

In Lateinamerika, so sagte er, ist die Grenze zwischen Fußballspiel und Politik hauchdünn. Die Liste der Regierungen, die zurücktreten mussten oder vom Militär gestürzt wurden, weil die Nationalmannschaft ein Match verlor, ist lang. Die Spieler der Mannschaften, die ein Match verloren, werden von den Zeitungen als Vaterlandsverräter beschimpft. Als Brasilien in Mexiko Weltmeister wurde, war mein brasilianischer Kollege, ein politischer Emigrant, verzweifelt: »Nun können die rechten Militärs mindestens weitere fünf Jahre in Ruhe regieren«, sagte er. Auf dem Weg zum Titel besiegte Brasilien England. Die in Rio de Janeiro erscheinende Sportzeitung ›Jornal dos Sportes‹ offerierte folgende Erklärung für den Sieg: »Jedes Mal, wenn der Ball in Richtung unseres Tores geflogen kam und ein Goal unvermeidlich schien, streckte Jesus sein Bein aus den Wolken und beförderte den Ball ins Out.« Den Artikel begleitete eine

Zeichnung, auf der diese übernatürliche Erscheinung dargestellt war.

Wer ins Stadion geht, kann dort leicht sein Leben lassen. Denken wir an das Match, das Mexiko gegen Peru 1:2 verlor. Ein enttäuschter mexikanischer Fan rief höhnisch: »Viva México!« Ein paar Sekunden darauf war er tot, von der Menge massakriert. Manchmal finden die aufgeheizten Emotionen auch andere Ventile. Nach dem Spiel, in dem Mexiko Belgien 1:0 besiegte, stürmte ein siegestrunkener Augusto Mariaga, Direktor des Gefängnisses für Schwerverbrecher in Chilpancingo (Mexiko, Staat Guerero), wild die Pistole schwingend und in die Luft schießend, durch die Gänge seiner Haftanstalt, schloss unter Viva-México-Rufen alle Zellen auf und ließ 142 gefährliche Schwerverbrecher entkommen. Das Gericht sprach Mariaga frei, »weil er«, wie es in der Urteilsbegründung heißt, »in patriotischer Erregung handelte«.

»Glaubst du, dass es sich lohnt, nach Honduras zu fahren?«, fragte ich Luis, der zu jener Zeit die seriöse Wochenzeitung ›Siempre‹ herausgab.

»Ich meine schon«, antwortete er. »Es wird sicher etwas passieren.«

Am nächsten Morgen war ich in Tegucigalpa.

Im Morgengrauen tauchte ein Flugzeug über der

Stadt auf und warf eine Bombe ab. Wir alle hörten die Explosion. Die umliegenden Hügel warfen dröhnend das Echo zersplitternden Metalls zurück, weshalb später einige behaupteten, es sei eine ganze Bombenserie niedergehagelt. Die Stadt wurde von Panik erfasst. Die Menschen flüchteten in Haustore, die Kaufleute schlossen ihre Läden. Verlassene Autos blockierten die Fahrbahnen. Eine Frau lief den Gehsteig entlang und rief: »Mein Kind, mein Kind!« Dann verstummte sie, es wurde still. Es wurde so totenstill, dass man meinen konnte, die Stadt hätte aufgehört zu leben. Schließlich erloschen alle Lichter, und Tegucigalpa versank in Finsternis.

Ich lief zurück zu meinem Hotel, jagte ins Zimmer, spannte einen Bogen Papier in die Maschine ein und versuchte, eine Depesche für Warschau zu schreiben. Ich musste rasch handeln, denn ich wusste, dass ich in diesem Augenblick der einzige ausländische Korrespondent in der Stadt war und vielleicht der erste sein konnte, der die Welt vom Kriegsausbruch in Mittelamerika informierte.

Doch im Zimmer war es dunkel, und ich konnte nichts sehen. Ich tastete mich nach unten, zur Rezeption, wo sie mir eine Kerze gaben. Ich ging wieder hinauf, entzündete die Kerze und drehte das Transistorradio an. Der Sprecher verlas ein Kommuniqué der honduranischen Regierung über den

Ausbruch des Krieges mit Salvador. Dann verlas er die Nachricht, dass die Truppen von Salvador Honduras auf allen Linien der Front angriffen.

Ich begann zu schreiben:

Tegucigalpa (Honduras) PAP 14. Juli
Via Tropical Radio RCA heute sechs Uhr abends begann Krieg Salvador Honduras Luftwaffe Salvadors bombardierte vier Städte Honduras' STOPP zur selben Zeit durchbrachen Truppen Salvadors Grenze Honduras versuchen ins Landesinnere vorzudringen STOPP als Antwort auf Angriff des Aggressors bombardierte Luftwaffe Honduras' wichtige industrielle und strategische Ziele Salvadors und Landstreitkräfte bereiten Verteidigung vor.

In diesem Moment begann auf der Straße jemand zu rufen: »Apaga la luz!« (Licht ausmachen!), einige Male, immer lauter und drängender, bis ich die Kerze löschte. Ich schrieb blind weiter und beleuchtete nur von Zeit zu Zeit mit der Flamme meines Feuerzeugs die Tastatur.

Radio meldete Kämpfe auf ganzer Breite der Front STOPP Truppen Honduras' fügen der Armee von Salvador schwere Verluste zu STOPP Regierung ruft ganze Nation zur Verteidigung des gefährdeten Vaterlands auf und appelliert an UNO Angriff zu verurteilen.

Ich ging mit der Depesche hinunter, wo ich den Hotelbesitzer fand und ihn um einen Begleiter zum Postamt bat. Ich war erst einen Tag im Lande und kannte Tegucigalpa nicht. Die Stadt ist nicht groß – eine Viertelmillion Einwohner –, doch auf Hügeln gelegen, und die Straßen laufen wirr durcheinander. Der Besitzer wollte gern behilflich sein, hatte jedoch niemanden zur Hand, und höchste Eile war geboten. Er rief daher die Polizei an. Doch auch die Polizisten hatten keine Zeit. Schließlich rief er die Feuerwehr. Wenig später kamen drei Feuerwehrmänner in voller Montur, mit Helmen und umgeschnallten Äxten. Wir begrüßten einander im Dunkeln, die Gesichter waren nicht zu erkennen. Ich sagte, dass ich sie flehentlich bitte, mich zur Post zu führen. »Ich kenne Honduras gut«, log ich, »und ich bin sicher, dass die Gastfreundschaft der Bevölkerung grenzenlos ist. Ich rechne fest damit, dass Sie meine Bitte erfüllen. Es ist wichtig, dass die Welt die Wahrheit erfährt, wer den Krieg begonnen hat, wer den ersten Schuss abfeuerte und so weiter, und ich darf Ihnen versichern, dass ich die lauterste Wahrheit schreibe. Die Zeit drängt, wir müssen uns beeilen.«

Wir verließen das Hotel. Die Nacht war stockfinster, von der Straße waren nur Umrisse zu sehen. Ich weiß nicht, warum wir uns nur flüsternd unterhielten. Ich versuchte mir den Weg einzuprägen und zählte die Schritte. Ich war fast bei tausend angelangt, als die Feuerwehrmänner stehen blieben und einer an eine Tür pochte. Eine Stimme im Inneren fragte, wer draußen sei. Dann wurde die Tür geöffnet, jedoch nur für einen kurzen Moment, um nicht zu viel Licht auf die Straße dringen zu lassen. Ich war im Postamt. Die Beamten wiesen mich an zu warten. In ganz Honduras gibt es nur einen einzigen Telexapparat, und dieser wurde vom Präsidenten der Republik blockiert. Der Präsident diskutierte über Telex mit dem honduranischen Botschafter in Washington, der ihm den Rat erteilte, sich an die Vereinigten Staaten um bewaffnete Hilfe zu wenden. Das nahm viel Zeit in Anspruch, weil der Präsident und der Botschafter sich einer ungemein blumigen Sprache bedienten; außerdem wurde die Verbindung alle Augenblicke unterbrochen.

Erst um Mitternacht gelang es, eine Verbindung mit Warschau herzustellen. Die Maschine druckte die Nummer TL 813480 PAP VARSOVIA aus. Ich machte vor Freude einen Luftsprung. Der Operator fragte:

»Was ist Varsovia für ein Land?«

»Das ist kein Land. Das ist eine Stadt. Das Land heißt *Polonia*.«

»Polonia, Polonia«, wiederholte er. Ich konnte erkennen, dass er mit dem Namen nichts anzufangen wusste.

Er fragte Warschau:

»How received MSG Bibi?«

Und Warschau antwortete:

»Received ok ok gree for rysiek TKS TKS!«

Ich umarmte den Operator, wünschte ihm, den Krieg heil und gesund zu überstehen, und machte mich auf den Rückweg zum Hotel.

Im Morgengrauen fand mich eine Militärpatrouille.

»Dummer Kerl«, sagte ein schlaftrunkener Sergeant. »Wo treibst du dich in der Kriegsnacht herum?«

Sie betrachteten mich voll Misstrauen und wollten mich zum Stadtkommandanten bringen. Zum Glück hatte ich einen Ausweis dabei und konnte erklären, was geschehen war. Sie brachten mich zum Hotel zurück. Unterwegs erzählte der Sergeant, dass die Kämpfe an der Front die ganze Nacht angedauert hatten, die Front sei jedoch weit entfernt, und in Tegucigalpa könne man das Schießen nicht hören.

Seit dem Morgen hoben die Menschen Gräben aus und errichteten Barrikaden. Die Hausfrauen hamsterten Vorräte und klebten Papierstreifen über die Fensterscheiben. Die Menschen liefen kopflos durch die Straßen, keiner wusste wohin, es herrschte allgemeine Panik. Studentenbrigaden pinselten auf Mauern und Zäune riesige Losungen. Über Tegucigalpa ergoss sich ein Füllhorn der Poesie, in wenigen Stunden waren die Mauern mit Tausenden von Inschriften bedeckt:

Honduras unser tapferes Land
leistet mutig Widerstand

Brüder schneidet ab die Ohren
den memmenhaften Aggressoren

Rache für das 3:0

Schande über Porfirio Ramos
der mit einer Salvadorianerin lebt

Wer Raimundo Granadosa sieht
soll die Polizei benachrichtigen –
er ist ein salvadorianischer Spion!

Am Nachmittag fuhren wir mit einem verdeckten Lastwagen an die Front. Vierzig Kilometer ging es ruhig dahin. Der Wagen kletterte immer höher die grünen, mit dichtem tropischem Buschwerk bewachsenen Berghänge hinauf. Auf den Hängen waren verlassene Lehmhütten zu sehen, ein paar waren niedergebrannt. Während der Fahrt überholten wir eine ganze Dorfgemeinschaft, die mit Bündeln am Rücken neben der Straße herstapfte. An einer anderen Stelle stand eine Schar Bauern in weißen Hemden und Sombreros, die uns mit Macheten und Flinten zuwinkten. Später hörten wir aus der Ferne das Grollen der Geschütze.

Plötzlich gab es Bewegung auf der Straße. Wir kamen zu einem Ort, wo auf einer dreiecksförmig in den Wald gehauenen Lichtung Verwundete lagerten. Einige waren auf Tragbahren gebettet, andere lagen im Gras. Dazwischen stapften eine Handvoll Soldaten und zwei Sanitäter herum; ein Arzt war nicht zu sehen. Am Rand der Lichtung hoben vier Soldaten eine Grube aus. Die Verwundeten lagen ruhig und ergeben da. Das Erstaunlichste war ihre Geduld, diese unbegreifliche, übermenschliche Fähigkeit, Schmerzen zu ertragen, die so charakteristisch ist für die Indianer. Keiner schrie, keiner rief um Hilfe. Die Soldaten verteilten Wasser, und die einfachen Sanitäter legten, so gut sie es verstanden, Verbände an. Was wir sahen, überstieg alle Vorstellungskraft. Einer der Sanitäter ging mit einem Skalpell von einem Verwundeten zum nächsten und holte die Kugeln heraus, so wie man die Kerne aus einem Apfel pult. Der zweite schüttete Jod auf die Wunden und legte Verbandskissen darüber.

Nun gaben die Sanitäter einem Soldaten, der im Sterben lag, eine Infusion. Das zog eine Menge Gaffer an. Die einen hockten neben der Bahre, auf der der Todgeweihte lag, andere standen, auf ihre Karabiner gestützt, hinter ihnen. Der Verwundete war etwa zwanzig Jahre alt. Er war von elf Kugeln getroffen worden. Hätten diese elf Kugeln einen alten und schwachen Menschen erwischt, wäre er gleich tot gewesen. Doch die Kugeln hatten einen jungen, kräftigen, muskulösen Körper durchbohrt, der dem Tod heftigen Widerstand leistete. Der Verwundete war bewusstlos, er stand bereits an der Schwelle zum Jenseits, doch sein Körper führte einen letzten, verzweifelten Kampf. Der Soldat war bis zum Gürtel nackt, und wir sahen, wie sich seine Muskeln verkrampften und Schweiß über die dunkle Haut lief. An den gespannten Muskeln und den Schweißströmen war zu erkennen, wie schwer der Kampf sein musste, den das Leben gegen den Tod führte. Alle waren neugierig, wie der Kampf enden würde, sie wollten sehen, wie stark das Leben war und wie stark der Tod. Jeder wollte wissen, ob ein junges Leben, das noch nicht aufgeben will, den Tod bezwingen kann.

»Wird er überleben?«, fragte einer der Soldaten.

»Ausgeschlossen«, stellte der Sanitäter fest, der die Glukoseflasche hoch über den Verwundeten hielt.

Dumpfes Schweigen machte sich breit. Der Verwundete atmete heftig, wie nach einem langen und schweren Lauf.

»Kennt ihn denn keiner?«, fragte nach einer Weile der Soldat. Das Herz des Verwundeten schlug kräftig, man konnte es pochen hören.

»Keiner«, antwortete ein anderer Soldat.

Auf der Straße kamen mit heulenden Motoren Lastwagen heraufgekrochen. Am Waldrand hoben vier Soldaten eine Grube aus.

»Ist er einer von uns oder von den anderen?«, fragte ein Soldat, der neben der Bahre hockte.

»Keine Ahnung«, antwortete nach kurzem Schweigen der Sanitäter.

»Er ist der Sohn seiner Mutter«, sagte ein Soldat, der neben ihm stand.

»Nun gehört er nur mehr Gott«, sagte ein anderer. Er nahm die Mütze ab und hängte sie über den Lauf seines Karabiners.

Der Verwundete zitterte, unter der glänzenden, braunen Haut pulsierten die Muskeln.

»Wie viel Kraft das Leben besitzt«, bemerkte erstaunt ein Soldat, der auf seinen Karabiner gestützt stand. »Es ist immer noch da. Immer noch da.«

Die anderen betrachteten den Verwundeten aufmerksam und schweigend. Sein Atem ging immer langsamer, der Kopf sank nach hinten. Die Soldaten drängten sich gebückt um ihn herum, wie um ein Feuer, das herunterbrennt und langsam kalt wird. Als es zu Ende war, doch bis dahin dauerte es noch lange, sagte einer:

»Aus und vorbei mit dem Menschen. Alles hat ihn verlassen.«

Sie standen noch eine Weile um den Toten herum und betrachteten ihn angstvoll. Als sie erkannten, dass nichts weiter passieren würde, zerstreuten sie sich.

Der Fußballkrieg dauerte hundert Stunden. Die Opfer: sechstausend Gefallene und etwa fünfzehntausend Verwundete. Ungefähr fünfzigtausend Menschen verloren ihr Dach über dem Kopf und ihre Felder. Zahlreiche Dörfer wurden zerstört.

Dank der Intervention der lateinamerikanischen Staaten stellten die beiden Länder die Kampfhandlungen ein, doch bis heute brechen an der Grenze zwischen Honduras und Salvador immer wieder bewaffnete Scharmützel aus, kommen Menschen ums Leben, werden Dörfer niedergebrannt.

Die wahre Ursache des Krieges war folgende: Salvador ist das kleinste Land Mittelamerikas, hat jedoch die größte Siedlungsdichte in Mittelamerika (über 160 Menschen pro Quadratkilometer). Es herrscht verzweifeltes Gedränge, umso mehr, als der Großteil des Bodens sich in Händen von vierzehn großen Grundbesitzerclans befindet. Man sagt sogar, »Salvador gehört vierzehn Familien«. Tausend Latifundienbesitzer besitzen genau zehnmal mehr Land als hunderttausend Bauern. Zwei Drittel der Landbevölkerung besitzen überhaupt kein Land. Ein Teil der landlosen Armen emigriert seit Jahren nach Honduras, wo es viel herrenloses Land gibt. Honduras (112 000 km^2) ist ungefähr sechsmal so groß wie Salvador, hat jedoch nur halb so viel Einwohner (ungefähr 2,5 Millionen). Es war eine stille, illegale Immigration, die jedoch von Honduras jahrelang toleriert wurde.

Viele Bauern aus Salvador ließen sich in Honduras nieder, gründeten ganze Dörfer und führten ein Leben, das etwas besser war als jenes zu Hause. Es gab 300 000 solcher Bauern.

In den Sechzigerjahren wurden die Bauern von Honduras unruhig und forderten Land. Die Regierung beschloss eine Landreform. Da es sich um eine oligarchische Regierung handelte, die von den Vereinigten Staaten abhängig war, war in diesem Dekret weder eine Aufsplitterung der Latifundien vorgesehen noch eine Aufteilung des Bodens der amerikanischen United Fruit Company, die in Honduras riesige Bananenplantagen besitzt. Die Regierung wollte den honduranischen Bauern das Land geben, auf dem die Bauern aus Salvador wirtschafteten. Das bedeutete, dass 300 000 Emigranten aus Salvador in ihre Heimat zurückkehren müssten, wo sie nichts besaßen. Die oligarchische Regierung von Salvador lehnte es ab, diese Leute aufzunehmen, weil sie eine Bauernrevolte fürchtete.

Die Regierung von Honduras drängte, die Regierung von Salvador weigerte sich. Die Beziehungen zwischen den beiden Ländern verschlechterten sich. Auf beiden Seiten der Grenze entfesselten die Zeitungen eine Hass-, Verleumdungs- und Beleidigungskampagne. Sie beschimpften einander als Hitleristen, Gartenzwerge, Säufer, Sadisten, Kasper, Aggressoren, Diebe usw. Es gab Pogrome, und Läden wurden in Brand gesteckt.

In dieser Atmosphäre kam es zur Begegnung der Fußballmannschaften von Honduras und Salvador. Das entscheidende Spiel fand auf neutralem Boden statt, in Mexiko (Salvador gewann 3:2). Die Anhänger Salvadors bekamen ihre Plätze in der einen Hälfte des Stadions zugewiesen, die Anhänger von Honduras in der anderen, und dazwischen saßen fünftausend mit dicken Knüppeln bewaffnete mexikanische Polizisten.

Der Fußball trug noch dazu bei, die chauvinistischen Emotionen und die hurrapatriotische Hysterie anzuheizen, deren es bedurfte, um einen Krieg auszulösen und die oligarchische Herrschaft in beiden Ländern zu festigen.

Salvador, das über die stärkere Armee verfügte und daher mit einem leichten Sieg rechnete, griff an.

Der Krieg endete unentschieden. Die Grenze blieb unverändert. Eine Grenze, die über den Daumen hinweg durch Busch und gebirgiges Gelände gezogen worden war, auf das beide Seiten Anspruch erhoben.

Ein Teil der Emigranten kehrte nach Salvador zurück, ein Teil lebt nach wie vor in Honduras.

Beide Regierungen waren mit dem Krieg zufrieden, weil Honduras und Salvador ein paar Tage lang in der Weltpresse Schlagzeilen gemacht und sich im Mittelpunkt des Interesses der Weltöffentlichkeit befunden hatten. Es ist traurig, aber wahr: Kleine Länder der dritten, vierten und vielleicht fünften Welt haben nur dann eine Chance, größeres Interesse zu wecken, wenn sie sich entschließen, Blut zu vergießen.

Loriot

Fußball
100 Jahre FC *Bayern München*

Meine sehr verehrten Damen und Herren, liebe Sportsfreunde und Sportsfreundinnen, zur Feier des heutigen Tages wurde ein Redner gesucht, von dem man annehmen kann, dass er die Gründung des FC Bayern vor 100 Jahren miterlebt hat und akzentfrei bayrisch spricht. Kurz, die Wahl fiel auf mich.

Das ist eine große Ehre, auch wenn ich bekennen muss, dass ich mich spielerisch zurzeit nicht in Hochform befinde, da ich seit 60 Jahren eine Trainingspause einhalte. Doch vor dem Bildschirm bin ich mental fit geblieben. Häufig stelle ich während der Übertragung eines Spieles fest, dass ich den Ball erstens früher abgegeben und zweitens präziser zugespielt hätte. Doch lassen wir das. Heute ist nicht der Tag kleinlicher Kritik. Es ist vielmehr die Zeit für einen Blick zurück.

Schon vor Hunderttausenden von Jahren hatte der Mensch Freude daran, Gegenstände mit Fußtritten in rasche Bewegung zu versetzen. Allerdings ging man seinerzeit noch auf allen vieren, so dass ein Schuss aufs Tor sich meist schon in den eigenen Vorderbeinen verfing.

Da begriff der Mensch, er müsse sich, wenn er erfolgreich Fußball spielen wollte, in den aufrechten Gang erheben. Und diese Erkenntnis führte, wie wir wissen, zu Tempo und Eleganz des Fußballspiels und damit auf den Weg in die Zivilisation. Politiker, Wissenschaftler und Kulturschaffende folgten Jahrtausende später.

Leider gewöhnen sich seither viele Menschen an den aufrechten Gang, die gar nicht vorhaben, Fußball zu spielen.

Wir wollen nicht lange drumrumreden: In Bayerns Hauptstadt hat sich der Fußball nur zögernd durchgesetzt. Hier herrschte noch die große Zeit des Fingerhakelns, einer Sportart mit kämpferischem Einsatz des rechten Mittelfingers.

Als Erste empfanden sportinteressierte Studenten die Leistung ihres Mittelfingers als unbefriedigend und wandten sich einem damals hierzulande noch weithin unbekannten Rasenspiel zu, dem Fußball, einem Spiel, bei dem der Mittelfinger nie oder nur in kritischen Situationen zum Einsatz kommt. Das Spiel stammte, wie die meisten Sportarten, bei denen es gilt, Leib und Leben zu riskieren, aus englischen, für ihre Fairness bekannten Akademikerkreisen.

Ende des 19. Jahrhunderts verließen die Studenten den aktiven Fußball, um sich als Gymnasiallehrer, Zahnärzte oder Juristen zu profilieren. Das war bedauerlich, weil so mancher begabte Spieler, statt sinnvoll über den Rasen zu stürmen, nun als Verteidiger am Oberlandesgericht seine schlappe Karriere machte!

Hinzu kam, dass im Deutschen Reich die ernsthafte turnerische Leibesübung moralischen Vorrang besaß. Des deutschen Mannes Heimat war sein Turnverein. Dort sprang er mehrfach pro Woche in die Grätsche, beugte den Rumpf zur Ehre des kaiserlichen Landesherrn und stärkte den Leib für Familie, Volk und Vaterland.

Nicht so der Fußballer. Als verspieltes Anhängsel des Männerturnvereins fehlten sie dort häufig unentschuldigt, vergaßen Frauen, Fürst und Vordermann, um sich dem Fußball zu widmen, ihrem eigentlichen Lebenszweck. Das heißt, sie ruinierten ihre Schuhe, schlugen sich die Knie auf und kamen zu spät zum Abendessen … aber es war der Weg in die Unsterblichkeit!

Wie Sie vielleicht bemerken, erlaube ich mir, diese Vorgänge etwas gerafft vorzutragen, da sie ohnehin zur Allgemeinbildung gehören. Sollten sich in meine

Ausführungen Fehler oder Ungenauigkeiten einschleichen, dürfen Sie leere Bierdosen auf die Bühne werfen.

Also, im Jahre 1900 war das Maß voll, und der Männerturnverein drängte auf ein strenges Wort mit den Fußballern. Am 27. Februar um halb acht Uhr abends fand im Münchner Restaurant ›Bäckerhöfl‹ die Sitzung statt.

Schon nach wenigen Minuten in starrer Haltung grätschten sich die Turner ins Abseits der Debatte, worauf die Fußballer sich erhoben und in die Gaststätte ›Gisela‹ hinüberwechselten. Dort gründeten sie eine Stunde später den ersten Fußballclub Bayerns. Anwesend waren, wie wir alle wissen, Franz John und die Herren

Pollack, Wamsler, Schmid und Ringler,
Focke, Francke, Friedrich,
Nägele und Zöpfel.

An dieser Stelle muss wieder einmal auf eine leider übliche Nachlässigkeit hingewiesen werden: Von den eben genannten Herren ist heute nicht ein einziger eingeladen. Nicht einmal Nägele.

Aber vielleicht ist das seltsame Verhalten auch erklärlich. Denn damals genehmigten die Herren für die Kosten des Gründungsfestes eine Gesamtsumme von 40 Mark aus der Vereinskasse, und dieser Betrag wurde dann im allgemeinen Überschwang um 13 Mark überschritten. Solche Unkorrektheiten machen heutzutage natürlich keinen guten Eindruck.

Aber es wurde in den folgenden Tagen auch erstaunlich kreativ gearbeitet. Zunächst wurde festgehalten, dass die Fußballmannschaft im Gegensatz zu den Turnern mit unbedecktem Knie zu spielen habe. Eine kühne Entscheidung, für die zunächst eine natürliche Schamschwelle zu überwinden war.

Inzwischen ist das Herrenknie in seiner Nacktheit akzeptiert, wenn auch nicht ausgeschlossen werden kann, dass durch die Entblößung ungewöhnlich schöner Herrenknie Schiedsrichter und Publikum nun nicht mehr unbefangen sind.

Des Weiteren wurden in Zusammenarbeit mit dem Deutschen Fußballbund Spielregeln erarbeitet, die im Lauf des Jahrhunderts nun ihre endgültige Logik und Präzision erhalten haben, aber, wie ich meine, doch noch gewisse Zweifel offenlassen. Siehe Regel 4 auf Seite 21 der allgemeinen Regeln des Deutschen Fußballbundes:

»Das Spielen ohne Schuhe ist nicht erlaubt. Aber«, so heißt es weiter, »verliert ein Spieler im Zusammenhang mit der Torerzielung einen Schuh, ist das Tor anzuerkennen.« Klar … aber muss nun der Schuh oder der Ball ins Tor?

Und wie versteht sich die Seite 40? Dort liest man: »Die Spieler dürfen ihre Freude nach einem Treffer zeigen. Sie werden jedoch vom Schiedsrichter mit der gelben Karte verwarnt, wenn sie die Zäune hinaufklettern oder ihre Hemden ausziehen.«

Das ist nicht eindeutig. Was ist denn mit der Hose? Darf ein freudig erregter Spieler zwar nicht das Hemd ausziehen, wohl aber die Hose fallen lassen? … Wenn ja … die eigene oder die des Gegners?

Nachdenklich stimmt auch die Regel 2; sie lautet: »Wenn der Ball platzt, muss das Spiel unterbrochen werden.« Da fragt man sich doch: Ist der Ball wirklich so wichtig? Sicher ist, er gerät leicht ins Rollen und bringt dadurch eine ständige, aggressive Unruhe ins Spiel. Wäre es im Interesse eines friedlichen Nebeneinanders der Völker möglicherweise vernünftiger, von vornherein auf einen Ball zu verzichten?

Hierher gehört auch eine weitere Frage: Welches ist der wichtigste Körperteil des Fußballspielers und sollte daher vorrangig geschützt werden? Jahrelang glaubte ich – und der Irrtum ist verzeihlich –, das sei das Bein, wahlweise auch der Fuß. Bis man mich eines Besseren belehrte: »Fußball wird im Kopf entschieden.«

Somit verdient in erster Linie das Hirn des Spielers Schutz und Sicherheit. Aber seltsam, nie hat man einen Fußballspieler um seinen Kopf besorgt gesehen. Auch wenn der Ball aus Kirchturmhöhe niederkommt, sind die emporgereckten Schädeldecken meist nur von lichtem Haarwuchs abgesichert, keine Hand hebt sich zum Schutz der Fontanelle. Im Gegenteil: Der Spieler lechzt nach härtester Begegnung zwischen Ball und Stirn.

Ganz anders entwickelt sich die Szene beim direkten Freistoß auf das Tor. Eine lebende menschliche Mauer stellt sich dem Schuss des Gegners, und wie auf Kommando legen sich unterhalb der Leibesmitte alle Hände sorgsam aufeinander, zum Schutz des edelsten Bereichs. Auf alle Fälle ist das nicht der Kopf.

Nun bitte ich Sie, sich zwanglos umzusehen. Nein, Sie irren sich nicht, Sie sitzen im Prinzregententheater. Aber was verschlug Sie in diese ungewohnte Umgebung? Nun, das war kein Zufall.

Als traditionsreiches Opernhaus ist dieser Raum wie kein anderer geeignet, vor allem die gesanglichen Verdienste des FC Bayern zu würdigen. Als weltberühmter Laienchor begeistert er bei passenden Gelegenheiten mit nur elf Stimmen ein Millionenpublikum durch Absingen einer einzigen, stets gleichen Hymne … und nach ausreichendem Applaus sieht man als Zugabe … live! … auch noch ein Fußballspiel!

Die relativ hohen Sängerhonorare sind der stimmlichen Leistung wohl angemessen, nur wäre es jetzt an der Zeit, dem hinlänglich bekannten Text unserer Nationalhymne bei gleicher Melodie endlich seine historische Urfassung zurückzugeben. Immerhin war das mal die alte Hymne Österreichs mit den Worten: »Gott erhalte Franz den Kaiser.«

Die überragende Bedeutung eines Fußballvereins liegt jedoch nicht nur auf musikalischem Gebiet. Es ist vielmehr die familiäre oder menschlich-kommunikative Seite, auf die der Fußball entscheidend Einfluss nimmt.

Wer etwa anlässlich einer Fußballübertragung im Freundeskreis an falscher Stelle jubelt, riskiert, erwürgt zu werden.

Ohnehin sollte sich in unserem Freistaat kein Brautpaar standesamtlich oder kirchlich trauen lassen, ohne zuvor ein gemeinsames Gelöbnis für oder gegen den FC Bayern abgelegt zu haben.

Man hat mich ausdrücklich gebeten, nicht durch eine Aufzählung großer Namen und legendärer Erfolge des FC Bayern die Geburtstagsgäste in eine zeitraubende Applausschleife hineinzutreiben. Nur so viel sei gesagt:

Ein herausragendes Ereignis unseres gefeierten Vereins fällt bereits in die frühen Jahre des vergangenen Jahrhunderts. Damals gelang es zum ersten

Mal, eine englische Mannschaft zur Kraftprobe nach München zu locken. Die Gastgeber gaben ihr Bestes und erzielten auf eigenem Platz ein schmeichelhaftes 0:8.

Seitdem haben sich die hundertjährigen Bemühungen mehr als gelohnt. Der FC Bayern besitzt heute die bedeutendste Salatschüsselsammlung Europas.

Auch in meinem Leben war es ein stolzer Augenblick, als ich auf dem Münchner Hauptbahnhof um ein Autogramm gebeten wurde, in der Annahme, ich sei Udo Lattek.

Wenn ich noch kurz auf das politische Bekenntnis unserer Jubelelf zu sprechen kommen darf: Alle Angriffe werden zwar auf grünem Platz, aber ebenso über die linke, wie über die rechte Seite vorgetragen. Das muss genügen.

Was ist das Geheimnis des Fußballs?

Nach den Fußballregeln des Deutschen Fußballbundes ist der Ball regelrecht, wenn er kugelförmig ist. Ende des Zitats.

Das ist es! Die Kugel hat, wie man weiß, die ideale räumlich-geometrische Figur, die bei kleinster Oberfläche den größten Inhalt besitzt.

Also berechnet der Fußballspieler den Fußball ganz einfach nach den beiden Formeln 4 Pi mal R^2 und 4/3 Pi mal R^3, wobei man unter Pi die Zahl versteht, mit der ein Fußballspieler den Balldurchmesser zur Errechnung des Ballumfanges multipliziert. Das Leder tritt sich dann ganz leicht ins Tor…

Herzlichen Glückwunsch!

Clemens Meyer

Schüsse

Wir kamen zu spät zu Chemie, Rico und ich, an diesem Sonntag im Jahr nach der Wende, als wir gegen den BFC Dynamo spielten. Es war die letzte Saison der DDR-Oberliga, obwohl es die DDR nicht mehr gab. Auch die BSG Chemie Leipzig gab es nicht mehr, wir hießen jetzt FC Sachsen Leipzig, und ein paar Monate zuvor hießen wir für kurze Zeit FC Grün-Weiß Leipzig, warum das alles so war, verstanden wir nicht, wir glaubten an Chemie, und wir waren Chemie für immer. Der BFC hieß auch nicht mehr BFC, sondern FC Berlin, aber das war uns egal, wir hassten ihn trotzdem. Wir kamen zu spät nach Leutzsch an diesem Tag, denn meine Eltern hatten sich gerade erst scheiden lassen, Vater wohnte jetzt woanders, und jeden zweiten Samstag ging ich mit ihm in die »Silberhöhe« Mittag essen, und auch an diesem Sonntag saß ich mit ihm in der Kneipe und blickte auf meine Armbanduhr (unterm Tisch, damit er's nicht sehen konnte), denn gegen eins wollte ich mich mit Rico an der Ecke treffen.

»Komm doch mit«, sagte ich, »wie früher, Papa, gegen die Berlin-Schweine ...«

»Nein«, sagte er und lächelte und kippte seinen Schnaps hinunter, »auch wenn's gegen die Stasi-Schweine geht, nie mehr nach Leutzsch, das ist vorbei für mich, Junge.« Vater trank ziemlich viel, wenn ich mit ihm Mittag essen ging, eigentlich trank er die ganze Zeit, während ich aß, und wenn Chemie spielte und er nicht mitkommen wollte und allein am Tisch sitzen blieb, wenn ich meinen grün-weißen Schal auspackte und losging, trank er noch mehr.

»Berlin-Schweine«, sagte er, als ich auch jetzt meinen grün-weißen Schal umlegte, weil es schon nach eins war, »fegt sie weg, die Stasi-Schweine, haben uns die ganzen Jahre betrogen, die ganzen Jahre lang. Und, Danie, grüß Leutzsch von mir.« Ich setzte mich nochmal hin und erzählte ihm, was jetzt alles neu war bei Chemie, und das war ziemlich viel: Spieler, Präsidium, Trikots, wir hießen ja sogar anders, und deshalb kam ich zu spät zu Rico, der schon lange an der Ecke wartete und ein bisschen wütend war, denn er hatte gesehen, wie unsere Dreizehn-zwölfer-S-Bahn über die Brücke gefahren war, und die nächste kam erst zwanzig Minuten später. »Da kommen wir mindestens 'ne Viertelstunde zu spät«, sagte Rico, als wir endlich Richtung Hauptbahnhof fuhren, »weißte, was da alles passieren kann?«

»Klar«, sagte ich, »eins null für uns, zwei null für die, weißte nie vorher.«

»Musste denn so lange bei deinem Alten sitzen und gucken, wie der säuft?«

»Ja«, sagte ich, »muss ich.« Ich stützte mich aufs Fensterbrett und blickte auf die alten Fabriken im Industriegelände Ost, an denen wir jetzt hielten.

»Du, Danie, das ... das hab ich nicht so gemeint.«

Rico wohnte seit fast zwei Jahren bei seiner Oma, und er hatte was gegen Väter, seit seiner abgehauen war, aber er hatte auch was gegen seine Mutter, weil die es damals nicht mehr gepackt hatte mit ihm. Er hatte gegen jede Menge Leute was, und deshalb ging er so gerne zu Chemie, weil da alle was gegen die anderen hatten, vor allem, wenn sie aus Berlin kamen. Rico zog und drückte an seinem grün-weißen Schal rum und wickelte das eine Ende um seine Hand. »Was meinst'n, Danie, ob wir's schaffen, in die Erste hoch?«

»Weiß nicht, glaub nicht, sind acht Punkte bis Platz zwei. Und letzte Woche ... gegen Dynamo Dresden, mein ich ...«

»Haste recht. Sieben null, sieben null auf die Fresse. Hab nur ... hab nur bisschen ... na ja, weißte, Erste wär schon nicht schlecht, aber Zweite, Zweite Bundesliga, wär auch schon Klasse. Erste Liga, Danie, Bundesliga, hab nur ... hab nur bisschen ...«

»Geträumt«, sagte ich, und wir lachten. Es wurde dunkel im Abteil, denn wir fuhren durch den kleinen Tunnel.

»Bundesliga!«, schrie Rico direkt neben meinem Ohr, und ich sprang auf.

»Mensch, lass den Scheiß.«

»Da hast dich erschreckt, was?«

»Nee, hab ich nicht. Wollt nur schon mal aufstehen.«

Wir fuhren in die Bahnhofshalle ein, und Rico blickte auf seine Uhr. »Zwanzig Minuten, Danie, wenn wir nachher rennen, sind wir in zwanzig Minuten im Stadion. He, wo willst'n hin?« »Will nur mal rausgucken.« Ich lief aus dem Abteil, vor zur Tür. Die S-Bahn ruckelte ein paar Mal, ich stolperte über den Gang und hielt mich an einem der Haltegriffe fest, dann hielt sie quietschend, und von draußen hörte ich die Lautsprecherstimme. »Einfahrt… Bahnsteig zweiundzwanzig… zur Weiterfahrt… über… dreizehn Uhr sechsundvierzig… Schnellzug Halle/Saale Hauptbahnhof… Bahnsteig neunzehn… Bahnhof Leutzsch.«

Ich zerrte an dem Türhebel rum, er klemmte, Rico schob mich zur Seite und riss die Tür auf. »Hast wohl kein Saft, Danie.« »Klar hab ich Saft.« Ich gab ihm einen Schubs, und er sprang auf den Bahnsteig.

»Du«, sagte er, »da kommen welche.«

»Klar«, sagte ich, »wir sind ja aufm Bahnhof.«

»Jetzt guck doch mal.«

Aber bevor ich gucken konnte, hörte ich sie schon.

»Berlin, Berlin, wir kommen aus Berlin!« Viele Stimmen, noch weit weg, aber sie kamen näher. »Berlin, Berlin, wir kommen aus Berlin!«

»Scheiße, Danie, Scheiße, jetzt guck doch mal!«

Ich trat auf die Eisenstufen der Tür und beugte mich aus dem Zug. Und jetzt sah ich sie: »Hurra, hurra, der BFC ist da! Hurra, hurra, der BFC ist da!«, hundert, hundertfünfzig, nein, das mussten mehr sein, die ganze Halle war voll von ihnen, und die Ersten waren schon auf dem Bahnsteig. »Hurra, Hurra … Berlin, Berlin, wir kommen aus Berlin!« Jede Menge weinrote Schals, »Bluthunde« hatte Vater sie früher genannt. Ich konnte die Ersten von den Typen schon erkennen, Glatzköpfe, riesige Glatzköpfe marschierten in der ersten Reihe.

»Scheiße«, sagte Rico, und ich hielt mich mit beiden Händen am Haltegriff fest, » BFC-Schweine.« Er trat ein paar Schritte zurück, stolperte und lehnte sich neben mich an den Zug. »Danie«, flüsterte er, »Danie, jetzt sind wir im Arsch.« Er trat rückwärts auf die erste Stufe der Tür, ich sah, dass seine Beine zitterten, aber ich fühlte meine Beine nicht mal mehr.

»Chemie-Schweine raus, Chemie-Schweine raus!«

»Die Schals, Rico, unsere Schals!« Ich packte ihn an den Schultern und schüttelte ihn, »Rico, Mensch, Rico, wir müssen weg!«, aber Rico setzte sich einfach auf die unterste Stufe. »Chemie-Schweine raus, Chemie-Schweine raus!« Ihre Stimmen hallten unter der großen Bahnhofskuppel, ich wollte abhauen, zurück in den Zug und vorne wieder raus und irgendwo über die Gleise, aber Rico ... jetzt sprang er plötzlich auf, »Scheiß BFC-Schweine, verdammter scheiß Stasi-Club!«, er schob mich in den Zug zurück und knallte die Tür hinter sich zu. Das war wieder Rico, der beste Weltergewichtler der Stadt (Altersklasse U15), so nannte er sich selbst, und wir glaubten es ihm, und jeder, der ihn im Ring gesehen hatte, glaubte es, und auch jetzt glaubte ich es wieder. »Los, nach vorn, die Schals runter, pack deinen Schal weg!« Er hatte seinen Schal schon unter die Jacke gestopft und riss und zerrte an meinem rum, aber ich hatte ihn zweimal um meinen Hals gewickelt, weil er so lang war, Rico rannte los und zog mich an meinem Schal hinter sich her. Ich rannte, so schnell ich konnte, über den Gang, aber Rico lief schneller, und der Schal war wie eine Schlinge um meinen Hals, ich kriegte keine Luft mehr, aber jetzt hatte ich ihn endlich ab, und Rico stopfte ihn unter seine Jacke. Ich hörte, wie die Tür hinter uns aufging, »wir wollen keine / Chemie / Schweine«, wir rannten weiter nach vorn, durch die Fenster sah ich die Meute neben uns auf dem Bahnsteig, ich sah, wie ein Mann in einem Abteil eine grün-weiße Mütze in den Papierkorb stopfte, dann waren wir im Vorderteil des Zugs, direkt hinter der Lok, und Rico riss die Klotür auf, und dann standen wir vorm Waschbecken, in dem drei leere Bierflaschen lagen, und atmeten nicht und sahen unsere bleichen Gesichter im Spiegel. Rico verriegelte die Tür.

»Lass offen«, flüsterte ich, »lass lieber offen!«

»Biste blöd?«

»Nee, da denken die, is leer, verstehste, wie beim Schwarzfahren.«

»Vergiss es, Danie, das sind keine Schaffner, ich lass die Tiere hier nicht rein. Die machen uns fertig.«

»Aber... aber wir sind... wir sind doch noch Kinder, Rico.«

Im Spiegel lächelte ich. Sah schlimm aus.

»Du vielleicht, Danie, aber denen is das scheißegal, die haun uns trotzdem paar rein.«

»Ob die uns hier finden? Die finden uns doch nicht, Rico?«

»Weiß nicht.«

Ich hockte mich neben's Waschbecken, und Rico lehnte sich mit dem Rücken an die Tür. Das Klo stank wie Sau, irgendjemand hatte es total zugeschissen und nicht alles weggespült, aber daran konnten wir jetzt nichts ändern, weil die Spülung so einen Lärm machte. Wir hörten die Meute durch den Zug toben, »Angst und Schrecken – BFC, Angst und Schrecken – BFC!«, und ich hatte wirklich Angst, und sicher hatte auch Rico Angst, auch wenn er der beste Weltergewichtler der Stadt war (Altersklasse U15), denn hier waren keine Chemie-Fans, die uns beschützten, kein Zaun und keine Polizisten, die uns die Berlin-Schweine vom Hals hielten, wie im Stadion, und wir kannten die Geschichten von den harten BFC-Fans, die man jetzt Hooligans nannte, Vater hatte mir viel von ihnen erzählt, und er hatte mir auch erzählt, dass sie in jedem Fußballstadion im ganzen Land herrschten, außer in Leutzsch, bei Chemie, aber noch waren wir ja nicht in Leutzsch.

Die S-Bahn ruckelte ein paar Mal, dann fuhr sie langsam los. Rico blickte auf seine Uhr. »Fünf Minuten zu spät«, flüsterte er, »die verdammten BFC-Schweine.« Die Brüllerei ging wieder los, als hätten sie's gehört, und ganz in der Nähe klirrte was. »Wir schlagen Leutzsch kaputt, wir schlagen Leutzsch kaputt ...«

»Nur ein Leutzscher ist ein Deutscher«, flüsterte Rico und machte eine Faust.

»Ja«, sagte ich, »ja, aber was machen wir jetzt?«

»Weiß nicht, Danie.« Er rutschte langsam an der Tür runter und hockte sich neben mich. »In paar Minuten sind wir da, Danie, da warten wir, bis die alle raus sind, und dann schleichen wir uns irgendwie rüber zum Stadion, zum Dammsitz.«

Aber ich wusste, dass es anders kommen würde, denn wieder klirrte was, diesmal direkt vor der Tür, Schritte, Stimmen, jemand klinkte. »Mensch, mach das scheiß Brett auf, oder ich piss aufm Gang!«

Wir sprangen auf, Rico nahm eine der Bierflaschen aus dem Waschbecken. »Immer mit der Ruhe, Kumpel«, brüllte er, »immer mit der Ruhe. Geht gleich los.« Er zog die Schals unter seiner Jacke vor, trat auf den Fußhebel der Klospülung und stopfte die Schals in das verschissene Klo. »Rico, nein!« Ich griff nach meinem Schal, den hatte Vater mir geschenkt, aber es war zu spät, er verschwand im Abflussloch, und dann sah ich kurz die Schwellen der Schienen unter uns, bevor sich das Loch wieder schloss.

»Los, nimm dir 'ne Flasche, Danie.«

»Scheiße, Rico, wir haben doch keine Chance.«

»Wir sind Berlin-Schweine, Mensch, wir sind BFC-Schweine, Danie.« Er drückte mir eine Flasche in die Hand, dann ging er zur Tür.

»Nein, Rico, bitte mach nicht auf, vielleicht pisst er ja wirklich aufm Gang und haut wieder ab.«

»Die schlagen die Tür ein, Danie.«

Ich stellte mich direkt hinter ihn, er legte den Riegel um, dann öffnete er die Tür. »So Kumpel, jetzt kannste.« Und er hatte recht, der Typ hätte bestimmt die Tür eingeschlagen, und er hätte nicht mal beide Fäuste dazu gebraucht, er hatte einen Kopf, groß wie ein Mülleimer, und keine Haare drauf. »Musste aufpassen, Kumpel«, sagte Rico und tippte mit seiner Bierflasche in die Luft, »irgend so 'ne Chemie-Sau hat das ganze Klo verschissen.« Der Riese grinste kurz, dann schob er uns auf den Gang und knallte die Tür hinter sich zu.

»Siehste«, flüsterte Rico, »klappt doch.« Ich nickte und blickte auf seinen Rücken und hörte die Stimmen und das Geschrei und das Klimpern der Flaschen, das aus dem Wagen vor uns kam. Der Gang war leer. Ich blickte zum Fenster, wir fuhren durch Möckern, die S-Bahn wurde langsamer. »Jetzt«, sagte ich, »jetzt können wir noch raus«, obwohl ich wusste, dass Rico nicht raus wollte, auch wenn er Angst hatte, genau wie ich, aber er war der beste Weltergewichtler der Stadt. »Nee«, sagte Rico, »nee, jetzt nicht mehr, denk an unsere Schals, das ziehen wir jetzt durch, wir kommen nach Leutzsch, wir geben nicht auf, wir kommen ins Stadion, nach Leutzsch, Danie, scheiß auf den BFC ...« Die Klotür ging auf, der Riese fingerte an seinem Gürtel rum, dann schob er uns zur Seite und lief schwankend über den Gang zum nächsten Wagen. Unter seinen Füßen knirschte Glas, das sah ich jetzt erst, helles Glas von der Scheibe der Abteiltür, und dazwischen lagen die grünen und braunen Scherben der Bierflaschen. »Hört mal, Jungs«, der Riese blieb stehen und drehte sich um, »kommt mal mit rein, is besser, schön zusammenbleiben, wegen den Bullen und so, is besser.« Er nuschelte, ich verstand ihn kaum, und sein großer Kopf wackelte beim Reden hin und her. »Müssen zusammenbleiben, müssen auf euch aufpassen, Jungs. Für den BFC, alle zusammen, alle für den BFC.« Er lächelte und lehnte seinen Kopf an die Wand. »Klar«, sagte Rico, »alle zusammen, alle für den BFC.« Die S-Bahn hielt, direkt vorm Fenster sah ich das große Schild »Möckern«. Rico lief dem Riesen hinterher, »na los, komm schon, Danie«, die S-Bahn fuhr wieder los, und das Schild verschwand. Der Riese riss die Abteiltür auf, ein paar Glasscherben fielen auf seine Bomberjacke... und dann standen wir mitten zwischen den BFC-Schweinen und hielten unsere leeren Bierflaschen mit beiden Händen fest.

Die Typen waren jetzt leiser geworden, nur aus den anderen Wagen hörten wir noch ab und zu Gesänge und Geschrei. »Wir schlagen Leutzsch kaputt, wir schlagen Leutzsch kaputt, wir schlagen, schlagen Leutzsch kaputt...« »Fünf Minuten«, sagte jemand, »fünf Minuten bis Leutzsch.« Ich blickte zwischen den Leuten hindurch zum Fenster, ich sah den kleinen Fluss neben dem Zug und dahinter die Kleingartenanlage Leipzig-Möckern. Fünf Minuten bis Leutzsch. »Auf den Sieg«, sagte ein Mann neben uns und hielt seinc Bierflasche hoch. »Auf den BFC, Dynamo siegt, na los, Jungs, trinkt was, hier dürft ihr alles.« Rico hob seine Bierflasche, prostete den Typen neben uns zu, und auch ich nahm mein leeres Bier und tat so, als würde ich trinken. Die Neige aus der Flasche lief mir in den Mund, und ich würgte sie runter. Der Riese stand ein paar Meter neben uns, er lächelte zu uns runter und zwinkerte uns zu. Die S-Bahn wurde langsamer, »Leutzsch«, schrie jemand, »ich riech's, wir sind in Leutzsch!«, und dann drängten sich alle zu der kaputten Tür, über den Gang und am Klo vorbei, ich ließ meine Bierflasche fallen und packte Rico am Arm, Bäuche und Rücken, Arme und Beine klemmten uns ein und rissen uns mit und schoben uns vor sich her, Glasscherben knirschten unter unseren Füßen, »Hurra, hurra, der BFC ist da!«, die Türen wurden aufgerissen, obwohl wir noch fuhren, die Ersten sprangen auf den Bahnsteig und auf der anderen Seite auf die Schienen, der Riese brüllte hinter uns wie ein Tier: »Jetzt geht's los, jetzt geht's los«, und als die S-Bahn quietschend hielt, stolperten auch Rico und ich nach draußen, und wieder waren wir mitten zwischen den BFC-Fans, die aus den anderen Türen des Zugs stürmten und uns mitrissen.

Rico hatte jetzt *meinen* Arm gepackt, dass es wehtat, aber das war mir egal, ich wollte nicht allein sein, wir rannten die Treppe runter, bloß nicht hinfallen, die vielen Beine, im Tunnel wurden sie langsamer, »hurra, hurra, der BFC ist da!« Ein paar Männer standen an den Wänden und pinkelten, obwohl es im Tunnel auch so schon nach Pisse stank, scheiß BFC-Schweine, »wir machen Leutzsch kaputt, wir machen Leutzsch kaputt, wir machen, machen Leutzsch kaputt...« Mein Ärmel war verrutscht, und ich sah meine Uhr, wir spielten schon zehn Minuten. Wir liefen die Treppen hoch und aus dem Tunnel, am Bahnhofsgebäude vorbei, zur Straße. Rico ließ meinen Arm los, stellte sich auf die Zehenspitzen und sprang ein paar Mal hoch. »Scheiße, Danie, wir...« »Was?« »Berlin, Berlin, wir kommen aus Berlin...« Ein Typ neben mir schrie mir direkt ins Ohr, und ich duckte mich, ich sah keinen Bahnhof mehr, keine Häuser, keine Straße, nur Männer, nur BFC, neben mir waren Springerstiefel, und ich sah, wie klein meine Füße waren. Rico stolperte und fiel mir in die Arme. »Wir... wir kommen hier nie raus, Danie...« Ich hielt ihn fest, ein paar Jungs in unserem

Alter, vielleicht ein bisschen älter, liefen einige Meter vor uns und lachten und klatschten in die Hände und brüllten mit. »Chemie, Chemie, wir scheißen auf Chemie!« Aber wir waren Chemie, wir wollten zu Chemie, wir wollten zu unserem Dammsitz, dort hatte ich schon mit Vater gesessen, als ich noch ganz klein war, wir mussten zum Haupteingang, aber links und rechts, weit weg, über den Köpfen der Menge, sah ich jetzt die Baumwipfel des Leutzscher Wäldchens, es waren kaum noch Blätter an den Ästen, war ja schon Herbst, wir hielten uns an den Armen und liefen mit dem BFC, mit dem scheiß BFC, wenn Vater mich so sehen würde, zum Seiteneingang, wo der Block der Auswärtsfans lag. Wir hielten uns an den Armen und waren ganz still, obwohl sie um uns herum immer noch im Chor brüllten »Berlin, Berlin, wir kommen aus Berlin, Chemie, Chemie, wir scheißen auf Chemie!« Rico machte eine Faust, und ich presste meine dagegen. Er lächelte und beugte sich zu mir rüber. »Nur ein Leutzscher ist ein Deutscher«, flüsterte er mir ins Ohr, »nur ein Leutzscher ist ein Deutscher«, sagte ich leise. Ich konnte schon das Stadion sehen, die Vereinsgaststätte und dahinter den Norddamm, grün-weiß von den Fahnen und Schals der Chemiker, und über dem Norddamm die Anzeigetafel: Heim 0 – Gäste 0, wenigstens dort war noch alles halbwegs in Ordnung.

Ich stieß an den Rücken meines Vordermannes, es ging nicht weiter. Vor uns brüllten sie jetzt »Bullenschweine, Bullenschweine... Ihr seid scheiße, wie die BFC...« Von hinten drückten und schoben sie, wir klemmten zwischen Bäuchen und Rücken, dann ging es plötzlich wieder vorwärts, wir rannten ein kurzes Stück, dann stockte es wieder, und dann begannen die Ersten langsam rückwärts zu laufen, und dann drehten sich die Ersten vor uns um und rannten auf uns zu, und auch wir drehten uns um und rannten, und als wir zurückblickten, sahen wir weiße Rauchschwaden über der Menge, direkt vor dem Seiteneingang des Stadions. »Bullenschweine, Bullenschweine, wir wollen keine Bullenschweine.« Ein paar Typen, die neben uns rannten, hatten sich Tücher vors Gesicht gebunden, »Tränengas«, schrie jemand, »Tränengas.« Und jetzt spürte auch ich ein Beißen und Ziehen in der Nase, aber vielleicht bildete ich mir das nur ein, das war doch noch weit vor uns gewesen, aber als ich zu Rico blickte, schien es mir, als hätte er Tränen in den Augen, aber vielleicht war das nur Schweiß, der ihm ins Gesicht lief. »Scheiße«, schrie ich, »lass uns abhauen, bitte lass uns abhauen, Rico!« »Wohin denn«, schrie er, »wohin denn, Mensch?« Und er hatte recht, hinter uns waren die Bullen, und vor uns und links und rechts die BFC-Meute, sie schob sich mit uns zurück zur Straße, am Bahnhof vorbei, wir liefen jetzt wieder langsamer, keiner brüllte mehr, keiner sang mehr, sie marschierten schweigend zur Pettenkofer Straße, dort war unser Dammsitz, und wir... wir marschierten mit.

»Danie, Danie, jetzt hör doch mal«, Rico hatte seine Hand auf meinen Hinterkopf gelegt, und sein Gesicht war direkt neben meinem Ohr, »wenn die am Dammsitz vorbei sind, am Eingang, verstehste, wenn die zum Gästeblock wollen, dann... hör zu, Mensch, jetzt hör doch zu, Mensch!«

»Ja«, sagte ich, »ja, Rico, ja.«

»Bitte, Danie, bitte, wir müssen's schaffen.«

»Ja«, sagte ich, »ja. Wir müssen.«

»...dann hauen wir ab, verstehste, zum Dammsitz, zum Dammsitz, Danie, hörste! Da drängeln wir uns irgendwie durch, irgendwie, Danie, da hocken wir uns einfach an irgend 'nen Gartenzaun, da warten wir, bis die weg sind, Danie, hörste, das geht schon gut, das geht schon gut, Mensch. Chemie, Danie«, und das flüsterte er noch leiser, »denk doch an Chemie, Danie.«

»Ja«, sagte ich, »ja, Rico.« Und ich dachte an Chemie, und ich dachte an unseren Dammsitz, an die grün-weißen Fans dort und an die hohen Zäune, hinter denen wir in Sicherheit sein würden, aber wir kamen nicht bis zum Dammsitz, obwohl wir schon die Tribüne sehen konnten, denn auf der Pettenkofer Straße wurden wir noch langsamer, dann ging es gar nicht mehr vorwärts, und wieder sah ich Typen mit Tüchern vor den Gesichtern, oder die Kapuzen ihrer Jacken bis über die Stirn gezogen wie Boxer beim Einmarsch, durch die Menge rennen. Hände streckten sich nach oben, sie hielten kleine Papiere, Eintrittskarten, das waren Eintrittskarten, »wir wollen rein, wir wollen rein!« »Bullen«, sagte Rico neben mir, »da müssen wieder Bullen sein.« »Wir wollen rein, wir wollen rein!« Aber die Bullen ließen sie nicht rein, denn wieder bewegten sich alle langsam rückwärts, und dann rannten plötzlich alle durcheinander, die einen zurück, andere nach vorn, Brüllerei, aber ich konnte nichts mehr verstehen, und wir standen einfach da, und dann sahen wir die Bullen, Helme mit runtergeklapptem Visier und Schilde und Knüppel, die in einer Reihe gegen uns vorrückten. »Weg hier«, schrie ich, »los jetzt, weg hier!« Und Rico lief los, aber er lief in die falsche Richtung, er ging einfach auf die Bullen zu, er rannte nicht, er ging ganz langsam Richtung Polizeikette, am Straßenrand lag ein Mann am Boden, ein anderer zog ihn hoch und trat dabei nach einem Polizisten, der mit seinem Knüppel nach ihm schlug, jetzt hatte der Bulle ihn mit dem Knüppel erwischt, der Mann drehte sich weg, und der Bulle schlug ihm auf den Rücken.

Wieder weiße Rauchschwaden, die über die Straße zogen, und im Nebel rannten welche, und Rico lief einfach auf sie zu. »Rico«, schrie ich, »Rico!«, aber er drehte sich nicht mal um. Ich rannte ihm hinterher, ich erwischte ihn an der Schulter und hielt ihn fest. »Danie, ins Stadion, wir müssen ins Stadion! Zum Dammsitz, Danie!« Ihm liefen Tränen übers Gesicht, und wieder spürte ich das Beißen und Ziehen in Augen und Nase und hielt mir den Arm vors Gesicht. »Vergiss es«, schrie ich, »Mensch, vergiss es!« Ich zerrte ihn weg, weg von den Bullen und dem Tränengas, und jetzt sah er mich an, seine Augen waren ganz groß, er wischte die Tränen mit dem Ärmel weg, schüttelte den Kopf und blickte sich um, als wäre er aufgewacht. Und dann rannten wir der Menge hinterher, Richtung Bahnhof. Ich drehte mich nochmal um, die Bullen standen hinter dem Nebel und bildeten eine Mauer aus Schilden. Ich rannte gegen irgendwas und stürzte zu Boden. »Mensch, Junge, pass doch auf!« Mein Knie tat weh, Rico hockte sich neben mich, und ich blickte zu einem Mann hoch, der neben einem Auto stand. »Alles o.k., Junge?« »Ja«, sagte ich, und der Mann schlug mit der bloßen Faust in die Seitenscheibe des Autos, einmal, zweimal, bis sie zersplitterte, dann trat er den Seitenspiegel ab, dann kletterte er auf die Motorhaube und sprang mit beiden Füßen in die Frontscheibe, dann lief er übers Autodach und auf der anderen Seite wieder runter. Überall krachte und splitterte es jetzt, denn überall machten sie sich an den parkenden Autos zu schaffen. Sie tanzten brüllend über die Dächer, sprangen mit Anlauf in die Türen, »wir machen Leutzsch kaputt, wir machen Leutzsch kaputt, wir machen, machen Leutzsch kaputt«, und jetzt machten sie's wirklich. Ich stand auf, obwohl ich keine Kraft mehr hatte und am liebsten einfach sitzen geblieben wäre, und lief langsam mit Rico auf der Mitte der Pettenkofer Straße, durch die wir schon so oft gelaufen waren, mit unseren Schals, die jetzt irgendwo scheißeverklebt auf den Schienen lagen, und links und rechts neben uns tobten die Berlin-Schweine von Auto zu Auto, der Rest der Meute war schon vor uns auf der Hauptstraße, dort stieg jetzt Qualm auf, keine weißen Tränengaswolken wie hinter uns, schwarzer Qualm, und ich roch verbrannten Gummi. Die Menge lief auseinander und verteilte sich auf der Hauptstraße, einige rannten zum Bahnhofsgebäude, und jetzt sah ich den brennenden Polizei-Lada, der auf die Seite gekippt am Straßenrand lag, ein Stück weiter weg lag ein Trabbi genau in derselben Stellung, aber er brannte nicht. Wir rannten auf den Fußweg und hockten uns neben eine Mauer. »Scheiße«, schrie ich, »die machen Krieg.« Rico presste sich an die Mauer und war ganz still und blickte auf das brennende Auto. Vorm Bahnhof stand ein grüner Polizeilaster, waren aber keine Bullen drin, waren überhaupt keine Bullen zu sehen, nur Berlin-Schweine, die auf der Motorhaube des Lasters rumsprangen, einer hielt einen grünen Kanister. Durch eines des Fenster des Bahnhofgebäudes flog eine Bank, das Krachen und Splittern war so laut, als wäre sie direkt neben uns gelandet, aber eigentlich krachte und splitterte es überall auf der Hauptstraße und im und vorm Bahnhof, der grüne Laster brannte. Und dann... dann kamen die Schüsse.

Vielleicht hätten wir vorher abhauen können, bestimmt hätten wir abhauen können, es war ja sowieso ein großes Gerenne auf der Straße, und es hätte keinen Menschen gekümmert, wenn wir in die andere Richtung gerannt wären, die Straße entlang und über die große Brücke, unter der die Züge und S-Bahnen fuhren, zur Straßenbahnhaltestelle oder woandershin, einfach nur weg. Vielleicht hätten wir abhauen sollen, als fünfzig oder sechzig oder noch mehr Hooligans Schottersteine aus den Schienen am Bahnhof rissen, an uns vorbeirannten und wieder gegen die Polizeikette in der Pettenkofer Straße vorrückten. Aber wir rannten nicht weg, wir blieben an die Mauer gekauert sitzen und rutschten noch näher zusammen und sahen, wie die Ersten Anlauf nahmen und die Steine schleuderten, riesige Schottersteine, sahen, wie immer mehr Steine flogen und immer mehr Hooligans mit Steinen in den Händen in die Pettenkofer Straße stürmten, dann kamen einige wieder zurückgerannt, wir rutschten auf Knien an der Mauer lang und blickten die Pettenkofer Straße runter, wir sahen die Hooligans, die immer noch Steine warfen, wir sahen die Schilde der Polizisten, wir drückten uns noch enger an die Mauer, alles schien plötzlich sehr nah zu sein, zu nah, und trotzdem, und ich weiß nicht warum, blieben wir sitzen, vielleicht hatten wir Angst, aufzustehen und loszurennen und wieder mitten unter ihnen zu sein, an ihnen vorbeizumüssen, und dann hörten wir die Schüsse: Peng! Peng! Peng! Pause. Stille. Und dann wieder: Peng! Peng! Peng! Peng!, wie Silvesterknaller, ein dünnes, hohes Knallen, das in der Straße hallte, fast wie ein kleines Echo.

Die Menge rannte auseinander, da lagen welche, alles war wieder so nah, und ich sah, wie Rico vornüber aufs Pflaster fiel und die Hände auf den Hinterkopf legte, als wäre er getroffen, und ich fiel auf ihn drauf und schrie: »Rico, Rico, Rico!«, und befühlte ihn mit beiden Händen und hielt ihn fest und spürte, wie er zitterte, oder war ich das? »Die schießen, Danie, die schießen, die schießen, die schießen.« Ich rollte von ihm runter und hob den

Kopf. Ein paar Steine flogen noch auf die Bullen, und noch einmal: Peng! Peng! Peng!, da lagen welche, Schreie, ich hatte noch nie solche Schreie gehört, dann rannten sie an uns vorbei, ein weißer Pullover, zwei Männer hatten ihn links und rechts und schleiften ihn, denn die Beine waren eingeknickt und holperten auf den Knien übers Pflaster, ein rotes Muster auf dem Pullover und eine Faust drauf, seine Faust, auch rot, die den Stoff zerknüllte. Ich stand auf. Ich stolperte gegen die Mauer und hielt mich fest. Rico lag noch vor mir und schlug mit beiden Fäusten auf den Fußweg. »Die schießen, Danie, die schießen … die dürfen doch nicht einfach … die schießen.« Aber sie schossen nicht mehr. Die Menge rannte an uns vorbei, wieder zum Bahnhof Leutzsch, da lagen welche und bewegten die Beine und wälzten sich, und die Bullen liefen langsam die Straße entlang. Einige hielten lange schwarze Pistolen mit dem Lauf nach unten neben ihren Hüften.

Ein paar Tage später sah ich das Foto von dem toten Jungen in der Zeitung. Lungenschuss. Er war bloß paar Jahre älter als wir. Es gab auch noch jede Menge Verletzte, einige auf Intensivstation, fast alles Schusswunden, und auch das Spiel hatten wir vier eins verloren.

Wir stiegen nicht auf in die Erste Bundesliga, in dieser letzten Saison der DDR-Oberliga, auch nicht in die Zweite Liga, wir mussten runter in die Amateur-Oberliga Nordost, Staffel Süd, aber manchmal träumten wir noch.

Wir fuhren auch weiter nach Leutzsch, Rico und ich, wir kauften uns auch neue Schals, aber nie wieder war es so wie vor diesem Sonntag, im Jahr nach der Wende, als wir gegen den BFC Dynamo spielten.

Eduardo Galeano

Tod auf dem Fußballplatz

Abdón Porte bestritt mehr als zweihundert Begegnungen im Trikot des uruguayischen Klubs »Nacional«, über vier Jahre lang, immer unter dem Beifall, manchmal zu den Ovationen des Publikums, bis irgendwann sein guter Stern unterging.

Da setzte man ihn auf die Reservebank. Er wartete ein Weilchen, bat darum, wieder in die Stammmannschaft aufgenommen zu werden, was man ihm auch zugestand. Doch da war nichts zu machen, seine Pechsträhne hielt an, die Zuschauer pfiffen ihn aus: In der Verteidigung liefen ihm selbst die Schildkröten davon; im Sturm wollte ihm kein einziger Treffer gelingen.

Ende des Sommers 1918 beging Abdón Porte im Stadion von »Nacional« Selbstmord. Um Mitternacht schoss er sich mitten auf dem Platz, wo er einst so geliebt und gefeiert worden war, eine Kugel durch den Kopf. Alle Lichter waren ausgeschaltet. Niemand hörte den Schuss.

Man fand ihn bei Tagesanbruch. In der einen Hand hielt er den Revolver, in der anderen einen Brief.

Albert Camus

Der König des Hofs

Bei den Spielen handelt es sich hauptsächlich um Fußball, und Jacques entdeckte damit gleich in den ersten Pausen etwas, was die Leidenschaft vieler Jahre werden sollte. Die Spiele fanden in der Pause nach dem Mittagessen im Speisesaal und nach der einstündigen Pause statt, die für die Internen, die Halbpensionäre und die beaufsichtigten Externen vor der letzten Stunde um vier Uhr eingelegt wurde. Dann ermöglichte eine einstündige Unterbrechung den Kindern, Kaffee zu trinken und sich vor dem Studienunterricht zu entspannen, in dem sie zwei Stunden ihre Aufgaben für den nächsten Tag machen konnten. Für Jacques kam es nicht in Frage, Kaffee zu trinken. Mit den Fußballbegeisterten rannte er auf den zementierten Hof, der auf allen vier Seiten von Arkaden mit dicken Säulen umschlossen war (unter denen die Streber und die Braven plaudernd auf und ab gingen), auf dem vier oder fünf grüne Bänke und auch große, mit Eisengittern geschützte Feigenbäume standen. Zwei Mannschaften teilten sich den Hof, die Torhüter stellten sich auf beiden Seiten zwischen den Säulen auf, und ein dicker Ball aus Vollgummi wurde in die Mitte gelegt. Kein Schiedsrichter, und beim ersten Stoß fing das Geschrei und das Gerenne an. Auf diesem Feld errang Jacques, der mit den besten Schülern der Klasse auf Du und Du stand, auch die Achtung und Zuneigung der schlechteren, die, in Ermangelung eines brauchbaren Kopfes, vom Himmel kräftige Beine und einen unerschöpflichen Atem mitbekommen hatten. Dort trennte er sich zum ersten Mal von Pierre, der nicht spielte, obwohl er von Natur aus geschickt war: weil er schneller wuchs als Jacques, wurde er zarter, und er wurde auch blonder, als bekäme ihm die Verpflanzung weniger gut. Jacques' Wachstum dagegen ließ auf sich warten, was ihm die reizenden Spitznamen »Tiefflieger« und »Dreikäsehoch« einbrachte, aber er kümmerte sich nicht darum, und wenn er mit dem Ball am Fuß voranstürmte, um nacheinander einem Baum und einem Gegner auszuweichen, fühlte er sich wie der König des Hofs und des Lebens. Wenn der Gong ertönte, der das Ende der Pause anzeigte, fiel er regelrecht aus allen Wolken, blieb keuchend und schwitzend wie angewurzelt auf dem Zement stehen und war wütend über die Kürze der Stunden, dann wurde ihm allmählich die Situation klar, und er stürzte sich wieder in die Reihen der Kameraden, wobei er sich unter Zuhilfenahme der Ärmel den Schweiß vom Gesicht wischte. Plötzlich überfiel ihn Schrecken bei dem Gedanken an die Abnutzung der Nägel unter seinen Schuhsohlen, die er zu Beginn der Studienstunde beklommen überprüfte, wobei er den Unterschied im Glanz der Spitzen zum Vortag abzuschätzen versuchte und sich gerade aufgrund der Schwierigkeit, den Grad der Abnutzung festzustellen, beruhigte. Es sei denn, irgendein irreparabler Schaden, wie ein Loch in der Sohle, ein gerissenes Oberleder oder ein verdrehter Absatz, ließ keinen Zweifel an dem Empfang, der ihm zu Hause bevorstand; und während der zwei Studienstunden schluckte er mit angespanntem Bauch den Speichel hinunter und versuchte, seinen Fehler durch anhaltendes Arbeiten wiedergutzumachen, bei dem ihn jedoch trotz aller Anstrengungen die Angst vor den Schlägen verhängnisvoll ablenkte. Dieser letzte Unterricht schien übrigens am längsten zu sein. Zum einen dauerte er zwei Stunden. Zum anderen fand er bei Dunkelheit oder am hereinbrechenden Abend statt. Die hohen Fenster gingen auf den Jardin Marengo hinaus. Müde vom Arbeiten und Spielen, in die letzten Aufgaben vertieft, waren die Schüler rings um Jacques und Pierre, die nebeneinander saßen, stiller als sonst. Insbesondere am Ende des

Schuljahrs senkte sich der Abend über die großen Bäume, die Blumenbeete und Gruppen von Bananenstauden des Parks. Der immer grüner werdende Himmel dehnte sich entsprechend aus, während die Geräusche der Stadt ferner und dumpfer wurden. Wenn es sehr heiß war und eines der Fenster halb offen stand, hörte man die Schreie der letzten Schwalben über dem Gärtchen, und der hereinziehende Duft der Pfeifensträucher und der großen Magnolien erstickte den schärferen und bittereren Geruch der Tinte und des Lineals. Jacques träumte mit seltsam schwerem Herzen, bis er von dem jungen Repetitor, der sich selbst auf sein Studium vorbereitete, zur Ordnung gerufen wurde. Er musste den letzten Gongschlag abwarten.

Nachweis

Sibylle Berg

Halbzeit. Aus: *Aus der Tiefe des Raumes. Elf Frauen erzählen Fußballgeschichten.* Herausgegeben von literaturhauser.net. Copyright © 2006 by Luchterhand Literaturverlag, München, in der Verlagsgruppe Random House GmbH. Abdruck mit freundlicher Genehmigung

Maxim Biller

Auf Wiedersehen in Hasorea. Aus: Maxim Biller, *Bernsteintage.* Copyright © 2004 by Verlag Kiepenheuer & Witsch, Köln. Abdruck mit freundlicher Genehmigung

Albert Camus

Der König des Hofs (Titel von den Herausgebern). Aus dem Französischen von Uli Aumüller. Auszug aus: Albert Camus, *Der erste Mensch.* Copyright © 1995 by Rowohlt Verlag, Reinbek bei Hamburg. Abdruck mit freundlicher Genehmigung

Luciano De Crescenzo

Zwei Tribünenplätze (Titel von den Herausgebern). Aus dem Italienischen von Jürgen Bauer. Auszug aus: Luciano De Crescenzo, *oi dialogoi. Von der Kunst miteinander zu reden.* Copyright © 1987 by Diogenes Verlag, Zürich

Fatou Diome

Maldini (Titel von den Herausgebern). Aus dem Französischen von Brigitte Große. Auszug aus: Fatou Diome, *Der Bauch des Ozeans.* Copyright © 2004 by Diogenes Verlag, Zürich

Friedrich Dürrenmatt

Das gemästete Kreuz. Aus: Friedrich Dürrenmatt, *Meine Schweiz. Ein Lesebuch.* Herausgegeben von Heinz Ludwig Arnold, Anna von Planta und Ulrich Weber. Copyright © 1998 by Diogenes Verlag, Zürich

Dave Eggers

Fußball in den USA (Titel von den Herausgebern). Aus dem Amerikanischen von Verlagsservice Dr. Ulrich Mihr. Aus: *Der Ball ist rund, damit das Denken die Richtung wechseln kann.* Herausgegeben von Matt Weiland und Sean Wilsey. Copyright © 2006 by Wilhelm Goldmann Verlag, München, in der Verlagsgruppe Random House GmbH. Abdruck mit freundlicher Genehmigung

Herbert Eisenreich

Der Weg hinaus. Aus: Herbert Eisenreich, *Die Freunde meiner Frau.* Copyright © 1978 by Diogenes Verlag, Zürich. Abdruck mit freundlicher Genehmigung von Maria Eisenreich

Eduardo Galeano

Tod auf dem Fußballplatz. Aus dem uruguayischen Spanisch von Lutz Kliche. Aus: Eduardo Galeano, *Der Ball ist rund und Tore lauern überall.* Copyright © 1997 by Peter Hammer Verlag. Wuppertal. Abdruck mit freundlicher Genehmigung

Erich Hackl

Der Zipfel der Fußballwurst. Auszug aus: Erich Hackl, *In fester Umarmung. Geschichten und Berichte.* Copyright © 1996 by Diogenes Verlag, Zürich

Peter Handke

Die Angst des Tormannes beim Elfmeter (Titel von den

Herausgebern). Auszug aus: Peter Handke, *Die Angst des Tormanns beim Elfmeter.* Copyright © 1970 by Suhrkamp Verlag, Frankfurt am Main. Abdruck mit freundlicher Genehmigung

Jaroslav Hašek

Fußball in Bayern. Aus dem Tschechischen von Grete Reiner. Aus: *Das Hašek Lesebuch.* Copyright © 2008 by Diogenes Verlag, Zürich

Nick Hornby

Sieben Tore und eine Schlägerei (Titel von den Herausgebern). Aus dem Englischen von Marcus Geiss und Henning Stegelmann. Aus: Nick Hornby, *Fever Pitch. Ballfieber.* Copyright © 1997 by Verlag Kiepenheuer & Witsch, Köln. Abdruck mit freundlicher Genehmigung

Ödön von Horváth

Legende vom Fußballplatz. Aus: Ödön von Horváth, *Ein Lesebuch.* Herausgegeben von Traugott Krischke. Copyright © 1976 by Suhrkamp Verlag, Frankfurt am Main. Abdruck mit freundlicher Genehmigung

Ryszard Kapuściński

Der Fußballkrieg. Aus dem Polnischen von Martin Pollack. Aus: Ryszard Kapuściński, *Der Fußballkrieg. Berichte aus der Dritten Welt.* Copyright © 1991 by Eichborn Verlag, Frankfurt am Main. Abdruck mit freundlicher Genehmigung

Dan Kavanagh

Den Kasten sauber halten (Titel von den Herausgebern). Aus dem Englischen von Verena Schröder. Aus: Dan Kavanagh, *Abblocken.* Erschienen im Haffmans Verlag, Zürich. Copyright © 1985 by Dan Kavanagh

Dagmar Leupold

Die Fußball-Mutti. Auszug aus: *Aus der Tiefe des Raumes. Elf Frauen erzählen Fußballgeschichten.* Herausgegeben von literaturhauser.net. Copyright © 2006 by Luchterhand Literaturverlag, München, in der Verlagsgruppe Random House GmbH. Abdruck mit freundlicher Genehmigung

Loriot

Fußball – ein Spiel für Intellektuelle. Aus: Loriot's *Wum und Wendelin.* Copyright © 1977 by Diogenes Verlag, Zürich

Fußball – 100 Jahre FC *Bayern München.* Aus: Loriot, *Gesammelte Prosa.* Copyright © 2007 by Diogenes Verlag, Zürich

Javier Marías

Die wiedergewonnene Kindheit. Aus dem Spanischen von Alexander Dobler und Catalina Rojas Hauser. Aus: Javier Marías, *Alle unsere früheren Schlachten. Fußball-Stücke.* Herausgegeben und mit einem Vorwort von Paul Ingendaay. Copyright © 2000 by Javier Marías und Klett-Cotta, Stuttgart. Abdruck mit freundlicher Genehmigung

Clemens Meyer

Schüsse (Titel von den Herausgebern). Auszug aus: Clemens Meyer, *Als wir träumten.* Copyright © 2006 by S. Fischer Verlag GmbH, Frankfurt am Main. Abdruck mit freundlicher Genehmigung

Jesús Moncada

Fußball am Fluß. Aus dem Katalanischen von Roger Fridlein. Aus: *Willkommen in Katalonien. Eine literarische Entdeckungsreise.* Herausgegeben von Jaume Subirana. Copyright © 2007 by Deutscher Taschenbuch Verlag, München. Abdruck mit freundlicher Genehmigung

Manuel Vázquez Montalbán

Cojones! (Titel von den Herausgebern). Aus dem Spanischen von Bernhard Straub. Auszug aus: Manuel Vázquez Montalbán, *Schuß aus dem Hinterhalt.* Copyright © 2008 by Herederos de Manuel Vázquez Montalbán. Copyright

René Goscinny
Jean-Jacques Sempé
Der kleine Nick spielt Fußball

Vier prima Geschichten vom kleinen Nick und seinen Freunden
Aus dem Französischen von Hans Georg Lenzen

Ob mit seiner Bande, mit Papa und den anderen Vätern auf dem Fußballplatz, zwischen den Schulbänken in der Klasse oder mit Luise im Garten: Fußball mit dem kleinen Nick ist prima – nee wirklich, ist doch wahr!
Wenn Nick und seine Bande Fußball spielen, ist die Mannschaftsaufstellung das kleinste Problem. Adalbert, der Klassenerste, wird Schiedsrichter. Keiner kann ihn besonders gut leiden, aber weil er eine Brille trägt, kann man ihn auch nicht richtig verhauen, und für den Schiedsrichter ist das ideal.
Die Frage, wer Mannschaftskapitän wird, ist schon schwieriger, denn alle wollen Kapitän sein. Und dann gibt es noch ein Problem: Wo spielt Franz mit? Jede Mannschaft will ihn haben, denn wenn Franz den Ball hat, kann ihn keiner aufhalten. Da ist Streit vorprogrammiert. Aber das ist gar nichts im Vergleich zu dem, was passiert, wenn die Eltern sich in ein Fußballspiel einmischen! Und am meisten Spaß macht es natürlich, im Klassenzimmer Fußball zu spielen.
Für den kleinen Nick ist klar: »Wenn ich groß bin, kauf ich mir ein Klassenzimmer, nur zum Fußballspielen.«

»Die Geschichten vom kleinen Nick gehören längst zum Kanon der modernen Kinderbuchklassiker. Sie sind unverwüstlich wie *Der kleine Prinz.*«
Frankfurter Rundschau

Auch als Diogenes Hörbuch erschienen,
gelesen von Rufus Beck

Früher war mehr Strand

Hinterhältige Reisegeschichten
Herausgegeben von Daniel Kampa

»Alles Unheil der Menschen kommt daher, dass sie nicht ruhig zu Hause bleiben können«, warnte schon Blaise Pascal. Vergeblich, zum Glück, denn sonst gäbe es keine unheilvollen Reiseerfahrungen, die man mit schönster Schadenfreude lesen kann, egal, ob es mit F. Scott Fitzgerald über den Atlantik geht, mit John Irving durch die österreichische Provinz oder mit Bernhard Schlink und Doris Dörrie in die USA. Außerdem schreibt Ingrid Noll über einen Schnappschuss zu viel, Julian Barnes über einen zu kurzen Ferienflirt, Urs Widmer über Hotelerfahrungen, Martin Suter über Ferienplanung oder Meir Shalev über zu nette Gastgeber. Für weitere erstklassige Hinterhältigkeiten bürgen W. Somerset Maugham, Friedrich Dürrenmatt, Patricia Highsmith, Leon de Winter, Elke Heidenreich und viele mehr. Wenn Reisen nur so viel Spaß machen würde wie diese Anthologie...

»Eine Aneinanderreihung aufblitzender Erzählmomente. Alle Texte sind teils hintergründig und hinterhältig, amüsant, ziemlich schräg und absurd. Hier spricht die erzählerische S-Klasse. *Früher war mehr Strand* ist ein idealer Reisebegleiter.«
Dieter Schneider / Rundfunk Berlin Brandenburg

»Diese schadenfrohe Anthologie gibt denjenigen recht, die heuer lieber zu Hause bleiben.«
Peter Pisa / Kurier, Wien

»In den meisten Fällen heißt reisen sich ärgern.«
Theodor Fontane

Auch als Diogenes Hörbuch erschienen,
gelesen von Doris Dörrie, Hans Korte, Martin Suter,
Cordula Trantow, Christian Ulmen und Urs Widmer